问苍茫大地

——毛泽东诗词背后的故事

段 华 著

湘潭大学出版社
XIANGTAN UNIVERSITY PRESS

图书在版编目（CIP）数据

问苍茫大地 ： 毛泽东诗词背后的故事 / 段华著． --
湘潭 ： 湘潭大学出版社， 2023.9
ISBN 978-7-5687-1214-9

Ⅰ．①问… Ⅱ．①段… Ⅲ．①毛主席诗词－鉴赏
Ⅳ．①A841.4

中国国家版本馆 CIP 数据核字（2023）第 158115 号

问苍茫大地
——毛泽东诗词背后的故事

WEN CANGMANG DADI
—MAO ZEDONG SHICI BEIHOU DE GUSHI

段华 著

策　　划：蒋海文
责任编辑：李志红
封面设计：李　平
出版发行：湘潭大学出版社
社　　址：湖南省湘潭大学工程训练大楼
电　　话：0731-58298960 0731-58298966（传真）
邮　　编：411105
网　　址：http://press.xtu.edu.cn/
印　　刷：长沙鸿发印务实业有限公司
经　　销：湖南省新华书店
开　　本：710 mm×1000 mm 1/16
印　　张：15
字　　数：208 千字
版　　次：2023 年 9 月第 1 版
印　　次：2023 年 9 月第 1 次印刷
书　　号：ISBN 978-7-5687-1214-9
定　　价：60.00 元

目录
CONTENTS

目 录

小引

毛泽东是伟大的马克思主义者，伟大的无产阶级革命家、战略家、理论家。同时，也是一位杰出的诗人。

毛泽东的诗词以其大气磅礴的气势、倒海翻江的节奏、博大精深的内涵、奇特瑰丽的想象、七彩缤纷的意象、深沉浓烈的情感、荡气回肠的韵律，向世人展示了中国共产党领导劳苦大众捣毁旧世界建设新中国的波澜壮阔的历史进程。我认为，毛泽东诗词本身就是一部“为有牺牲多壮志，敢教日月换新天”的英雄史诗，是一部用最凝练的语言写就的党史和中国革命史。在他的诗词里，人们看到“长夜难明赤县天，百年魔怪舞翩跹”，感受“沉沉一线穿南北”和“秋收时节暮云愁”的沉郁悲壮，分享“齐声唤，前头捉了张辉瓒”和“黄洋界上炮声隆，报道敌军宵遁”

的胜利喜悦，体验“四海翻腾云水怒，五洲震荡风雷激”的国际风云，砥砺“可上九天揽月，可下五洋捉鳖”的凌云壮志。这些用炮火、硝烟、红旗、鼓角、雄师、正道、雪野、冰河、红梅、高路为意象，用理想和信念立意，用红旗和鲜血衬底，用雷声和枪声押韵，用炮火和硝烟润色，组合成一幅巨大的中国革命历史的壮丽画卷，让我们酣畅淋漓地穿越在用诗句绘成的历史画卷里，感受生命的壮美，接受灵魂的洗涤，享受审美的愉悦！

鲲鹏击浪

——《七绝·改西乡隆盛诗赠父亲》《七古·送纵宇一郎东行》

有志不在年高，自古英雄出少年！

1910 年秋，17 岁的毛泽东离家赴湘乡公立东山高等小学堂就读前，写下了一首《七绝·改西乡隆盛诗赠父亲》。毛泽东颇有唐宋遗风，常常以诗会友，应和互赠。这可能是他赠与他人的第一首诗，他用一种文人间常用的极高雅的方式，向父亲表白自己忧国忧民的情怀，暗示自己探索真理、追求理想的决心。他深知勤俭治家、含辛茹苦、勤劳朴实的父亲十分关注自家的账簿，于是将这首诗夹在账簿中。于是，毛家的账簿里记下了一笔永远无法算清的父子感情账，也记下了属于毛泽东的第一笔为天下劳苦大众求翻身解放的爱心账。

孩儿立志出乡关，学不成名誓不还。

埋骨何须桑梓地，人生无处不青山。

这是一首借助日本维新三杰之一的西乡隆盛原诗，重构改写并赋予新的诗魂的作品。由此可见，毛泽东早在少年时代就博览群书、兼收并蓄，借他作赋新诗大有点石成金之妙、化腐为奇之功。前两句开门见山，观点鲜明，起势不凡，节奏铿锵。纵观以毛泽东为代表的那一代无产阶级革命家，大多是在求学之路上与马克思主义理论、与各种进步思想相遇，如毛泽东在湖南省立第一师范学校及北京大学图书馆，周恩来、陈毅、蔡和森、邓小平、蔡畅、何长工、向警予等赴法国勤工俭学，刘少奇、任弼时赶赴莫斯科留学，均是将求学作为探求真理的朝圣之旅，洗涤灵魂之道。“孩儿立志出乡关”，这个“志”，就是救国救民的大志。“学不成名誓不还”，当头一个“学”字，点明了对真理的渴望。出乡关干什么？学！为谁而学？为什么而学？自然是为修身齐家治国平天下！为黑暗的中国寻求光明，为水深火热的人民寻求新生，为灾难深重的民族寻求出路。正是这几个“为”，毛泽东考虑到了最极端的付出，那就是牺牲自己的生命。最后两句表面上看轻松潇洒、笑谈生死，实际上严肃庄重，表达了好男儿志在四方，为真理何惜头颅的冲天豪情和无私胸襟。为了全人类最壮丽的事业，毛泽东在早在青春少年时就树立了为民舍身取大义、何求马革裹尸还的壮志雄心。诗中写道“埋骨何须桑梓地”，看似对故乡并非十分留恋，实际上那种桑梓情深的故园情怀却力透纸背流而露之。正是出于对乡情、乡思、乡愁、乡恋的难以割舍和释怀，更衬托出一代伟人少年时代即超乎常人的时代觉醒和历史使命。朦胧意识中似乎有“天之将降大任于斯人”的责任担当挥之不去。远方的大江大海在邀约，大浪大潮在召唤，毛泽东从此义无反顾地出乡关，遏飞舟，缚鲲鹏，起宏图了。

1915 年，正在湖南省立第一师范学校就学的毛泽东，在长沙几所名校的布告栏上，张贴了征友启事，引来师生驻足观看。

启事大意是，天下兴亡，匹夫有责。眼下正值民族危亡重要时刻，普天之下无处安放一张书桌。诚邀具有爱国忧民情怀，肯吃苦耐劳，敢于指点江山、针砭时弊，并敢于以身许国者，一起探讨救国救民之道。愿嘤鸣以求友，敢步将伯之呼。启事是数字化署名：二十八画生。二十八画，正是繁体汉字“毛泽东”三字的笔画数。

征友启事招来了三个愿意和他交朋友的人，其中就有长沙第一联合中学学生罗章龙。见面之前，罗章龙用“纵宇一郎”的化名，向“二十八画生”写了应征信。在定王台省立图书馆，三个多小时的倾心长谈，双方大有相见恨晚之慨。

罗章龙比毛泽东小三岁，浏阳东乡沔江村人。相识之后，他俩经常把袂畅游云麓宫、天心阁、猴子石，甚至远足板仓杨家大屋，纵论时势，指点江山。与毛泽东交友后，罗章龙更是坚定了心忧天下、爱国救民的信念，协助毛泽东于 1918 年 4 月成立新民学会。不久，罗章龙怀着报效中华的强烈愿望，准备赴日本留学。

日本曾是孙中山领导的辛亥革命的发源地，东西方科学文化的桥梁。当时的日本是众多探寻救国救民之道的青年学生的首选之地。毛泽东率新民学会成员在长沙北门外的幽静道观平浪宫设宴，为罗章龙践行。

情同手足的战友即将作别，毛泽东胸间萦绕的不仅是手足之情、管鲍之谊，更是放眼天下的鸿鹄之志、共许中华的时代担当。这些信念与情怀，还有祝愿与期待，用什么来表达呢？诗！

于是，一首充满青春气息的浩然长歌，和着湘江澎湃的涛声，唱响在历史的天空——

送纵宇一郎东行

一九一八年四月

云开衡岳积阴止，天马凤凰春树里。年少峥嵘屈贾才，山川奇气曾钟此。君行吾为发浩歌，鲲鹏击浪从兹始。洞庭湘水涨连天，艨艟巨舰直东指。

无端散出一天愁，幸被东风吹万里。丈夫何事足萦怀，要将宇宙看稊米。沧海横流安足虑，世事纷纭从君理。管却自家身与心，胸中日月常新美。

名世于今五百年，诸公碌碌皆余子。平浪宫前友谊多，崇明对马衣带水。东瀛濯剑有书还，我返自崖君去矣。

春深如海，云卷涛飞。名副其实的天马、凤凰两座奇峰，如马跃凤翔，伴着北去湘江诗意地舞蹈。

湘天楚地钟灵毓秀，人才辈出。古有屈原、贾谊经天纬地，今有新民学会纵宇一郎风华正茂。鲲鹏展翅九万里，八百里洞庭的连天涌涛，托着载你的巨舰乘风东去。

大丈夫宠辱偕忘，万里东风吹散满天愁烦。视宇宙如稊米，方能管理好自身情绪，让胸中景象常新常美。

《孟子·公孙丑下》：“五百年必有王者兴，其间必有名世者。……如欲平治天下，当今之世，舍我其谁也?”

为苍茫大地主沉浮者，沧海横流间显英雄本色者，定将横空出世了!

毛泽东在《送纵宇一郎东行》这首诗里，以莽莽湘天、茫茫楚地和浩浩长江、遥遥东瀛为宏阔背景，以屈原、贾谊和艨艟、鲲鹏为独特意象，既深情地表达了对“纵宇一郎”负笈远行报国兴业的祝愿与期待，更是酣畅淋漓地抒发了救亡图存、振兴中华的壮志雄心。可以说，这首诗是七年后作者所写的《沁园春·长沙》这首唱响于天地之间的青春之歌的响亮前奏、激昂序曲！

健笔柔情

——《虞美人·枕上》

无情未必真豪杰，怜子如何不丈夫！

毛泽东与杨开慧的爱情故事感人肺腑，毛泽东写给爱妻的情诗催人泪下。

毛泽东与杨开慧的初恋是从1918年的北京开始的，而初识则早在1913年的长沙，当时已满20岁的毛泽东在湖南省立第一师范学校可是风华正茂、指点江山的风云人物，而杨开慧还是个小女孩。

“好！文采斐然，思想犀利，写得好！”坐在藤椅上的杨昌济教授左手举起一份手稿，右手情不自禁地往茶几上一击，“哎哟！”教授的右手拍在了女儿刚为他沏的茶的茶杯上，烫得他一阵激愣。

“爸爸，怎么了！”女儿开慧闻声赶来，心疼地抚摸着父亲被烫着了的手，嗔怪地问：“爸爸，怎么会烫到手的？还痛吗？”

当得知父亲是为一篇学生作文击节叫好而被烫的，小开慧不禁气从中来：“我倒要看看，是什么人写的文章？”当她拿起手稿一看，“毛润之！就是这个毛润之闹的，我要找他算账！”

“算什么账，你要好好向这个毛润之学习！人家胸怀大志，血气方刚，学业精进，博古通今……”

“有这么夸张吗？爸爸，那么多夸人的词您全用他身上了……”

就这样，从一篇文稿开始，由一杯烫手的茶搭桥，小开慧认识了她的青春偶像毛润之。

后来，杨昌济教授受蔡元培校长之聘去北京大学任教，当时他写信给还在长沙的得意门生毛泽东，邀请他共同筹办送一批追求真理的进步青年赴法国勤工俭学的大事。

恩师召唤，召之即来，这其中，也许还有对这个淳朴聪颖的小妹妹开慧惦念的原因。

1918 年的冬天，从长沙赶到北京的毛泽东并不感到冰雪古城的寒冷，反而觉得北大校园和故宫红墙外护城河旁的红梅点点犹如在风中跳动的火焰，令人心头灼热！

杨开慧在这个银装素裹的世界里向毛泽东敞开了心扉。

五四浪潮拍打着无数新青年的心胸，知识界的恋人们早已摆脱父母之命、媒妁之言的束缚。然而生逢其时的这一对热恋中的情侣，由于双方均有从娘胎带来的孤傲和自尊，毛泽东总是欲言又止，吞吞吐吐，杨开慧总是矜持有加，羞羞答答。

然而共同的人生追求、革命理想使他俩常常打破欲说还休的尴尬，与其说他们在谈情说爱，不如说是在指点江山，谈着谈着，自然就谈起了民族的前途命运，谈起了“一个幽灵，一个共产主义的幽灵，在欧洲徘徊”，谈起了坡子街无家可归的乞讨大军，谈起了横征暴敛、称霸三湘的“堂堂乎张，尧舜禹汤，一二三四，虎豹豺狼。”

1920年冬，毛泽东和杨开慧在长沙结婚。杨开慧曾说，“听到他许多的事，看见了他许多的文章和日记，我就爱了他”。她还说，“假如他被人捉了去杀，我一定要同去共这一个命运”。什么是同呼吸共命运，这就是！

婚后的日子，毛泽东为参加中国共产党的建立东奔西走，他和杨开慧聚少离多。艰难岁月，相爱更为艰难，相伴甜蜜，相思更为难熬。

毛泽东的诗词以豪放宏阔、大气磅礴的诗风而著称，但作为一位精神世界和情感天地异常丰富的历史巨人，作为一位文采飞扬、绣口锦心的诗坛巨擘，他的笔底也曾流淌、奔涌过缠绵悱恻、婉约动人的情海浪花。

不信请看：

虞美人·枕上

一九二一年

堆来枕上愁何状，江海翻波浪。夜长天色总难明，寂寞披衣起坐数寒星。　　晓来百念皆灰烬，剩有离人影。一钩残月向西流，对此不抛眼泪也无由。

毛泽东的情感世界不仅有四海翻腾云水怒，五洲震荡风雷激，也有爱海的波浪汹涌，也有寒夜的苦恋相思！一个“堆”字，胜于千言万语，这些“愁”全“堆”在“枕上”，而这是个令人难眠的孤枕，枕上堆满了爱人的离愁别绪，堆满了相思之苦。辗转反侧，今夜无法入睡，干脆披衣起坐在无奈无助中数寒星。上阕的手法是白描，可以说是直白地讲述有情男子苦思闺房之妻的状态和动态。

然而，白描中蕴含浓烈的情感，令人想起唐代张九龄的《望月怀远》:“海上生明月，天涯共此时。情人怨遥夜，竟夕起相思。灭烛怜光满，披衣觉露滋。不堪盈手赠，还寝梦佳期。”毛泽东雄厚的古诗词修养积淀，使他常常信手拈来地用典，融会贯通地借力，他在这条横贯千年的文化通道上向张九龄借了“遥夜”这个意象，化为“夜长天色总难明”，也借了“披衣”，还在下阕借了月亮，不过张九龄的月亮是一轮明月，而毛词中的却是“一钩残月”，是“残月”，而且只有“一钩”，给人感觉的不是一轮明月的圆满之美，而是睹之情伤的残缺之美，更易唤起审美主体的悲剧意蕴。这“一钩残月”的值得无限怜爱的清辉在渐渐向西流走，那是对一个披衣静坐在寒夜中有情男子的无情失陪。长夜已去，烛已成灰，一钩相思残月也跟自己作别了，唯有李商隐的“一寸相思一寸灰”的烛之泪痕在诉说离愁。面对这一切，还有什么理由不泪抛孤枕呢？读者朋友，你们听到残月西去夜那串离人泪的滑落声了吗？

1922 年 10 月，毛泽东和杨开慧的爱子毛岸英出生了，时任中共湘区执行委员会书记的毛泽东正奔走在长沙、岳阳和安源一带，组织领导粤汉铁路工人、安源铁路工人和长沙泥木工人等一系列罢工运动。

然而，在这个温馨而简朴的家里，毛泽东就是那顶天立地的顶梁柱，他干的是敢教日月换新天的事，而坚定坚韧、无怨无悔托起这根顶梁柱的，是杨开慧柔弱的双肩，是患难夫妻和革命战友共同的信仰信念。

比翼云翥

——《贺新郎·别友》

毛泽东和杨开慧既是恩爱夫妻，又是革命战友。毛泽东一把纸伞一身布衣去安源，奔上海，无畏白色恐怖，何惧风雨如磐。然而令他魂牵梦绕的是长沙的家，那个由妻子柔弱双肩撑起的家。

1923 年 4 月，毛泽东告别妻儿，从长沙到上海，在中央机关工作。这期间，毛泽东又辗转于上海、长沙、广州之间，同年 6 月 12 日至 20 日，在广州东山恤孤院 31 号（现恤孤院路 3 号），中国共产党第三次全国代表大会召开。这次会议选举了新的中央领导机构，陈独秀、蔡和森、李大钊、谭平山、王荷波、毛泽东、朱少连、项英、罗章龙当选为中央执行委员会委员。中央执行委员会的常设机构为中央局，中央局由陈独秀、蔡和森、毛泽东、罗章龙、谭平山 5 人组成，负责中央的日常工作。因此，毛泽东自此次会议后可以说成了职业革命家。

职业革命家也有家，清水塘畔，白墙黛瓦的平房，既是毛泽东的办公地点，也是他和妻儿的温馨之家。在这里，他纵览天下；在这里，他畅游爱河。夜静更深，他挑灯夜战，杨开慧给他熬好姜盐豆子茶，还帮他日以继夜地誊抄文稿，一行行清秀工整的蝇头小楷，渗透着对党的忠诚，寄托着对毛泽东的爱恋。毛泽东作别长沙，天涯孤旅，离情别绪，涌上心头。一首《贺新郎·别友》，如歌如泣，如怨如诉。

贺新郎·别友

一九二三年

挥手从兹去。更那堪凄然相向，苦情重诉。眼角眉梢都似恨，热泪欲零还住。知误会前番书语。过眼滔滔云共雾，算人间知己吾和汝。人有病，天知否？　　今朝霜重东门路，照横塘半天残月，凄清如许。汽笛一声肠已断，从此天涯孤旅。凭割断愁丝恨缕。要似昆仑崩绝壁，又恰像台风扫寰宇。重比翼，和云翥。

请看标题，毛泽东认妻作友，别小看“友”字一个，内涵极为丰富。在当时特殊而复杂的历史背景下，因寻求真理，志同道合而结为夫妻，首先同志继而共同生活，婚后妻子又当战友和助手，在特定的时段和条件下，在虽不见炮火硝烟但终日危机四伏的日子里，他俩既为并肩战斗的战友，又是朝夕相处的夫妻，为两人共同向往的壮丽事业，两情若是久长时，又岂在朝朝暮暮？然而毕竟恩爱夫妻自古伤别离，而他们的别离既是别夫别妻，也是别友，革命的战友，更应懂得离别的意义，而这种离别，又是一种释放家国情怀的担当。他们的离别，是为了更多的家庭不再妻离子散。他们的牵肠挂肚、东奔西走，是为了让更多夫妻长相厮守不再天各一方牵肠挂肚。

这首词起笔即为“挥手从兹去”，读来读者耳畔似乎响起李白笔下的“萧萧斑马鸣”。作者用特写手法将镜头推向离人眼角眉梢，那滚烫的泪水在眼眶里打转而又被强忍住。这个细微得极易被人忽略的细节，十分逼真地表现了杨开慧的温柔多情，也恰到好处地还原了她的坚韧刚毅。“人有病，天知否?”此处的病应做痛解，婚后聚少离多，作为妻子，你要哺育幼子，操持家务。作为战友，你也有一肩使命，不可懈怠。而我却一走了之，心中的不忍和愧疚，苍天在上，你是应该知道的哟!

下阕开始，写夫妻别后被作者烙进心底的所见所遇。我们可以想象，那是一个冷霜袭人的清晨，清水塘秋波里，一弯残月倒映其中。残月如钩，钩起亲人满腹离愁、万缕凄凉。清水塘离当时的长沙火车站不算太远，“汽笛一声肠已断，从此天涯孤旅”，全词一路缠绵凄婉，全在无声胜有声的意境中进行，写到这里“汽笛一声”蓦然响起，那划破晨雾的笛声如趁人之危的刀刃断人肝肠！也许正是受这无情的汽笛声所激励，作者猛然警醒，就在这一瞬，毛泽东的情感世界又鼓荡起排空大浪，浪尖似乎要冲刷这弥漫于胸的愁思恨缕，其势排山倒海，其力摇天撼地，作者用昆仑崩绝壁、台风扫寰宇两个意象来比喻中国共产党人所从事的革命事业前景之壮丽辉煌，势头倒海翻江。到那时，我们重逢时，将朝夕相守，比翼双飞。

1937 年秋天，在延安保安的窑洞里，一个中国人和一个美国人促膝长谈。毛泽东对斯诺谈到 1924 年 6 月到年底，他和杨开慧带着两岁的大儿子岸英，刚出生不久的二儿子岸青在上海石库门小屋内生活时说，这段日子是他一生中最安定、最富有家庭生活气息的日子。上海甲秀里毛泽东旧居的墙壁里融入了毛泽东与杨开慧呢喃的情话，融入了岸英和岸青童稚的欢笑声。

比翼云翥

——《贺新郎·别友》

毛泽东夜以继日地为中央机关工作而忙碌，杨开慧除了照顾和料理丈夫和儿子的起居饮食，帮助丈夫整理文件外，还为工人夜校讲课，启发产业工人奋起参加革命。毛泽东曾经抱着岸青去课堂听杨开慧讲课。工人们只觉得坐在后面听课的这位同学身板如此魁梧挺拔，没想到他就是讲台上这位贤淑端庄、温柔可亲的杨老师的丈夫，更没想到他是一位无产阶级革命的播火者，帝国主义、封建主义、官僚资本主义三座大山的掘墓人。

毛泽东诗词以气势磅礴、豪放雄壮的阳刚美见长，而当他的诗笔涉及爱情领域，瑰丽浪漫、无限婉约的阴柔美也从诗笺上奔涌而出，抵人肺腑，润人肝肠。“照横塘半天残月，凄清如许。汽笛一声肠已断”和后来的“我失骄杨君失柳”等诗句，催人泪下，凄美哀婉。无情务必真豪杰？作者笔锋一转，意境豁然逆势上扬，“要似昆仑崩绝壁，又恰像台风扫寰宇。重比翼，和云翥”，阳刚再现，刚柔并济。革命的浪漫主义与革命的现实主义水乳交融，爱人加战友的情感得到诗意的升华。

青春之歌

——《沁园春·长沙》

《沁园春·长沙》是一首千古不朽、活力永恒的青春之歌。

“恰同学少年，风华正茂，书生意气，挥斥方遒。指点江山，激扬文字……”这些赞美青春年华的妙语佳句，似乎随着毛泽东一声召唤，全都跑步集合于他的诗笺，其势何其潇洒，其状何其风雅。

此时，毛泽东接到中央指示，将赶赴当时党中央机关所在地广州，主持农民运动讲习所等工作。就在转战广州的这个特殊时段，他只身屹立在湘江边的萧瑟秋风中，唱响了这首响遏行云的青春之歌——

沁园春·长沙

一九二五年秋

独立寒秋，湘江北去，橘子洲头。

看万山红遍，层林尽染；漫江碧透，百舸争流。鹰击长空，鱼翔浅底，万类霜天竞自由。怅寥廓，问苍茫大地，谁主沉浮？　　携来百侣曾游，忆往昔峥嵘岁月稠。恰同学少年，风华正茂；书生意气，挥斥方遒。指点江山，激扬文字，粪土当年万户侯。曾记否，到中流击水，浪遏飞舟？

湘江，湖南人民的母亲河。岳麓书院作证，晚清经学家、文学家王闿运曾撰联赞美其宏阔深沉："吾道南来，原是濂溪一脉；大江东去，无非湘水余波。"一泻千里浩荡东去的长江，也不过是湘江的余波，王联实在是霸气十足，雄心万丈，令湖南人大涨精神！

此刻，在滚滚北去的湘江之中，在迎浪而立的橘子洲头，屹立着雕像般挺拔魁梧的毛泽东，他虽然形单影只，然心中并不孤独。他放眼秋水长天，首先进入视野的，是那被红枫、乌桕叶所染得通红的岳麓山。红色象征激情，象征热血，象征革命，象征奋斗。如果说，春天的群山苍翠欲滴，给人的感觉是"水作青罗带，山如碧玉簪"的优美，那么此时毛泽东眼中林、江、鹰、鱼等意象体现的万类霜天竞自由的雄阔秋景，就该是一种气魄浩大、情势盎然的壮美了。

这是一组由高远巍峨、雄浑博大的审美客体组成的蒙太奇，它必然反映于审美主体以壮美崇高的美学体验。这是一派火热的秋色，作者一反历代诗人伤秋悲秋的意境，不是吗？杜甫的"万里悲秋常作客，百年多病独登台"，李白的"秋色无远近，出门尽寒山"，到柳永的"多情自古伤别离，更那堪冷落清秋节"，再到近代秋瑾的"秋风秋雨愁煞人"，全是秋风萧瑟，悲从中来。而毛泽东笔下的秋日胜景，山林比二月花还明丽，比七月荷还鲜艳，不知是诗人的诗心点燃了红遍的万山，还是万山的红遍引爆了诗人的诗心，奉献给读者的是永不谢幕的湘天楚地诗题红叶的高峰论坛。

循着诗人的视野放眼湘江，是清澈见底的一江碧水。象征力量和正义的雄鹰展翅搏击浩瀚长天，而象征自由和生机的各种鱼类在江底遨游。天上的鹰和水底的鱼，代表世间万物均在这个活力无限的秋天顽强地追求自由，张扬个性，求得发展，自然界所有的生物，都在竭尽全力地为本物种的生存和进化而战。正是有了上述极其简省而无限精彩的笔墨，诗人将词的节奏一步一步推向紧凑而蓄势待发的火山之口，让读者不禁期待那一喷而出的地火。

如地壳之下挤压奔突躁动不安的一股岩浆，终于在一声“怅寥廓”的仰天长啸之后，冲口而出，直奔长天：“问苍茫大地，谁主沉浮？”

北去的湘江，也如一个硕大的问号，托起百舸千帆，静静地应和着诗人的叩问，用每一朵浪花思考着，用全部的力量追寻着……

湖湘自古多拷问。2100 多年前，屈原在这方水土昂首问天：“遂古之初，谁传道之？上下未形，何由考之？……”

170 多个问题，天地万物、人神史话、政治哲学、伦理道德无所不涉，无所不问。今天，毛泽东也在这方水土俯首问地，相对屈原的《天问》，他的提问高度集中。这相距两千多年前的问天与问地，虽年代不同，内容有异，问题的数量有别，但追本溯源，其精神取向大致相同，二者都是哀民生之多艰，虽九死犹未悔的历史巨人，都在仰天俯地地追问，这万物争荣的苍茫大地，谁来主宰？这社稷苍生的前途命运，谁来掌控？这救民水火的时代使命，谁来担当？以天下为己任的忧乐精神得以充分彰显。

其实，大地之问早有答案。毛泽东早在 1919 年《湘江评论》的发刊词里就写道：“天下者，我们的天下；国家者，我们的国家；社会者，我们的社会。我们不说，谁说？我们不干，谁干？”

这就是答案！我们，人民，代表人民根本利益的中国共产党，为苍茫大地主沉浮，为劳苦大众谋幸福，为中华民族谋复兴！

词的下阕用闪回的镜头，精彩再现了作者及同时代的革命青年那些激情燃烧的岁月。在湖南省立第一师范学校的同窗蔡和森、何叔衡、罗学瓒、张昆弟、萧三，还有周南女校的向警予、蔡畅等一批追求进步探寻真理的热血青年，常常在这橘子洲头纵论古今，有时还跃入湘江搏风击浪。“携来百侣曾游”，开头一个“携”字，无意中透露出毛泽东的学生领袖之地位。“百侣”则体现阵容之大、气势之壮。

“恰同学少年，风华正茂；书生意气，挥斥方遒。指点江山，激扬文字，粪土当年万户侯。”

这一段充满青春活力、张扬蓬勃朝气的词句，以集束手榴弹的群威，成建制地隆重推出，这是古今中外不太常见的修辞现象。大家知道，六朝骈文中存在华丽辞藻堆砌的问题，但大多是同义重复，是一种虚幻的繁华，而毛泽东的《沁园春·长沙》里的对青春年华的追忆，对芳华岁月的评论，却倾注了浓烈的革命激情，词句不是简单地叠加，而是层次分明，步步推进，节奏铿锵，逻辑严密，前面整齐的四字句洋洋洒洒，“粪土当年万户侯”一个七字句慨当以慷，戛然作结。当然，字数是词牌规定的，而词牌是作者选定的。正是这种激情澎湃、一泻千里的意境需要，作者才精准地选择了格局大气表现力极为丰富的《沁园春》。

毛泽东以回忆的方式，用凝炼的语言，再现了自辛亥革命后他在长沙求学和从事早期革命活动的情景。“指点江山，激扬文字，粪土当年万户侯”是对毛泽东和他的志同道合、追求真理的同学当时表现最精准的表述。这个动化的名词“粪土”，痛快淋漓地表现了对腐朽政权、反动军阀的鄙夷和蔑视。

“忆往昔峥嵘岁月稠”，峥嵘者，高大峻险的山势也。如高山峻岭一般的岁月，形容这一时期精准恰当，就在这十年间，国内国外大事频频，地球村里动荡不安，主要事件有辛亥革命、第一次世界大战、俄国十月革命、中国五四运动、中国共产党成立等。毛泽东在这十多年里又是怎样“指点江山，激扬文字”的呢？他至少有如下大的动作：组织了湖南学生联合会，创办了新民学会，开办了平民夜校、文化书社和湖南自修大学，参加了反对袁世凯称帝的运动，领导了驱逐张敬尧等反动军阀并取得成功，组织了湖南学子赴法国勤工俭学的经费筹集工作。他所创办的《湘江评论》，他所领导成立的马克思主义研究会，为中国共产党的创建做好了在湖南地区的思想理论和组织结构的准备。有这样丰富而雄厚的阅历和背景，《沁园春·长沙》表现出来的炽烈情感、磅礴气势、冲天豪情，自然是水到渠成、顺理成章了。

下阕写到这里，已是高潮耸立，作者给自己出了一大难题，都已经“粪土当年万户侯”了，上阕大地之问更有高潮在前，如此这般境界了，后面只有12个字了，你还能再掀高潮，写出“豹尾”？即使是李白、杜甫、苏东坡、辛弃疾在世，恐怕也徒唤奈何。

李杜没赶上这个风云激荡的特殊时代，苏辛恐怕也少有如此纵论天下的胆略气魄，毛泽东心中有乾坤，笔下有春秋。他举重若轻，柔声自问：“曾记否，到中流击水，浪遏飞舟？”这一问大有韬略，这一问异峰突起，又一高潮横空出世。

试想想，一群畅游在滔滔江水中的年轻人，用强壮的体魄搏风击浪，以无敌的气魄激流勇进，用团队的合力激起澎湃的浪花，这一排排奔涌不息、越涌越高的浪头，竟然遏止住了正在疾驶的船只，这该要何其强劲的冲击力？由这群风华正茂、血气方刚的青年才俊所激起的排排大浪，不正是一切探寻真理、追求自由、埋葬黑暗、向往光明的人们所形成的声势浩大的革命洪流吗？

毛泽东早年曾写有一首言志诗，别的句子他都忘了，唯独记得两句：“自信人生两百年，会当水击三千里。”毛泽东酷爱游泳，正如他的波澜壮阔的人生，他用毕生的精力水击千里，浪遏飞舟。正如自己在诗中写的，“不管风吹浪打，胜似闲庭信步”。

江城把酒

——《菩萨蛮·黄鹤楼》

江南三大名楼自古美名远播，而且都有楼以文名、文以楼名之特点。

说到诗文，当然首推岳阳楼，北宋范仲淹一篇《岳阳楼记》堪称千古绝唱，文中“先天下之忧而忧，后天下之乐而乐”，提升了一个民族公共的精神气度和思想境界，因此岳阳楼成为历代志士仁人的灵魂栖息地，当代有识有为之士的精神加油站。

位于江西南昌赣江边的滕王阁，则以初唐四杰之一的王勃即兴吟作《滕王阁序》为铸魂之作。

武汉黄鹤楼同样是迁客骚人多会于此之地，唐代崔颢《七律·黄鹤楼》以其典雅幽深的意境、潇洒飘逸的文风、游子空灵的惆怅和七彩斑斓的文采，被世人公认为金奖作品，逼得诗仙李白悄然搁笔。

一千多年后的1927年春，又一位历史巨人来到黄鹤楼，他风华正茂，却少年老成。他读崔颢的诗后非但不曾搁笔，而是笔走龙蛇，一气呵成。

菩萨蛮·黄鹤楼

茫茫九派流中国，沉沉一线穿南北。烟雨莽苍苍，龟蛇锁大江。　　黄鹤知何去？剩有游人处。把酒酹滔滔，心潮逐浪高！

1927年，对于中国共产党来说，是大起大落、凤凰涅槃之年。对于中国共产党的创始人之一的毛泽东来说，同样是危机四伏、绝处逢生的一年。从1月4日起，他用32天的时间徒步湖南湘潭、湘乡、衡山、醴陵、长沙等县，深入调查，然后住在武昌都府堤41号，写出了至今闪耀真理光辉的《湖南农民运动考察报告》。3月5日，中共湖南区委机关刊物《战士》周刊用第35、36期合刊的篇幅，发表这篇文章的前两部分。3月28日，《中央副刊》也发表该文部分内容，一问世就激起巨大的社会反响。后来报告单行本出版，瞿秋白为之作序，称“中国革命家个个都应当读一读毛泽东这本书”。

随后，担任全国农民协会临时执行委员会常委兼组织部长的毛泽东又参与创办中央农民运动讲习所。

4月12日，臭名昭著的由蒋介石一手策划的四一二反革命政变爆发，无数共产党人被国民党反动派推向血泊之中。毛泽东拍案而起，他有好多话要说，但无处诉说，因为在4月27日至5月9日在武汉召开的中共第五次全国代表大会，毛泽东虽为会议代表，但被排斥在中央领导班子之外，虽当选为中央候补委员执行委员，有发言权但无表决权，也就是说，说是可以说，说了没有什么用。正是在忧国忧民忧党的重要时刻，毛泽东取道岳阳赴武汉，舟至岳阳楼下，他特地舍舟登楼，凭轩西望，把栏杆拍遍。他诵读着那12块紫檀木雕屏上精雕细刻的《岳阳楼记》，仿佛听到了范仲淹的仰天长啸，闻到了张照的满纸墨香。“先天下之忧而忧，后天下之乐而乐!”这堪称千古绝唱的警句，如黄钟大吕在八百里洞庭的浩渺烟波上轰然作响，东去的大江如一个巨大的问号画上他的心头。

这一个珍贵的历史画面，绝非信口杜撰，1937年7月，毛泽东在延安的窑洞里，与时任《新中华报》编辑的左漠野的一番长谈中，准确无误地谈到这段经历。左漠野，延安时期的新闻人，新中国成立后曾担任中央人民广播电台台长等职。

告别岳阳楼，又登黄鹤楼，毛泽东意欲借滚滚长江水浇自己心中的块垒，面对寥廓江天抒发力挽狂澜之豪情。于是，他的诗心点燃了斗志，他从茫茫九派和沉沉一线中获得了生生不息的力量。从龟山和蛇山欲锁从青藏高原奔涌而下的江水，而锁不住的江水以更迅猛的势头奔泻而下、一泻千里的景象，更添了斗士的战斗豪情。黄鹤知何去？这是崔颢和李白都受其困扰的问题，也是熙来攘往、摩肩接踵的游人渴望有人回答的问题。然而这个问题在毛泽东心里此时此刻并不重要，重要的是这象征着大革命洪流的大江毕竟东流去，他不会被龟山、蛇山的扼守而退潮西去，正如孙中山所说“天下大势，浩浩荡荡，顺之者昌，逆之者亡”。于是，诗人笔锋一转，“把酒酹滔滔，心潮逐浪高”，最后两句一扫前六句沉郁悲愤的气氛，其势如异峰突起，迅雷临空。诗人平时并不善饮酒，人们知道他在1949年的西柏坡宴请苏联特使米高扬，有过一次用吃红辣椒的方式对付米高扬比酒的故事。然而作为诗国的中国，自古“斗酒诗百篇”，李白甚至发出“古来圣贤皆寂寞，惟有饮者留其名”的豪言壮语。毛泽东虽然在生活中不喝酒，但在性情上、精神上却是

"会须一饮三百杯"的豪饮之士！而精神的饮者手中虽没有酒壶酒杯，但心中常备琼浆，以应不时之需。这不，此时此刻，毛泽东面对黑云压城城欲摧的局势，目睹蒋介石的血腥屠杀和共产党人的慷慨就义，眼前这滚滚江水似乎被烈士们的鲜血染红，一腔无法遏止的革命义愤也如江中波浪一般澎湃奔涌。也许他想起了曹操的诗句："何以解忧？唯有杜康！"此时何止是解忧，还有解愤！解恨！一个拯救国难、解民倒悬的方略在诗人的脑际愈发清晰，那就是以革命的武装对付反革命的武装。想到这里，毛泽东激情澎湃，举起心中的酒泼向江中，以祭天祭地祭大江的隆重仪式，来敲响国民党反动派的丧钟，迎接无产阶级夺取政权的伟大革命高潮的到来。

就在南昌起义部队被迫向粤西赣南突围的时候，8 月 7 日，中共中央召开了紧急会议，即八七会议。当时武汉一片白色恐怖，但时局不等人，共产党已到生死关头，为了总结大革命失败的经验教训，纠正陈独秀的右倾机会主义错误，寻求确定党的斗争方针和走向，在共产国际帮助下，来自全国各地的部分中央委员、候补中央委员及地方党组织代表共 21 人，乔装成商人、访客甚至引车卖浆者，秘密聚集在汉口原来的德国租界三教街 41 号的俄国人居住的小楼里，开了一天的紧急会议。这个会址前临僻静小街，后有曲径通幽，楼上阳台与邻近楼栋阳台相连，一旦有突发情况，可迅速撤离疏散，其情景与党的一大会议十分相似。

为确保安全，会议一切从严、从简，时间压缩到一天。盛夏的武汉是著名的火炉，国民党的军警、特务多如牛毛，窄小的斗室里如门窗洞开极易走漏风声，只好门窗紧闭，20 多名中国共产党的精英忍受着酷热，压低了嗓门，汗流浃背地开会，热血沸腾地讨论。吃的是干粮，喝的是开水，但讨论的是党和人民、国家和民族的生死存亡的大事。为了防止中暑，负责会务工作的邓小平发给每人一包人丹。二十几包人丹吃完，毛泽东给当时的局面开了一剂灵丹，那就是建设中国共产党自己领导的武装，到农村开展武装割据，并石破天惊地喊出了“枪杆子里面出政权”的响亮口号。

记下这个著名论断的是当时的中央秘书，23 岁的邓小平。邓小平原名邓先圣，学名邓希贤。八七会议是在敌人眼皮底下召开的，正是为了保密和安全，邓希贤从这次会议起改名邓小平。

在电影《建军大业》中有这样的镜头，高大魁梧的毛泽东一袭蓝色长衫，精干瘦小的邓小平一眼就认出对方是毛委员，而阅人无数的毛委员也脱口而出“你就是那个精明强干的邓秘书吧”。在涛声震耳的长江边，在狭窄陈旧的木楼梯上，两位历史巨人一见如故，紧紧握手。

当我们将回望的镜头定格汉口，倾听这栋小楼上低沉而浑厚的历史回响：“枪杆子里面出政权！”涛声依旧，人间改换，唯有诗情满怀，与东方诗人一道吟哦：“把酒酹滔滔，心潮逐浪高！”

霹雳震天

——《西江月·秋收起义》

1927 年 8 月 7 日，在决定中国前途命运的八七会议上，毛泽东以非凡的胆略气魄和时代担当，响亮地发出了“枪杆子里面出政权”的呐喊。

随后，为这声石破天惊的呐喊付诸实践，从 9 月上旬开始，他再次告别妻儿，义无反顾地奔赴湘赣边界，去发动和领导向反动军阀和国民党反动统治宣战的秋收起义。在江西安源张家湾的军事会议上，毛泽东以党的前敌委员会书记的身份对起义作了精心部署，然后马不停蹄直奔参加秋收起义的主力部队中国工农革命军第一师第一团和第三团所驻修水、铜鼓方向，去指挥队伍按照湖南省委的决定攻打平江、浏阳，然后直取省会长沙。

为了缩小目标，他和中共浏阳县委书记潘心

源分头赶路。在与江西铜鼓交界的浏阳张坊的山道上，毛泽东被当地团防队逮住了。

这是毛泽东跌宕起伏的一生中唯一一次被捕。这几名团防队员万万没有想到，被他们逮住的，是他们闻之胆寒的农运大王。

出师未捷身先囚，怎么办？毛泽东故意将口袋里为数极少的银圆弄得嘣嘣作响，这种金属的碰撞声很令团丁痴迷。他边与团丁拉家常边用几块银圆贿赂了走在最后的那名团丁，然后一闪身钻入树丛。等到走在前面的团丁头目发现再追过来，毛泽东只好钻入水沟旁的荆棘丛中，他清楚地感觉到了那支快要顶住他的鼻子的枪管，屏住呼吸躲过了这一劫。

当他光着一双被树桩和乱石戳得鲜血淋漓的脚赶到起义军第三团驻地，被哨兵当作奸细，推推搡搡地送到团长苏先骏面前时，笑着说："人靠衣装马靠鞍，你看我这个样子，被你的哨兵认作了奸细，哪里有这么高的奸细哟！"

随即，起义军的三个团分别从平江、醴陵、浏阳发起军事行动。

9 月 11 日，秋收起义第一团从江西修水出发，欲取湖南平江，在平江县长寿镇外金坪地界遭遇混入起义部队的邱国轩部队的伏击，团长钟文璋仰天大哭后不知所终。

第二团主力为安源矿工。起义开始后二团曾打下浏阳城，由于军事素养极差，团长王新亚经验缺乏、小胜即骄，遭国民党军疯狂反击受到重创。第三团在毛泽东的亲自指挥下，11 日攻占白沙镇，旗开得胜，12 日又占领浏阳东门市，14 日遭强敌铁壁合围，毛泽东果断决策撤退至文家市，终于虎口脱险。

审时度势，冷静思考，就连平江、浏阳这样的县城都无法攻克，如继续攻打长沙无异于飞蛾扑火，刚刚组建的起义部队必然招致全军覆灭。于是，毛泽东在文家市会师后召开前敌委员会，大胆而果断地做出决策，放弃攻打长沙的计划，到湘赣边界敌军防守薄弱的罗霄山脉中段去，开展土地革命，保留革命火种，建立巩固的红色根据地。

在会师大会上，毛泽东说，目前我们打长沙，这是叫花子跟龙王比宝，赔本的买卖我们不干。但是，这种敌强我弱的态势是暂时的，现在的蒋介石好比一口大水缸，我们好比一块小石子，总有一天，这块小石子一定会打破蒋介石的大水缸！

从盲目乐观地进攻大城市，到农村包围城市开展武装割据，这是我党我军发展史上具有里程碑意义的新起点，体现了毛泽东坚持从中国国情出发寻求救国救民之路的非凡智慧和胆略。

蒋介石组织湘赣武装对我军围追堵截，起义总指挥卢德铭在突围时为掩护战友而慷慨捐躯。三湾改编时，起义前数千人马已削减至不足千人。就是这支打不垮、拖不烂的铁军，在毛泽东的率领下挥师井冈，建立了中国第一个革命根据地，用黄洋界的炮声和朱砂冲的鞭炮声，敲响了国民党反动派的丧钟。

毛泽东挥动诗笔，蘸着白沙镇的硝烟，就着文家市的灯光，写下了他的第一首军旅词章。

西江月·秋收起义

一九二七年九月

军叫工农革命，旗号镰刀斧头。匡庐一带不停留，要向潇湘直进。　　地主重重压迫，农民个个同仇。秋收时节暮云愁，霹雳一声暴动。

这首词没有华丽辞藻，没有曲里拐弯，开门见山，单刀直入，如战斗本身一样直接真实，干干脆脆，掷地有声。

上阕如一组从特写拉开的蒙太奇，亮出义师的番号和旗帜、行军路线、行动目标。

旗帜，是部队的灵魂。一面战旗，就是一团熊熊燃烧的战火。南昌起义仍沿用国民革命军左派的旗帜，而秋收起义的旗帜则是历史上第一次打出带有镰刀斧头的，体现中国共产党领导的人民军队的军旗。

这面军旗是由湖南华容的何长工为主设计的，因为何长工曾赴法国和比利时勤工俭学，在比利时曾学过工业设计。当他接受设计军旗的任务后，心潮澎湃，文思如潮，一夜之间便出图纸，起义军立即赶制 100 面分发至各团。秋收起义的部队有了我党我军自己的旗帜，全军士气高涨，斗志倍增。于是，毛泽东挥毫写诗时，首句就写下了这面光辉的战旗。

毛泽东的词的“匡庐”第一稿为“修铜”，“潇湘”为“平浏”。

“平浏”指平江与浏阳。起义部队包括卢德铭、余洒度率领的原武汉警卫团，余贲民率领的有千人之众的平江县工农义勇队，苏先骏率领的浏阳县工农义勇队及王新亚率领的安源煤矿工人武装。尽管毛泽东的《西江月·秋收起义》最后呈现为“要向潇湘直进”，但秋收起义的枪声最早在平江、浏阳、醴陵响起，而平浏醴都属于潇湘的一部分，记入“毛氏史诗”的荣耀，是平浏醴的光荣和专利。起义军中主要骨干，平江人余贲民早在 1922 年由毛泽东介绍加入了中国共产党，湘阴人陈毅安也早在 1924 年由毛泽东推荐加入中国共产党。

上阕用史诗的语言和风格，表现了起义军势不可挡的气势和行军的疾速。

下阕则以惜墨如金、尺幅万里的笔力，点明起义的原因。“地主重重压迫，农民个个同仇”两个重叠字分量颇重，“重重”形容中国农村封建社会遗传千年的土地制度给贫苦农民带来的深重灾难。“个个”指数亿农民同仇敌忾，推翻旧的剥削制度已是人心所向、大势所趋，在阶级矛盾激化到白热化时，代表人民大众的起义是正义之举，师出有名。

“秋收时节暮云愁，霹雳一声暴动”，秋收时节既是党中央八七会议确定的时间，也是广大农民群情激愤最易燃起复仇烈火的时段。春种一粒粟，秋收万颗籽。四海无闲田，农夫犹饿死。农民春种秋收流尽血汗养肥了不劳而获的地主，秋收的粮食到底应属于谁？你拿起秤杆剥夺我的生存权，我就拿起枪杆捍卫我的生存权，天经地义、理直气壮！于是，在暮色四合的愁云惨雾中突然响起正义的雷声。“暮”字内涵丰富，也可理解为剥削阶级已走向穷途末路，日暮途穷嘛！

有一首秋收起义的民歌这样唱道：“霹雳一声震天响，秋收起义举刀枪，跟着领袖毛委员，砸碎镣铐求解放。工友农友团结一条心，手中的枪杆要握紧。”

火辣辣的湘味赣韵扑面而来！

秋收起义是湘赣人民的骄傲、自豪和珍贵记忆，毛泽东的这首西江月，以50个字的极小篇幅，记述了震惊中外、影响巨大的历史事件，凝重沉雄，被方家称为“诗史”“史诗”。末句“霹雳一声暴动”振聋发聩，动地惊天，可谓纸上走惊雷，笔尖扭乾坤！

另外在韵脚处理上，作者大胆运用两阕末字同韵和湘音入韵的手法，别有洞天，独树一帜。

险隘炮声

——《西江月·井冈山》

“黄洋界上炮声隆”！那发唯一被放响的迫击炮弹，带着正义的呼啸，改写了井冈山根据地的历史。

1928 年 8 月，对于井冈山根据地来说，是危机四伏、多灾多难的苦夏。

井冈山革命根据地的建立，引起蒋介石极度仇视和万分忧虑。1928 年 7 月中旬，蒋介石指使湘赣军队合力“会剿”，红四军分两路奋起回击。从长沙来的湖南省委代表杜修经，瞒着毛泽东，带领红二十八团和红二十九团向湘南冒进，遭遇敌军重创，史称“八月失败”。正在永新指挥红三十一团、三十二团杀敌的毛泽东闻讯，立即率队赶赴湘南接应受挫部队。

8 月下旬，湘赣敌军以四个团的兵力进犯井冈山，而山上的红军守军说是一个团，其实不足一个营。团党代表何挺颖、团长朱云卿、副团长兼一营营长陈毅安据险守山，还有袁文才和王佐的地方武装也紧密配合，严阵以待。

五百里井冈山高林深，五大哨口是进山关隘，只要有一个哨口被敌军突破，整个井冈山都会陷入危机。而五大哨口中最险要的就是乱云飞渡、万丈绝壁的黄洋界了。

然而，这一次空城计的城头，就在这一夫当关、万夫莫开的黄洋界。

8 月 30 日，湘赣两军何键、鲁涤平部得知朱毛主力均出兵湘南，便乘虚而入，湘军三个团志在必得，来势汹汹。赣敌一个团慢了半拍，生怕头功被湘军夺走，行也匆匆，气也汹汹。一时间，黑云压城城欲摧。根据地军民面对潮水般向上涌来的敌人，用早已准备好的滚木礌石和库存极其有限的枪弹，还有刀山一般的竹钉阵，打得敌人鬼哭狼嚎，尸横遍野。

急于抢功的敌团长打红了眼，几个回合的损兵折将，更刺激了困兽的斗志，他们以兵力拼消耗，再一次发起更为疯狂的进攻。红军守军沉着应战，但经不住这力量悬殊的消耗，打退敌军几次冲锋后，我军阵地上不仅弹药将尽，而且滚木礌石也全部放完。汹涌而来的敌军大概听出红军阵地枪声稀疏，督战的军官大叫："共匪没有子弹了？给我冲！冲上黄洋界，升官又发财！"

望着蜂拥而至的敌人，何挺颖、朱云卿和陈毅安紧急商议，守山军民早准备好大刀长矛，只等敌人靠近就挥刀与敌肉搏，用最后的一滴血保卫井冈山根据地，即使井冈失守，也要用生命捍卫红军战士的荣誉，捍卫根据地的尊严！

三位守山指挥员几乎同时想到了最后的杀手锏，那就是仅有的一门迫击炮和三发炮弹。

敌军如蜂如蚁往上涌，黄洋界千钧一发。这位出生于岳阳湘阴界头铺，毕业于黄埔军校第四期炮科的副团长陈毅安果断下令，“目标正前方，预备——放！”

炮弹呼啸而出，呈抛物线飞往敌阵，守山居民欢欣不已地等待那惊天动地的一声炮响，结果等来的不是炮声，而是敌军的枪声和叫嚣声。

水子！朱云卿瞪圆双眼逼视陈毅安：“怎么搞的？再发！”又是一枚哑炮。

整个黄洋界都惊呆了，敌军疯狂地扑向哨口，守山的战士和民兵纷纷中弹倒在阵地上。已近绝望的战友们一齐把喷火的眼睛投向陈毅安，那眼神有焦灼，有悲愤，有希冀，也有怨怼，更有斥责。

陈毅安此刻心如止水，宠辱皆忘。他只有一个信念，这最后的一发炮弹，是守山军民绝境求生的希望，更是井冈山革命根据地红旗不倒的希望！他搬起这发炮弹，小心翼翼地装填入膛，再举起望远镜寻找最佳射击目标，然后发送了这枚救命弹。

炮弹呼啸着破膛而出，带着复仇的怒火掠过山林直射山下，“轰隆！”一阵摇天撼地的巨响，炮弹在一栋瓦房上垂直落下随即爆炸，整道山梁和峡谷都为之战栗，敌军阵地上刚才还不可一世的官兵不禁惊恐万分。

红军阵地上，军民齐声高呼：“主力回来了！”“毛委员回山了！”一时喊声大作，敌军信以为真，闻风丧胆，纷纷向山下逃窜。

原来陈毅安在望远镜中看到的那栋瓦房人影进出频繁，因此判断该屋是敌军指挥所，于是以打蛇打七寸、擒贼先擒王的战术，准确无误地端掉了这个指挥部，群龙无首的敌军兵败如山倒，全以为是红军主力抬着大炮回山了，于是趁着夜色惊恐万状地溜之大吉。

正在湖南赶往井冈山途中的毛泽东，收到了黄洋界一炮退敌的捷报，那山头的旌旗点燃了他的诗兴，那一声振奋军心的炮声撩起了他的豪情。他一勒马缰，通人性的战马扬起四蹄在山路上一阵飞奔，得得的马蹄如琴师的手指酣畅淋漓地叩击着钢琴键盘，一首响遏行云的“西江月”，随着这山路键盘的伴奏，唱响在罗霄山脉中段的崇山峻岭、大地高天：

西江月·井冈山

一九二八年秋

山下旌旗在望，山头鼓角相闻。敌军围困万千重，我自岿然不动。

早已森严壁垒，更加众志成城。黄洋界上炮声隆，报道敌军宵遁。

黄洋界保卫战是一场革命与反动、正义与邪恶的对抗战，是一次著名的以少胜多、以弱胜强的攻心战，是一个象征工农武装割据、农村包围城市是中国革命必由之路的经典战例，也是一个兵民为胜利之本，“军民团结如一人，试看天下谁能敌”的典型案例。

“山下旌旗在望”首句就出现了旗帜。纵观毛泽东诗词，随处可见一面面漫卷的红旗，红色的战旗是军之魂、兵之胆。红旗从秋收起义战场经过黄洋界跃过汀江飞上六盘山，一直飘上天安门城楼，毛泽东用红旗映红了他的诗词王国，也染红了我们的审美天地。

毛泽东是伟大的旗手，他的潜意识中具有深深的红旗情结。他为党中央机关刊物题写的刊名就叫“红旗”，他的工作用车就是国产的“红旗”。在他的很多诗词里，热血与红旗同色，豪情与红旗同飞！

“旌旗”“鼓角”“岿然不动”“森严壁垒”“众志成城”，宏大的战争场面，我方的高昂士气，对应着“敌军围困万千重”。人民战争是宏伟壮阔的，而敌人四个团的精锐之师不是吃素的。近乎空城的五百里井冈山岌岌可危，一旦失守，井冈山的人民即会惨遭杀戮，根据地将遍插青天白日旗，何键说过的“草木要过火，石头要过刀，人要换种”的疯狂咒语就会变成残酷现实。

是旌旗给了守山军民的必胜信念，是炮声摧毁了敌军的三魂七魄。毛泽东在马背上抒发的井冈必胜、人民必胜、中国的红色政权必胜的豪情壮志和乐观主义精神，化为了工农红军无坚不摧、无往不胜的战斗力。在布局谋篇和遣词造句上，毛泽东充分发挥了中国古典短歌小令灵活多变、尺幅万里、微言大义的特色，用最省俭的笔墨点明敌我兵力的悬殊，渲染战前大兵压境、咄咄逼人的紧张气氛。作者更为关注的是军民的精神面貌，“早已”和“更加”这两个感情色彩极强的程度副词，对守山军民的高昂士气进行热情赞美。随后笔锋潇洒而轻松地一转，“黄洋界上炮声隆，报道敌军宵遁”，用隆隆炮声为全诗作结，用“宵遁”二字辛辣嘲讽那曾是“围困万千重”的敌军，让全诗发出惊世骇俗、震撼心灵的春雷般的永不消逝的轰鸣。

那位临危不惧的神炮手陈毅安，是湘阴县一乡村教师的儿子，系黄埔四期炮科毕业生，瞄准发射，专业对口。陈毅安参加过北伐战争，秋收起义时随毛泽东上井冈山，他骁勇善战，屡建奇功。1930 年 7 月 27 日，任红三军团第八军第一纵队司令员、长沙战役前敌总指挥的陈毅安率领一支 300 人的敢死队强渡浏阳河，率先攻入长沙城。8 月 7 日凌晨，陈毅安为掩护战友而身中四弹，壮烈牺牲。陈毅安生前与妻子李志强两地相思，在戎马倥偬、白色恐怖的日子里鸿雁传书，55 封情书至今尚存。陈毅安，你信仰坚定，激情盎然。你用迫击炮书写心中大爱大恨，你用情书承载大义大情！你 25 岁的青春永远定格在界头铺的乡音里，三湾村的枫林上，黄洋界的炮声中……

风云突变

——《清平乐·蒋桂战争》

毛泽东的用兵如神原因之一，在于他对天下大势的精准研判。

1929 年秋前后的旧中国，表面看起来似乎是蒋介石为首的国民党反动派占了统治地位，然而多行不义必自毙，一个代表封建地主阶级和官僚资本主义利益的政党，必然众叛亲离，自绝于黎民百姓。

诚然，1929 年是中国共产党领导的中央苏区和红军比较艰难的时期。两年前的四一二反革命政变，如毛泽东后来写的诗句“黑手高悬霸主鞭”，而应运而生的是“红旗卷起农奴戟”。南昌起义、秋收起义、广州起义、平江起义、湘南起义、黄麻起义、百色起义、宁都起义等八大起义的枪声此起彼伏，震撼着中华大地。

国民党反动派凭借其强大的军事实力，疯狂

地绞杀起义部队，对红色革命实施泰山压顶式的大“围剿”，企图将新生的人民武装和根据地扼杀在摇篮中。为进一步扩大革命根据地，也迫于缓解井冈山根据地后勤补给压力，在一个大雪封山的日子，在一间四壁透风的民房内，毛泽东主持的中共前敌委员会全体会议作出重大决定，毛泽东和朱德率红四军主力向赣南进军，彭德怀率红五军驻守井冈山。

朱毛率红四军顶着鹅毛大雪挥师南下，国民党军队一路围追堵截。1929 年 2 月 1 日，部队在江西邬县吉潭遭强敌追击，朱德率警卫排奋起回击。第二天拂晓，敌军刘士毅部一个团包围了红四军军部宿营的圳下。朱德的妻子、红四军政治宣传队队长伍若兰闻警而起，手持双枪奋起迎敌，与警卫一连的官兵一道掩护首长撤离。她机敏地带几个战士从敌军侧面袭击，把火力引向自己，使已经陷入敌军包围圈中的毛泽东和朱德成功突围。陈毅在突围时与几名悍敌短兵相接，他挥起双拳将跑在最前面的两个敌兵打得趴下。另一名敌人一把抓住了陈毅的大衣，陈毅这件大衣可是他作为儒将的精致外包装哟，披上则风度翩翩，“颜值”陡涨，然而此时也顾不得风度和“颜值”了，他机警地一个金蝉脱壳，把心爱的大衣送给了索命的悍敌。就是这一战，伍若兰为吸引敌人火力，掩护朱毛脱险而中弹落入敌手，她坚贞不屈，大义凛然。2 月 12 日，伍若兰惨遭敌人杀害后，还被残暴的敌人割下头颅悬挂于城墙之上。

中国共产党的优秀党员、湖南人民的好女儿伍若兰的青春芳华，永远定格在 23 岁！

红四军在朱毛率领下，化悲痛为力量，变被动为主动，为保住红四军这一革命火种，征战奔袭在赣南闽西的千里山林中。

面对党内一部分人发出的“红旗到底能打多久”的质疑，毛泽东在 1928 年 3 月，发表《中国的红色政权为什么能够存在》一文，指出

“帝国主义和国内买办豪绅阶级支持着的各派新旧军阀，从民国元年以来，相互间进行着继续不断的战争……因为有了白色政权间的长期的分裂和战争，便给了一种条件，使一小块或若干小块的共产党领导的红色区域，能够在四周白色政权的包围中间发生和坚持下来。”毛泽东的这个光辉论断，不仅仅说明了鹬蚌相争、渔翁得利的古训，更深内涵是得道多助、失道寡助的道理。毛泽东洞若观火地看到，北洋军阀奉、直、皖三系连年混战，北伐战争导致旧军阀的衰亡，而四一二反革命政变后又出现蒋介石、冯玉祥、阎锡山、李宗仁和白崇禧几派新军阀。毛泽东预测蒋系和桂系必有一战，而新军阀混战则给红军和红色革命根据地带来蓬勃发展的机遇。

果然，1929 年 3 月，蒋桂战争在武汉引爆。蒋军咄咄逼人将桂军赶出湖北，桂军取道湖南败退广西老巢，李宗仁和白崇禧分别败走香港和越南。

毛泽东、朱德抓住时机，率红四军于 3 月 14 日一举攻克福建长汀，重创反动军阀郭凤鸣部，又以破竹之势攻克龙岩，占领上杭，闽西革命根据地红旗漫卷，歌声飘扬，井冈山播下的星星之火，如今已在闽西形成燎原之势。

面对这来之不易的大好局势，毛泽东抚今追昔，心潮难平，诗情勃发，再吟华章：

清平乐·蒋桂战争

一九二九年秋

风云突变，军阀重开战。洒向人间都是怨，一枕黄粱再现。　　红旗跃过汀江，直下龙岩上杭。收拾金瓯一片，分田分地真忙。

这是一首爱与恨情感炽烈，正义与反动对比强烈的杰作。毛泽东曾对人说这首词是在马背上吟成的。戎马倥偬，捷报频传。标题为“蒋桂战争”，其实不仅写了新军阀之间的混战，更记录和讴歌了红军进行的正义之战。黑暗与光明在交织，正义与邪恶在搏杀。毛泽东尤其善用对比手法，不仅在上下阕之间形成鲜明对比，甚至在一句诗中也对比强烈，泾渭分明，“洒向人间都是怨”就是这样的绝妙佳句。“洒”者蒋桂也，尤其是蒋，蒋窃取所谓“党国”大权，背叛革命，还一心翦除异己，导致军阀重开战，使无辜的生灵又遭涂炭，中华大地频起狼烟。他们梦中的黄粱全是民脂民膏。“怨”者，苦难深重的人民大众也。

对比之妙，体现在对战争的不同性质和迥异情感上，上阕表现作者对军阀重开战的仇恨与控诉，写战争给黎民百姓带来灭顶之灾的愤慨谴责。而下阕则以欣喜异常、浓烈无比的情感，用“红旗跃过”的生动意象，描述红军连克数城，深入开展土地革命的胜利景象，和翻身农民获得土地后的精神风貌与革命事业如火如荼的发展态势。“耕者有其田”是毛泽东最坚定的执政理念之一，他深深懂得土地是农民的命根子，他就是要用枪杆子去保卫农民的命根子，这不，“收拾金瓯一片，分田分地真忙”，“分田分地”这样朴实无华的词汇竟然可进入毛泽东的典雅高贵的“清平乐”。正是因为这四个字的朴实厚重，恰到好处、酣畅淋漓地倾吐了作者对中国农民血肉相连、脉搏相通的亲情大爱，体现了毛泽东对苍茫大地的心有专属、情有独钟。

这首吟成于马背上的词，是一首浸润着中华民族优秀传统文化精髓的精品力作。毛泽东率红四军挥师闽西、征战赣南、横戈粤东，手头无法翻阅经典，全凭心中学富五车。毛泽东引经据典、信手拈来，这首词中两处用典极见功力，一是“一枕黄粱再现”，二是“收拾金瓯一片”。

“黄粱”之典出自唐代沈既济的传奇小说《枕中记》，说的是秀才卢生进京赶考，途经邯郸，在城外不远处一个客店投宿，偶遇一位姓吕的道士。卢生是个“倾诉控”，一见吕道士就倾诉其家境是何等贫寒、苦不堪言，吕道士则是名“心灵鸡汤烹饪师”，他递给卢生一个枕头，卢生枕着这个枕头倒头便睡，梦见自己皇榜高中，春风得意马蹄疾，一日看尽长安花，无数美女向他明抛媚眼暗送秋波。他当场选了一个且立即拜堂，新婚燕尔、蜜月陶醉之际又当上了一人之下、万人之上的宰相。正当他升堂威风八面时，突然醒来，这才发现自己不在宰相府，而是在冰窖似的小店里，而店老板为他煮的那锅黄粱米饭还没熟呢。

在《清平乐·蒋桂战争》中，毛泽东顺手将吕道士的枕头递给蒋、桂军阀，让刀兵相向的双方如卢生般空欢喜一场，这是对新军阀和反动派鱼肉人民、倒行逆施的无情嘲讽和有力斥责。

金瓯，语出《南史·朱异传》：“我国家犹若金瓯，无一伤缺。”后用“金瓯”比喻祖国完整的大好河山。当代作家徐兴业曾有长篇小说《金瓯缺》获第三届茅盾文学奖荣誉奖。

上阕写“军阀重开战”，令人联想到军阀割据国土四分五裂，覆巢之下无完卵，兵荒马乱少安宁。下阕通过“红旗跃过汀江，直下龙岩上杭”的大跨度扫描，展示中国工农红军所进行的革命战争摧枯拉朽势如破竹，大军纵横驰奔，只为人民群众的翻身解放，只为耕者有其田。昔日被反动派的枪炮和铁蹄击碎的大好河山即美好金瓯，又以革命根据地的形式一片一片重新回到人民手中。

“清平乐”，一首唱给以蒋介石为代表的国民党反动派的无情挽歌，一首献给革命战争和翻身农民的热情赞歌！

秋之浩歌

——《采桑子·重阳》

1929 年的秋天，无论是对于红四军还是毛泽东来说，都是多事之秋。

远在莫斯科的共产国际在《国际新闻通讯》上郑重宣布：“中国共产党的奠基者、中国游击队的创立者和中国红军的缔造者之一的毛泽东同志，因长期患肺结核在福建前线逝世……作为国际社会的一名布尔什维克，作为中国共产党的坚强战士，毛泽东同志完成了他的历史使命。”

国内的上海《申报》于当年 9 月 27 日也发布了所谓来自福建的电报：“毛泽东在龙岩病故。”唯恐读者不信，《申报》又在 10 月 21 日再次报道：“毛泽东在上月暴死。”

毛泽东真如《国际新闻通讯》所说，“完成了他的历史使命”吗？

没有！远远没有！中央根据地还需扩大，土

地革命还要深入延展，那么多贫苦农民还在受压榨受盘剥，帝国主义、官僚主义、封建主义三座大山还压得中国人民喘不过气来……他的历史使命太繁重，他怎么能无视这一切撒手而去呢？他虽然染上了肺结核，而根据地又缺医少药，但是他仍然具有似乎是与生俱来的强大的肺活量，他能畅快淋漓地呼吸闽西深山老林的负离子。他在湖南省立第一师范所创立和践行的“文明其精神，野蛮其体魄”的行为范式，给了他战胜病魔的雄厚资本。疟疾也曾纠缠他多日，有什么了不起，不就是浑身发冷打摆子吗？裹上棉被就是！别人得疟疾没有奎宁不得安宁，他没有奎宁却安居永定。永定是著名的土楼之乡，以承启楼、馥馨楼为代表的土楼，历史悠久，规模宏大，结构精巧，造型古朴，今人入闽必去“打卡”。当年毛泽东是否考察过土楼尚不得而知，但我们知道他去永定主要任务是战胜疾病。

为什么会传出“毛泽东逝世”的谣言？当然是把妄想当现实的反动派的恶搞。然而无风不起浪，而这风又是从何而来呢？

这还得从6月说起，红四军在朱毛率领下，一路南征，第三次打下福建重镇龙岩。就在龙岩的公民小学，一场早就该召开的会议终于举行，即红四军第七次党代会。

舌头和牙齿总有相摩擦的时候。会上，毛泽东对红四军的黄巢、李自成式的流寇主义作法提出了批评，认为这种相对长期的流动作战难成大气候。这些意见受到了部分同志的抵触，被认为这是个人英雄主义和家长制作风。在会议进入选举议程时，他落选了，之前担任的红四军前敌委员会书记的职务由陈毅同志接任。

历史就是历史。毛泽东告别红四军的领导岗位，边养病边指导闽西特委的工作。7月上旬，他在闽西特委第一次代表大会上提出了土地革命、工农武装和建立政权三项基本方针。会后去了永定的金丰山区养病，化名杨先生，居住在山洞里的滋味，他就是在这个阶段亲身体验的。

上杭名医吴修山妙手回春，仅十多天后，毛泽东病情明显缓解，一度因病而滞的诗性，在重阳这天被上杭遍布于山林城镇的菊花“呼”地点燃。

采桑子·重阳

一九二九年十月

人生易老天难老，岁岁重阳。今又重阳，战地黄花分外香。　一年一度秋风劲，不似春光。胜似春光，寥廓江天万里霜。

客观分析，诗人当时的心态是极其复杂的，心态复杂时极易感叹人生，于是，我们听到了诗人吐出的第一个词是“人生”。

这短短两年他经历了怎样的人生啊！秋收起义转兵井冈，他被当时的中央和湖南省委视为“畏敌如虎，违背中央决定”，“行动太右，烧杀太少”，被取消中央政治局候补委员，遇上湘南特委军事部长周鲁“贵人健忘”，把撤销中央政治局候补委员误传为“开除党籍”，曾使毛泽东失去过组织生活的权利。作为中国共产党的创始者之一，指挥枪的军事统帅，一夜间竟然莫名其妙地没了党籍，那种伤痛和煎熬不言而喻。个人沉浮事小，但红四军的生死存亡、中国革命的前途命运事大呀！

菊花，历来是古今诗人争相观赏题咏的花中“名旦”，也是中国传统文化中具有君子风骨的生命符号。陶渊明的“采菊东篱下，悠然见南山”何其风雅洒脱！黄巢的“冲天香阵透长安，满城尽带黄金甲”则是何等雄浑豪气！李清照的“东篱把酒黄昏后，有暗香盈袖”又是何等清丽婉约！

毛泽东笔下的菊花不是开在东篱下，也不是城池里，而是绽放在硝烟弥漫的战地。毛泽东的诗词，不少景物是有移情功能的。古往今来，多少诗人写秋则悲秋伤秋怨秋，而毛泽东即使是独立寒秋心中也是春意盎然。这不，站在闽西的红军征战之地，他不仅没有独在异乡为异客的孤独，只有重阳登高远望的豪兴。虽然人生易老，逝者如斯，但革命人永远是年轻，大自然永远不衰老。正是有了正义的战争的洗礼，那象征着如火如荼的革命形势的菊花香透八闽大地，香彻秋水长天。

"一年一度秋风劲"，秋风以强劲之势横扫落叶，为造物主勤勉地清扫和涤荡那些腐朽没落的东西。对于闹翻身求解放的劳苦大众来说，这被爱憎分别且积极作为的秋风所吹拂一新的秋色，不似春光，胜似春光。放眼广袤山川大地，万木霜天，红色的武装斗争形势发展前景将如这战地黄花和寥廓江天一样绚丽多彩，光辉灿烂！

逆境中的毛泽东，失意落魄时的毛泽东，没有了职务，没有了指挥权，但他却拥有一个不似春光、胜似春光的天下。他丢掉的是锁链，获得的是整个世界！

善用叠词的毛泽东，这一次将叠词用得出神入化，妙不可言。"岁岁重阳"已为上句作结，句号已打，令人不防又来一句"今又重阳"，给人以日月星辰循环往复的意境之美、声韵之谐。下阕再现叠词绝非上阕的简单重复，而是"春光"频闪，美不胜收！

借物咏志，触景抒怀，毛泽东借战地秋菊的无限馥郁，托举了崇高壮美的战斗人生。

马背短歌

——《如梦令·元旦》《减字木兰花·广昌路上》

毛泽东说过，他在井冈山根据地和长征途中所写的诗词，大多是在马背上吟出的。

其实，在马背上完成的岂止诗词，还有对根据地发展，对红军和中国革命前途命运的战略思考。

毛泽东骑着那匹从敌团长胯下夺过来的白骏马，如一条玉龙飞舞在深山密林里，穿行在1930年1月的闽西北的崇山峻岭中。

1月5日，毛泽东在上杭古田的一家商铺里，点着那盏若明若暗、时燃时熄的桐油灯，提笔写下“星星之火，可以燎原”几个蝇头小楷，不，应该是龙飞凤舞的狂草，因为此时的毛泽东心情十分迫切。他收到了林彪散发的一封对红军前途表示悲观的所谓征求意见的信，而且毛泽东不知道这封信早已被林彪广为散发，已在军中形成较大的消极影响，“红旗到底能打多久”的质疑声如嗖嗖冷风侵袭着这支负重前行的队伍。

毛泽东拨了拨那消极怠工的灯芯，灯火还是不甚明亮，但他的心中却是一片光明。随着笔尖的跳跃，稿笺上出现了这段熠熠生辉的文字：

> 它是站在海岸遥望海中已经看得见桅杆尖头了的一只航船，它是立于高山之巅远看东方已见光芒四射喷薄欲出的一轮朝日，它是躁动于母腹中的快要成熟了的一个婴儿……

这是抒情的诗句，这是嘹亮的号声，这是1930年炸响在中华大地上的第一串春雷！

此时此刻，一支敌军的先头部队已逼近至古田15公里的地方。蒋介石暴跳如雷，用极不文明的语言痛骂金汉鼎等第一次“会剿”不力！继而组织第二次三省“会剿”，以14个团的兵力气势汹汹直扑古田。

红四军前委果断决定，军长朱德率主力一、三纵队离开古田跳出包围圈挺进赣南，直捣金汉鼎老巢，旨在逼迫其回家救火。毛泽东率第二纵队留在古田诱敌深入，掩护主力入赣。

就在写完《星星之火可以燎原》这篇不朽篇章后，毛泽东迎着曙光，从容不迫地收起文房四宝和墨迹未干的文稿，策马率部前往小池迎敌，只有真正与敌军接上火并咬住不放，主力方可顺利入赣。作为军事统帅，为了大局韬略，他把自己推向了离敌人枪口最近的前线。金汉鼎作为三省“会剿”总指挥，对红四军前敌委员会的工作给予了“大力支持”。他跟着朱毛的指挥棒转，14个团被朱毛收拾得服服帖帖。

毛泽东乘胜挺进赣南，白色的骏马潇洒地穿过连城、清流、归化、宁化，翻越了茶香四溢的武夷山，踏花归来马蹄香，白骏马从大红袍茶树边飞驰而过。20多天的奔袭积累了一触即发的诗情，在颠簸不已的马背上他早已完成了立意谋篇。于是，一到宿营地，他就迫不及待取出文房四宝，蘸着除夕和新年的喜气，笔走龙蛇，一挥而就：

如梦令·元旦

宁化、清流、归化，路隘林深苔滑。今日向何方？直指武夷山下。山下山下，风展红旗如画。

宁化、清流、归化，是福建省最西面的三个县，这里浩瀚无边的原始次生林，成为红军克敌制胜的绿色战场。三个县名即是实名，又泛指游击战广阔区域，散点透视，虚实相生。紧接三个短句，惜字如金地描写出了行军途中的艰难险阻。如果不亲身参战，是捕捉不到如此精准生动的诗句的，尤其是"苔滑"，说不定毛泽东本人就在这潮湿阴冷、布满青苔的山道上踩过滑过甚至摔倒过。然而敢于迎战一切困难和强敌的红军，神出鬼没，所向披靡。短短小令，寥寥数字，组成一幅全景式千里奔袭的壮丽图景，尤其是那象征着军魂的红旗，在风中漫卷，如火焰般在武夷山下燃烧。

红旗飘过武夷山，一路势如破竹，挺进江西。江西是毛泽东领导秋收起义开展武装割据的首站和起点，听到赣语，诗人肯定倍感亲切。

红四军的战略转移还在继续，目的地是吉安，红色的钢铁洪流取道广昌。公历的2月是阴历的正月，赣东赣南，漫天皆白，一生尤爱白雪的毛泽东，翻身下马，牵着他深爱的坐骑，步履铿锵地踏雪而行。回望自己和战友们踏出的雪中足迹，遥想明天重建更为广阔而坚实的革命根据地，各路雄师挺进江西重镇吉安的壮观景象，毛泽东的诗兴如漫天大雪，纷纷扬扬，不可遏止，一首银白色的"减字木兰花"横空出世。那洪亮、浑厚而高亢的湘潭口音，盖过了风雪呼啸，穿越了历史的天空，一直传到今天我们的耳中，激起我们心中滚滚的诗潮：

减字木兰花·广昌路上

一九三〇年二月

漫天皆白，雪里行军情更迫。头上高山，风卷红旗过大关。　此行何去？赣江风雪弥漫处。命令昨颁，十万工农下吉安。

词牌“减字木兰花”，是“木兰花”词牌由56个字减去12个字以后的变体。毛泽东选用这个词牌，来表现宏大的史诗风格的雪里行军场面，可谓字字珠玑。字是减了，但意境高了，意蕴深了，意味长了。

这是毛泽东公开发表的诗词中第一次写雪景的作品。毛泽东一生酷爱大雪，喜欢咏雪，他的《沁园春·雪》堪称人类社会咏冰雪千古绝唱。新中国成立后，他又有“雪压冬云白絮飞”“洞庭波涌连天雪”“飞雪迎春到”等脍炙人口的佳句，笔下的玉树琼花令人神往，所言之志玉洁冰清。

这是一幅气势恢宏的雪里行军图。南方罕见的大雪，让满目葱绿一夜之间变漫天皆白。按说这种恶劣天气是不宜行军的，但中国工农红军正是这样一支越是艰险越往前的雄师劲旅，越是环境恶劣越有利于军事行动。一个“迫”字点出了军情紧急。“头上高山，风卷红旗过大关。”这是一个仰拍的镜头，行军者的视角里，山在头上只能仰视，而再高的山，毛泽东和他的红军战士们都能把它踩在脚底，山高我为峰嘛！这面鲜艳的红旗，在毛泽东所描绘的银装素裹的画面里随风飘扬，在红旗感召和引领下，部队顺利跨过“大关”。

下阕开头又是设问句，“此行何去”与《如梦令·元旦》中的“今日向何方”异曲同工。军事上目标、目的地至关重要，问是问了，回答却扑朔迷离，用诗的意象指代军事目标。别急，诗人会给读者一个交代，“命令昨颁，十万工农下吉安”。昨天颁布命令，今天就顶风冒雪挺进赣地，十万工农，军威浩荡，一个“下”字，势如破竹。如此召之即战、有召必至的钢铁之师、威武之师，岂是蒋某人说剿便能剿灭的呢?

由于党中央纠正了红四军第七次党代会的错误决定，毛泽东重新回到领导岗位。1930 年 6 月，红一军团在福建汀州宣告成立，朱德军团长和毛泽东政委将红军和根据地引入全盛时期。

1930 年 8 月 23 日，红一方面军在湖南浏阳永和镇成立，毛泽东任总政委、总前委书记和中国工农红军革命委员会主席，朱德任红一方面军总司令，彭德怀任副总司令，滕代远任副总政委。林彪任红一军团军团长。

这一天，永和镇上数万居民喜气洋洋。毛泽东脚穿草鞋，头戴斗笠，站在李家大屋前一块麻石上，意气风发地向全体军民作报告。

弯过了九道湾的浏阳河的浪花似乎停止脚步，绵延起伏的七宝山和狮子山一道侧耳倾听这个令人热血沸腾、激情迸发的湘潭口音，山川大地都仿佛听出了“如梦令”的铿锵节奏，悟出了“减字木兰花”的雄浑湘音。

此时此刻，正在长沙县板仓坚持党的地下工作的杨开慧同志，是否听到了这个令她魂牵梦绕、血脉偾张、豪情四溢的声音?

饮马何方

——《蝶恋花·从汀州向长沙》

“星星之火，可以燎原。”既是革命的真理，也是精准的预言。

1930 年 6 月，距离秋收起义受挫不到三年，红军就由三湾改编时的不足千人的一个团，迅速发展为十万之众的大军团。

《三湾来了毛委员》的山歌还在人们耳际萦回，中央苏区和红军进入第一个全盛时期。

1930 年 6 月，由于周恩来同志尚在苏联，中央政治局工作由李立三主持。李立三在此之前旗帜鲜明地支持毛泽东的开展土地革命、实行武装割据、建立农村革命根据地的一系列战略思想，并以一定的政治担当，较好地解决好了恢复毛泽东在红四军领导地位的问题。但是在主持中央政治局工作期间，受共产国际“左”的思潮影响，他不切实际错判形势，提出了一系列“左”倾错误主张。他起草并通过、颁发了《新的革命高潮与一省或几省首先胜利》的决议，要求以武汉为中心举行全国中心城市起义和集中全国红军打中心城市。简而言之，李立三的主张就是八个字：“会师武汉，饮马长江！”

具体部署是朱德、毛泽东率领红一军团攻打南昌、九江，为武汉挡住东来之敌；由彭德怀、滕代远、黄公略率领红三军团，由贺龙、周逸群率领红二军团，由许继慎、徐向前率领鄂豫皖地区红一军分别从东、西、北三方全力攻打武汉；邓小平、张云逸率领广西的红七军、红八军攻击柳州、桂林然后经广州北上攻打长沙。

这是一个令蒋介石坐卧不宁，令革命军民欢欣鼓舞的宏图大略，也是一个完全脱离当时实际的盲目乐观属于空想的壁上画饼。

毛泽东的旧居韶山和李立三旧居醴陵相距不过两百来里，李立三从留法归来第一次“就业”，就是时任中共湘区委员会书记毛泽东的部下。李立三原名李隆郅，毛泽东说：“你的名字有点拗口。”李立三说：“那就改。”邓中夏看见外面站着三个工人，说：“就叫三立吧。”李立三说：“三立也有点拗口，叫立三吧。”在建立共产党指导的武装等方面毛泽东与李立三可谓英雄所见略同，交情甚笃。但是李立三如此头脑发热肾上腺素飙升，毛泽东深感忧虑。

但是，无论是不是去长江饮马，无论这个三军团会战的方案能不能落地，当前红军发展到全盛时期的形势的确令人鼓舞。蒋介石要与冯阎李争夺地盘和势力，如今是顾此失彼，腹背受击，但最令蒋介石寝食不安的是日益壮大的苏区和工农红军。即使没有李立三的计划，这风起云涌的土地革命和工农武装割据也足以让他头痛。

毛泽东也深深地为这大好的革命形势所激励、所鼓舞。作为第一军团的总政委，他白天在田间与农民拉家常，虽然湘潭话与闽西话极难沟通，但他与农民的心灵息息相通。晚上他点起油灯，思考着部队建设、土地革命等重大问题。接到进攻南昌的命令，朱德和毛泽东只能履行服从之天职，以摸着石头过河、到什么山上唱什么歌的心理，率领红一军团挥师南昌。6月22日，红一军团正式由闽入赣。

兵强马壮，战旗猎猎，红一军团先抵达会昌，7月11日进攻樟树，铁流滚滚，势不可挡。

马背上的军事统帅目睹蓬勃发展的革命形势和势如破竹的浩荡军威，浮想联翩，文思如潮，一首气吞河山的“蝶恋花”，随着哒哒的马蹄声，唱响在闽、赣、湘的山川大地。

蝶恋花·从汀州向长沙

一九三〇年七月

六月天兵征腐恶，万丈长缨要把鲲鹏缚。赣水那边红一角，偏师借重黄公略。　　百万工农齐踊跃，席卷江西直捣湘和鄂。国际悲歌歌一曲，狂飙为我从天落。

天兵者，王师也！李白有《塞下曲》歌曰：“塞虏乘秋下，天兵出汉家。”人民的军队，工农的武装，“替天行道”，为地作主，自然是王者之师，当今天兵也。天兵的使命，就是征讨一切腐朽腐败、恶贯满盈之流。

“万丈长缨”语出《汉书·终军传》，简言之，汉武帝派终军出使南越，劝说南越王前来朝见。终军请求帝赐一条长缨，表示一定用长缨把越王绑着押到汉武帝脚下。后来人们把毛遂自荐、自告奋勇的行为叫作请缨。

毛泽东是一部百科全书，无论赋诗作文还是演讲总是引经据典、信手拈来。“万丈长缨要把鲲鹏缚”，一语两典，天衣无缝。“鲲鹏”一词出自《庄子·逍遥游》：“北冥有鱼，其名为鲲，鲲之大，不知几千里也。怒而飞，其翼若垂天之云。”杜甫的《泊岳阳城下》，有“图南未可料，变化有鲲鹏”之句。这里写的“鲲鹏”，指国民党反动派阵营中的敌酋。

上阕前两句写兵出闽西，气势不凡。万丈豪情，溢出诗行。正义之师、威武之师挥戈征腐恶，任你鲲鹏再大也是我万丈长缨所缚所控的庞然之物。“万丈”凸显兵力之强，阵容之壮。把敌酋比鲲鹏，不是长他人志气，而是抒发魔高一尺、道高一丈的自信。毛泽东遣词如用兵，孙子兵法上有“兵出，诡道也”之云，正话反说，欲擒故纵，引而不发，以喜抑悲，这些方法毛泽东都信手拈来。距这首词问世 35 年后的 1965 年，毛泽东写《念奴娇 · 鸟儿问答》，也写到鲲鹏，而这里的“鲲鹏”却是高大巍峨的正面形象。

“赣水那边红一角，偏师借重黄公略。”在赣江的另一边，在赣西湘东一带，黄公略等红军将领开辟了湘鄂赣根据地，为主力红一军团进军江西作了强有力的配合和呼应。

在毛泽东诗词中，除了与人唱和之作和转赠之作（如赠丁玲、彭德怀、纵宇一郎等）外，以人名入诗者只有两人，且一正一反、一美一丑。反和丑者，张辉瓒也，而正面人物就是黄公略。

黄公略是湖南湘乡人，黄埔三期毕业生。参加过广州起义，协助彭德怀、滕代远领导了平江起义，在井冈山斗争和湘鄂赣革命根据地创建中功勋卓著。1930 年 1 月，黄公略任红六军军长，6 月任红一军团第三军军长，在湘赣边区领导发动群众，发展革命武装，过去的游击区连成纵横数县的革命根据地。黄公略英勇善战，且信仰坚定。1931 年 6 月，蒋介石煞费苦心，导演了一出“策反”黄公略的闹剧，黄公略大义凛然，要求红军总部处决受蒋介石之命前来劝降的胞兄黄梅庄，给了蒋介石一记响亮耳光。

1931 年 9 月 15 日，黄公略率众转移时，在吉安东固遭敌机袭击，壮烈牺牲。毛泽东笔蘸热泪，亲撰挽联：“广州暴动不死，平江暴动不死；而今竟牺牲，堪恨大祸从天降；革命战争有功，游击战争有功，毕生何奋勇，好教后世继君来。”

一诗一联，情重如山！《蝶恋花·从汀州向长沙》的上阕即写了主力雄风万里之势，又点名道姓咏颂“偏师”红遍赣水之威，虽是“偏师”，却是“借重”，毛泽东将逻辑严密的辩证法运用于形象思维见长的审美领地，出神入化，进退自如。

下阕更是体现了作者胸中自有雄兵百万的统帅风度，“百万工农齐踊跃，席卷江西直捣湘和鄂”，建立了苏维埃政权的广阔的红色根据地上，百万觉醒了的工人农民在中国共产党领导下，在告别黑暗寻求光明的大道上疾跑，革命浪潮以排山倒海之势席卷江西，同时以“直捣”的态势涌向湘鄂两省，来势凶猛，锐不可当。

词的结束句一反前面实时（六月）实数（万丈、一角、百万）实地（江西、湘鄂）实名（黄公略）等纪实风格，笔锋蓦然越过国界，指向那首从法国里尔唱起的，由欧仁·鲍狄埃作词的国际歌。这是一首全世界无产阶级革命的战歌，“从来就没有什么救世主，也不靠神仙皇帝，要创造人类的幸福，要靠我们自己！”激昂慷慨的歌词和催人奋进的旋律，鼓舞着不同国籍、不同肤色、不同民族的人民为共同信仰、共同的目标而前仆后继，勇往直前。

也许是急行军的队列中，响起国际歌的歌声，这震撼了无数革命者心灵的战歌，如滚滚狂飙从天而落。也许就在这群情撼天、狂飙落地之时，作为军团统帅，更应有泰山崩于前而色不变、麋鹿兴于左而目不瞬的淡定和理智。毕竟写诗和带兵区别甚大。果然当红一军团进入攻打南昌的前沿阵地时，赣敌已集结重兵于南昌，即使把红一军团的家底拼光也无胜算。于是坚持实事求是的毛泽东和朱德就命令部队隔河向南昌城放了一阵冷枪，算是对南昌起义三周年的有声纪念，随即掉头西去湖南浏阳，与刚打下长沙又撤出城区的彭德怀、滕代远的红三军团会师。“饮马长江”先改为“饮马浏阳河”吧，等一等吧！

这一等就等了 19 年，等来了“钟山风雨起苍黄，百万雄师过大江”！

赣南天兵

——《渔家傲·反第一次大“围剿”》《渔家傲·反第二次大“围剿”》

1930 年对于蒋介石来说是多事之秋，蒋冯阎李的中原大战丑剧还没闭幕，对中央苏区的大“围剿”又拉开了序幕。

蒋介石将第一次“围剿”的使命交给了江西省主席鲁涤平。蒋家王朝在收买冯玉祥、阎锡山这些新军阀时不惜一掷千金，但对于“围剿”红军时悬赏缉拿朱德、毛泽东、彭德怀、黄公略时，却显得特别吝啬，出价五万光洋。他咬牙切齿地对着一群记者大叫：“少则三月，多则五月，朱毛彭滕，一律肃清！”

12 月 5 日，蒋介石登上一艘高配置军舰，从南京星夜兼程赶往九江督战。

鲁涤平不敢怠慢，点齐 10 万人马，宣读了蒋中正关于任命张辉瓒为前线总指挥的命令，还宣布了关于击毙或生擒某个级别的官兵奖赏现大洋若干的价位，耀武扬威地向赣南推进。

只要不是在大城市拼消耗，你想来赣南山林里玩一把，红军乐意奉陪。毛泽东和朱德早已排兵布阵，并运筹帷幄，诱敌深入，将张辉瓒、谭道源的两个主力师成功地引入包围圈。

这场战役最生动鲜活的记叙，属于这首文近写真、气冲霄汉的"渔家傲"。

渔家傲·反第一次大"围剿"

一九三一年春

万木霜天红烂漫，天兵怒气冲霄汉。雾满龙冈千嶂暗，齐声唤，前头捉了张辉瓒。　　二十万重军入赣，风烟滚滚来天半。唤起工农千百万，同心干，不周山下红旗乱。

赣南的冬天，群山依然枫林如火，万木依然欣欣向荣。这是根据地百万军民心头熊熊燃烧的反"围剿"的怒火。四万正义在手的天兵满腔仇恨直冲云天！

在兴国与永丰之间的龙冈头圩，这天清晨大雾弥漫，能见度极低。张辉瓒和谭道源各率一师，按照毛泽东和朱德预定的时间，几乎是分秒不差地扑向龙冈，真可谓盲人骑瞎马，午夜临深池。

突然，四周山林响起枪声，早已布下口袋阵的红军借着迷雾的掩护，泰山压顶般地冲下山来，将敌军分成几截悉数包了"饺子"。张辉瓒还没辨清东南西北，就发现自己装备精良的"正规军"已溃不成军，那些令他和他的"校座"正眼也不曾瞧过的"赤匪"，竟然如从天而降的神兵，简直是来无影去无踪，根本就不按黄埔军校教材上的"牌"理出牌，三下五除二就把他这个堂堂中将师长、前线总指挥弄成了光杆司令。

光杆司令狼狈不堪地躲在一个土坑里，气急败坏地冲身边的无线电台发报员一顿狮吼：“吴人鉴，吴人鉴，快接谭道源，向我靠拢！”

无人应答，只有漫山遍野“缴枪不杀”的吼声，作为长沙人，张辉瓒听得出那一声的“缴枪不杀”，尽是平江、浏阳和醴陵一带的口音。

“吴人鉴！你听见没有？”张辉瓒从土坑里探出胖墩墩的身子，这才发现，几十米外，几名红军战士正押着吴人鉴往远处走。

“完了！求救没指望了！”张辉瓒蜷缩着身子躲进土坑，心里盘算着以不变应万变躲过红军搜捕。

“出来！出来！”

张辉瓒只觉头皮发炸，伸手摸枪，才记起刚才勤务兵为防止他举枪自毙，已将手枪夺去。转瞬间他拿定主意，以死猪不怕开水烫的赖皮姿态，对抗这名对他吼叫的红军战士。

“出来！缴枪不杀！”这喊声不是发自一人，而是一群。

躲是躲不过去了，赖也不是办法，张辉瓒万般无奈地举起双手。

“叫什么名字？”

“张辉瓒。”

随着张辉瓒的落网，蒋介石对中央苏区第一次大“围剿”以大败而告终。是役我歼敌一个半师，缴获枪械13000多条，电台半部。

千万别小看这半部电台。

这一役同时俘虏的吴人鉴，是毕业于黄埔六期的无线电专家。被捕时他正要发报向友军求援，几名红军战士冲上来几枪托就砸烂了电台。吴人鉴被俘后经教育启发，欣然同意留在红军，他改名王诤，就凭那台被枪托砸烂的半部电台起家，亲手组建了红军第一支无线电发报队。王诤在长征时因患疟疾不幸掉队，周恩来闻讯后立即派人四处寻找终于找到。后来在党中央驻地西柏坡，就是以王诤为负责人的无线电台，为毛泽东指挥辽沈、平津和淮海三大战役提供了灵敏而稳定的通信保证。

让我们回到《渔家傲·反第一次大“围剿”》的壮美雄奇的意境中来。

毛泽东的这首词，在上阕的短短四句中，就高度概括和再现了反第一次大“围剿”的辉煌胜利，但是词还得写下去，写什么呢？

蒋介石又指使何应钦指挥20万人马，以步步为营的缜密和谨慎，用700里的长蛇阵，搅得赣南大地狼烟滚滚。

中央苏区早已壁垒森严，众志成城。我们能前头捉了张辉瓒，就能在后头捉了何应钦，只要你敢踏入我革命根据地的汪洋大海！别说是“二十万军重入赣”，即使是更多更疯狂，根据地也是你们的陷阱和坟场。“唤起工农千百万，同心干”，这已不仅是“渔家傲”里的词句，更是中央苏区呈现出的真实情景。

“不周山下红旗乱。”毛泽东引经据典独具匠心，常常是反其道而行之。此典自出西汉《淮南子》：“昔者，共工与颛顼争为帝，怒而触不周之山，天柱折，地维绝。天倾西北，故日月星辰移焉；地不满东南，故水潦尘埃归焉。”说的是远古时共工与颛顼争夺帝位，共工大败，于是愤怒地用头撞击不周山，于是天地倾斜，山川变形。传统观念认为共工是失败者，而毛泽东认为共工敢作敢为，敢于破旧立新，是一个扭转日月乾坤的真英雄。在这首词里，借共工的不惜撞破头颅挑战旧世界的伟大牺牲精神，写根据地军民为推翻蒋家王朝的黑暗统治而浴血奋战寻求光明的大无畏精神，把“不周山”搬到赣南，让旧世界在红旗大“乱”中获得新生。仅区区三字“不周山”，穿越漫长时空隧道，使红色的战地词平添无限厚重与沧桑。

何应钦以张辉瓒为殷鉴，不再长驱直入，力求稳打稳扎，但战术改变了，对手没有改变，还是朱毛。

在吉安东固的密林里、峡谷旁、峭壁上、溪涧边，毛泽东和朱德指挥红军整整埋伏了25天。埋伏需要等待，等待需要忍耐，忍耐一两个小时尚可憋得住，忍耐一天两天也可扛得住，忍耐25天太难，如宋江在浔阳楼题的诗一样，“恰似猛虎卧荒丘，潜伏爪牙忍受”，这对于那些血气方刚、爱动爱拼的红军战士来说，忍受得了吗？

忍字头上一把刀！埋伏是手段，歼敌是目的。5月16日，终于等来了战机，敌王金钰师成建制地走出被苏区军民称之为“乌龟壳”的碉堡，进入红军的伏击圈。白云山上怒气冲天的白云睁圆了眼，见证了英勇的红军如飞将军从天而降，以迅雷疾风的气势击碎了王金钰和公秉藩的两个师。

紧接着，朱毛改静为动，乘胜追击，“围剿”者反被“围剿”，红军以摧枯拉朽之势东进700里，奔袭半月，所向披靡，歼敌三万，缴枪五千，五战五捷。

毛泽东将收到的捷报翻过来，蘸着硝烟和激情，再唱一曲“渔家傲”！

渔家傲·反第二次大“围剿”

一九三一年夏

白云山头云欲立，白云山下呼声急。枯木朽株齐努力。枪林逼，飞将军自重霄入。　　七百里驱十五日，赣水苍茫闽山碧。横扫千军如卷席。有人泣，为营步步嗟何及？

词的开头起势突兀，奇峰高耸。渴望痛歼敌人的红军如饿虎下山，苏区男女老少一齐参战。作者顺手从西汉牵来李广将军威名，比喻骁勇善战、血性拼杀的红军将士。战斗场面的威武雄壮、惨烈悲壮，跃然纸上。

即使写刀光血影的战争，毛泽东也没忘记用诗人的眼光去讴歌山川风景的壮丽与秀美。在大进军、大追剿、大反击、大决战的“十五日”，红军横扫千军节节胜利，敌军穷于招架节节败退，直至一败涂地。作者在词的结尾不再写战争实况，而是辛辣而揶揄地嘲笑蒋介石和何应钦，“有人泣”，哭什么呢？“为营步步嗟何及”。“我都如此谨慎地做到步步为营了，修筑碉堡也没少花银圆，为什么没有达到‘围剿’红军的目的，反被红军所‘围剿’了呢？”

从纪实叙事娓娓道来，临近结尾，突然剑走偏锋，从宏大叙事转入冷嘲热讽，使词作摇曳生姿，峰回路转，且泼辣睿智，余味无穷。

彩练当空

——《菩萨蛮·大柏地》

朱毛于1928年4月正式大会师，而大柏地一战则是朱毛会师后红军打的第一次大胜仗。

南昌起义部队的主力在潮汕遭受重创，朱德所率三河坝阻击战的部队历尽艰辛辗转在粤北湘南一带，为保留革命火种，朱德化名王楷，与曾经的同学和盟友国民党第十六军军长的范石生进行保持统战关系的合作。朱德从报上得知毛泽东率秋收起义队伍在井冈山开辟革命根据地，十分向往，于是派毛泽东的胞弟毛泽覃去井冈山找毛泽东，企望两军会师。

毛泽东也是早有此念，于是派何长工下山寻找朱德。何长工从酃县出发，刚下山就被团防队逮住，他自知额头上戴军帽的箍痕和握枪的手茧会暴露自己的身份，于是干脆装作红军的逃兵，被关的晚上又发动全体被关的人彻夜喊冤，团防队被群体性闹事搞得鸡犬不宁，第二天竟然放了这个又高又瘦又捣蛋的“逃兵”。何长工从长沙辗转香港、广州、韶关，在一个澡堂听几个当兵的说“王楷到了韶关，在范军长的部队当差”不禁喜出望外。这真是踏破铁鞋无觅处，得来全不费工夫。于是他从箱底翻出那套白西服，带上红领带，化装成归国华侨直奔朱德驻地。哨兵拦住他不让进，恰好被陈毅撞见：“这不是何坤么，我在法国留学的老同学嘛！”就这样，经何长工和毛泽覃穿针引线，朱毛终于在 1928 年 4 月 28 日胜利会师。从此井冈山根据地进入鼎盛时期。井冈山会师对巩固扩大井冈山革命根据地，推动全国革命事业发展具有划时代的意义。

1929 年 1 月 14 日，红四军主力在朱德和毛泽东率领下挺进赣南，一路上，国民党军刘士毅部以优势兵力对我军穷追猛打。2 月 9 日，红军转战到了瑞金县以北的大柏地。朱德和毛泽东发现，大柏地以南是一条峡谷，且树林稠密，极易隐蔽，于是巧布伏兵，张网以待刘士毅。

刘士毅如期而至，在隘前与红军的第二十八团第二营交火，两方对峙一整天。第二天清晨再次开战，开始了拖刀计的二营且“败”且退，将敌人的一个旅带进了包围圈。刘士毅以“乘胜追击”的姿态和心态进入了麻子坳和前村，红军第二十八团一营截断了敌人后路，朱毛一声令下发起总攻，大柏地顿时枪声大作、杀声震天。毕竟敌军是装备精良的虎狼之师，而红军还有部分使用的是马刀和梭镖，尽管敌军被“包了饺子”，但这“饺子”也不是那么好包的，于是就出现了毛泽东笔下的“当年鏖战急，弹洞前村壁”的诗句。鏖战者，激烈而艰苦之战斗也。当红军战士如猛虎下山扑向敌阵，石头、木头乃至拳头都成了肉搏的武器。就是这一战，毛泽东也完成了持枪杀敌的壮举。他举枪率身边的警卫排如离弦之箭冲入敌阵，并振臂高呼：“同志们，跟我来！”这一呼令全军士气大振，这一呼山鸣谷应，这一呼敌军闻之丧胆。这一呼喊的声音和这一举枪的雄姿，定格在大柏地的青山绿水里、风雨彩虹中。

这一仗歼敌无数，俘虏八百。生擒敌团长肖致平、钟恒，缴获枪械800余支。

这是一场告别“瘟神”纠缠的战斗，从此红四军如鱼得水地游击于赣南闽西万山丛中，得以迅速开辟、创建和巩固中央红色政权。

三年后的1933年夏天，毛泽东策马重回大柏地。这期间，被连续四次反“围剿”弄得焦头烂额、面子丢尽的蒋介石，正在调兵遣将部署对中央根据地进行第五次“围剿”，中国工农红军面临更为严峻的局面。

此时的毛泽东旧地重游，主要任务是领导查田工作。按说他那一段时间的心情是忧郁多于晴朗，境遇应是失意多于顺意，但是一向以国家民族和人民利益为最大利益的毛泽东一进入大柏地境内，心中的乌云一扫而光，进入视野的是一幅七彩缤纷、流光溢彩的壮丽图景。

不知是大自然的刻意安排，还是气象变化的机缘巧合，诗人踏上大柏地仰头看天时，一阵风雨识时务地骤然停止，刚才满天乌云大半散去，明媚的阳光从云层中射向大地山川，大柏地上空一道彩虹如挥舞在九天之上的彩练。苍翠欲滴的群山在雨后的斜阳照耀下，在天上彩虹的辉映下，显得更为苍茫雄壮，好似一幅中央苏区大好风光图！

旧地重游，触景生情。诗人的马蹄踏过麻子坳的石桥，来到前村，毛泽东下马走到村头，凝视着前村民舍墙壁上的累累弹洞。这弹洞，就是三年前那场激战留下的印记，这一排排黑色的弹洞，是敌军罪恶的见证，是红军写下的诗行，是当地民居外墙最好的装饰图案，是革命根据地人民众志成城、英勇杀敌的永恒见证！

抚今思昔，心潮澎湃，放眼天上人间，胸有气象万千。是天上的彩虹点燃了诗人的诗兴，还是诗人的诗心舞动了天上的彩练？一首色彩艳丽、气壮山河的“菩萨蛮”，让一支饱蘸对红色根据地人民的倾心大爱的笔，酣畅淋漓地写在了前村壁上：

彩练当空

——《菩萨蛮·大柏地》

菩萨蛮·大柏地

一九三三年夏

赤橙黄绿青蓝紫，谁持彩练当空舞？雨后复斜阳，关山阵阵苍。　　当年鏖战急，弹洞前村壁，装点此关山，今朝更好看。

毛泽东的这次创作历时三年多，是重回大柏地唤醒了他的诗笔，让一篇打腹稿长达三年的瑰丽诗篇赫然问世。戎马倥偬的岁月，毛泽东不仅创造了大美的根据地历史，创造了诗人大美的人生经历，也作为审美主体对审美客体所蕴藏的美予以最大限度地发掘、放大，使之唤起更多参与审美者的多形态多层次的审美体验。《菩萨蛮·大柏地》更是如此。作者将斑斓绚丽的天上美景和弹洞装点的地上奇观同框而绘，将革命的英雄主义与浪漫主义、乐观主义熔为一炉，借助审美客体通过审美主体的联想、知觉、情感、表态产生令人拍案叫绝的移情作用，使读者分享作者登山则情满于山、观海则意溢于海的审美愉悦，而这种由天上彩练舞、地上关山苍、墙上硝烟现的意象所传导、感知于读者的美，早已超越单一的自然美，步入诗词的艺术美、作者的情志美，最终进入具有崇高壮丽意蕴的社会美。审美主体为读者创造的是红色根据地的壮美，是革命必胜、人民必胜的坚定信仰和革命乐观主义的大美。

踏遍青山

——《清平乐·会昌》

毛泽东的一生跌宕起伏，一如登山。时而路隘林深苔滑，时而五岭逶迤、乌蒙磅礴，时而风景这边独好，时而雄关漫道真如铁，时而跃上葱茏四百旋，时而横空出世莽昆仑，时而惊回首离天三尺三……

正当毛泽东和朱德精心运筹、接二连三粉碎蒋介石对根据地的几次大“围剿”，中央苏区欣欣向荣、蒸蒸日上时，由于王明路线的直接干扰破坏，毛泽东这个没有国际背景的中国原生态式革命家，在党内崇洋之风极盛的特定时段，被迫离开红军的军事指挥岗位。

个人进退事小，民族解放事大，中国共产党将马克思主义基本原理同中国的具体国情相结合，走中国特色的土地革命之路，何错之有？为什么共产国际常常派出代表对中国革命指手画脚，派出的军事顾问总是花拳绣腿呢？

1933 年年初，日寇的铁蹄已大举蹂躏华北大片土地，中华民族危机日益严重。作为国民党政府主席，蒋介石却在用奉化方言四处宣讲“攘外必先安内”，至民族危亡于不顾，调集百万兵力以及 200 多架飞机，自任总司令，对位于赣南闽西的中共革命根据地进行空前规模的大“围剿”。在军事上，蒋介石采用佛塞尔的“堡垒主义”新战略，斥巨资大修碉堡。蒋介石聘请的军事顾问佛塞尔也是德国人，佛塞尔向蒋介石算了一笔账，中共领导的中央苏区方圆也就是 500 平方公里，百万军队将其团团围困，实行经济贸易封锁，以步步为营、稳打稳扎战术，大筑明碉暗堡，每天向内推进一公里，碉堡也随之往里推移，也就一年时间可获全胜。

蒋介石居然接受了这个机械的战略，于是在封锁线外大兴土木，对中央苏区实行铁桶般的军事围困和经济封锁，尤其对粮食、食盐和药品严加控制。中央苏区陷入重围，在李德这个只受过谍报培训的“洋干部”一边翻着西方的军事教科书，一边现学现卖的指挥下，被动挨打，引颈受戮，根据地日渐缩小，全军上下士气低落，人心惶惶。

如果坐在棋盘前的是毛泽东，他决不会固守城池坐以待毙，他是游击战和运动战相结合的圣手，如果由他来指挥第五次反“围剿”，佛塞尔的堡垒必然变成国民党军队的坟墓。

历史不能作选言判断，第五次反“围剿”没有“如果”，毛泽东只能根据当时中央的安排，在会昌县文武坝养病。于是，就有非军事行动的登山的机会。

这次登山是在会昌。登山前，毛泽东参加了在文武坝举行的粤赣省委扩大会议。在这里，毛泽东见了他的老部下、湖南老乡何长工。

1934 年春，何长工调任粤赣军区司令员兼政委、粤赣省委常委兼宣传部长。粤赣军区有红二十二师的正规军、三个军分区和十多个独立团的地方部队。红二十二师有官兵八千多人，龚楚、程子华先后任师长，方强、黄开湘任过政委。

何长工这个粤赣军区司令员和政委当得很艰难，毛泽东充分肯定了何长工抵制修碉堡，只挖战壕的战术。何长工说：“修碉堡没有钢筋水泥，像小孩子的把戏，一擢就垮，贻误战机，洋干部只晓得出洋相、磨洋工、受洋骗、上洋当。”毛泽东说：“你是喝过洋墨水、啃过洋面包的，跟洋人打过交道，你不会上洋当。”

何长工陪毛泽东深入军民之中做了十多天调查研究，一起制订了有针对性的作战计划。接着，毛泽东出席了粤赣省委扩大会议。与会的同志们见毛泽东来了顿时欢呼雀跃，掌声如雷。毛泽东发表了令人振奋的讲话：“我们的事业是正义的，最后的胜利是属于我们的！”

7 月 23 日，毛泽东一大早就起床，和何长工等一行六七人从文武坝出发，来到会昌城外高峰岚山岭。登高望远，毛泽东心潮澎湃。透过郁郁葱葱的崇山峻岭，联想到坎坎坷坷的反“围剿”斗争，更意识到中央苏区正在错误路线的指导下丢失殆尽，但粤赣军区所辖范围运用游击战与运动战相结合的方针，应对强敌的堡垒政策，体现了风景独好的可喜局面。放眼向南，那层峦叠嶂之外该是浩瀚无垠的东海了。山外有海，天外有天，中国是幅员辽阔的泱泱大国，东方不亮西方亮，黑了南方有北方，突破蒋介石百万大军的重重包围，是中国共产党和工农红军的必由之路。

回到文武坝，毛泽东乘兴挥毫，一首脍炙人口的“清平乐”，在何长工的见证下赫然问世：

清平乐·会昌

一九三四年夏

东方欲晓，莫道君行早。踏遍青山人未老，风景这边独好。会昌城外高峰，颠连直接东溟。战士指看南粤，更加郁郁葱葱。

阅读、欣赏这首词，一种带着山野的风、远方的海、近处的绿的清新明快之气扑面而来。拂晓的青山，空气是甜的，密密的负离子沁人心脾。在这种生机勃发、活力四射的氛围中，“踏遍青山人未老”，告诉每一名读者，只有奋斗的人生才永远是青春勃发的。这个富于人生哲理的金句，被人们无数次引用、化用。距此词问世 43 年后，叶剑英吟出了“老夫喜作黄昏颂，满目青山夕照明”的佳句，让人立即想起毛泽东的“踏遍青山人未老”。青山，是代表青春的意象，是革命者的生命符号。毛泽东也曾在改诗赠父亲时有“人生何处不青山”的句子，可见毛泽东心中的青山是何等壮丽美妙。

“风景这边独好”，又是一个天生本成文、妙手偶得之的经典诗句，后人常常将作者在两年后问世的《沁园春·雪》中的“江山如此多娇”集成佳联。一个“独”字，即是对当时粤赣军区军民创造的灵活机动应对敌军“围剿”的方法和成效的赞美，也是对蒋介石百万之众团团包围的中央苏区之外别有洞天的世界的一种急切向往。红军突围势在必行，中国之大足以让久困包围圈的红军突破重围纵横驰骋。莫道君行早，更有早行人，兵贵神速，不能再犹豫了！毛泽东在“清平乐”开篇就以杜鹃啼血的精神奋力疾呼“东方欲晓，莫道君行早”，也许那弦外之音是“不早了，该走了！再不走就晚了”。

20 世纪 60 年代初，因为要将毛泽东诗词部分译成外文向国外发行，袁水拍、叶君健询问过毛泽东，“莫道君行早”的“君”是谁?

毛泽东答，“君”指自己。毛泽东说过，这首词写在长征之前，当时的心情是郁闷的，而伟人的郁闷，大多与孤独同行。

然而在我们朗读《清平乐·会昌》时，非但看不出作者的郁闷与孤独，反而强烈地感受到他视野的高远、胸襟的博大，对红军的前程充满乐观主义精神，对中国革命的前景充满必胜的信念。

这，也许就是历史巨人有别于凡夫俗子之所在。

不久，又一个事关中国革命前途命运的选择，以不经意的方式，横在当时的中央最高决策人博古、李德的面前——毛泽东是否参加突围？也就是说，长征要开始了，毛泽东是随军长征还是留在苏区？

擎天之柱

——《十六字令三首》

山在世人看来，大多时候是沉默的。然而在诗人的眼中，山是可以发出呼唤、呐喊甚至咆哮的，当它找到代言人以后。

为山代言是没有明星代言费的，因为山属于地球村，而不属于某个公司，没有任何个人和组织对这笔费用负责。而大多数为山代言者视金钱如粪土，视山川为至尊。

“危乎高哉！蜀道之难，难于上青天!”这是李白在为秦岭巴山的峥嵘崎岖、险峻强悍代言。

“千山万壑铜壁铁墙，抗日的烽火燃烧在太行山上!”这是桂涛声、冼星海在为太行山的抗日军民代言。

“山，快马加鞭未下鞍。山，倒海翻江卷巨澜。山，刺破青天锷未残。”这是毛泽东在为红军长征路上所有的山代言，为将五岭乌蒙踩在脚底的英勇顽强的红军将士代言。

让我们怀着对高山峻岭的崇敬，仰望这首创作耗时长而文字短的，堪称人类文明史上最走心、最耀眼、最撼人心魄的小令吧。

十六字令三首

（1934—1935 年）

其一

山，快马加鞭未下鞍。惊回首，离天三尺三。

其二

山，倒海翻江卷巨澜。奔腾急，万马战犹酣。

其三

山，刺破青天锷未残。天欲堕，赖以拄其间。

三首小令共 48 字揽千山万壑于眼底，遣冰山绝壁于笔端，滚滚铁流跨峰越岭，得得蹄声撼天动地！可谓是尺幅之内展万里之势，方寸纸上写千古强音。

“从 1934 年到 1935 年”，这是新中国成立之后经毛泽东亲自校勘确定的写作时间，数十首诗词绝大多数为某年某月或某年某季，有的还具体到了月日，如《七律・和郭沫若同志》（1961 年 11 月 17 日），唯独这篇《十六字令三首》写作时间跨了年度。《十六字令三首》的创作伴随毛泽东参加和领导红军长征的过程。当然，毛泽东绝非天天在为这篇作品酝酿写作、修改润色，但是毛泽东却是将长征这部人类历史上最伟大的红色传奇，最撼人心魄的宏伟诗篇，用金沙江和大渡河水作墨，大写在苦难深沉的中华大地上。

当然，我们也可以将《十六字令三首》创作时间理解为 1934 年冬到 1935 年春。

由于王明及其“左”倾路线的代理人“遥控”和“直控”，毛泽东受到了极不公平的打压和排挤，就连参加长征的权力都险些被取消。

幸亏周恩来的据理力争，毛泽东终于获准用担架抬上长征路。据毛泽东当时的警卫员吴吉清著书介绍，由于当时中央纵队编队名单上没有毛泽东，他去领配发的军需用品时，硬是没有毛泽东的名字。

就是这位没有户口的编外人员，类似当代临时工的强行介入，才使这支陷入绝境的武装力量走向光明，当然，其间自有千难万险，历尽波折。

当然，当时就连毛泽东也未料到，这一步跨出瑞金，会“屈指行程二万”，也不曾料到最终目的地是陕北。突围是为了摆脱蒋介石对中央苏区的铁壁合围，走出那些越修越近的碉堡的森林，获取尽可能宽广些的作战区域。再理想化一些，就是向红二六军团所在的湘西靠拢，因为在此之前已有任弼时、关向应与贺龙的会师。殊不知，蒋介石早已集中精锐之师在湘西一带张网以待。

湘江一战，八万六千红军主力锐减至三万人，滚滚湘江成血海，当地人称三年不食湘江鱼。曾任指挥员之一的林彪在新中国成立之后曾到湘桂一带旧地重游，就是不忍去强渡湘江的遗址，也许是因为那里英魂和冤魂太多，也许是因为记忆中那一片水血色太浓……

躺在担架上本来就呼吸困难的毛泽东，更感到一口气憋在胸口不吐不快。终于，在湖南通道召开的扩大会议上，注意，当时凡毛泽东能参加的会议必然是扩大会议，只有在周恩来坚决要求下才有毛泽东发言的可能。毛泽东从担架上坐起来，力排众议，语惊四座：

“不能再去湘西了，蒋介石在那里等我们。哪里去？学唐僧取经，西天去！”

感谢那副制作粗放的担架，它抬起了一个足智多谋的军事统帅，它抬起了一支百折不挠的工农武装，它抬起了中国革命的灿烂未来。

随着身体的逐步康复，毛泽东走下担架，翻身上马。而遵义会议，就是他潇洒跨上骏马的地方。

第五次反“围剿”的节节失利，被迫转移，湘江之战的创巨痛深，激起大多数红军将士对以博古、王明、李德等推行的“左”倾机会主义的愤慨，在周恩来、朱德、张闻天等的努力下，终于在遵义会议上确立了毛泽东对红军的军事指挥地位。尽管是协助周恩来指挥红军，由于周恩来深信毛泽东的指挥才能，且能以坦荡阳光心态予以配合，因此结束了博古、王明和李德“左”倾盲动草菅人命式的错误指挥的历史，开始了以四渡赤水为标志的从胜利走向胜利的光辉征程。

有资料称，中央红军即红一方面军翻越的大山达20多座，包括大庾岭、骑田岭、都庞岭、越城岭、天南山、佛顶山、大娄山、乌蒙山、梁王山、拱王山、小相岭、大相岭、夹金山、梦笔山、长板山、打古山、拖罗岗、岷山、秦岭、六盘山等，其中有五座山终年积雪，即夹金山、梦笔山、长板山、打古山、拖罗岗。这份资料上不知何故，统计雪山时少了岷山，“更喜岷山千里雪”嘛，岷山的主峰还叫雪宝顶呢。

这些被红军踩在脚下的山，这些被毛泽东所乘坐的战马之蹄丈量过的山，或者是其中的一部分高山峻岭，耸立在毛泽东的诗笺上，构成一种雄浑之美、崇高之美。

三首小令，三组惊心动魄的蒙太奇。

其一，一个“山”字，开门见山，如一个大全景的群山猛推特写，定格为拔地而起的巍巍大山一座，继而一阵蹄声如天鼓般敲响，驰骋者在策马扬鞭之际，猛然回头不觉大吃一惊，原来自己离天仅三尺之遥！

高天纵马，何等雄健豪放！回首一“惊”，读者也差点惊出一身冷汗。这是骁勇善战的红军在跨马疾驰。一个“惊”字，写出红军日夜征战为常态、摩天险峰入眼来的万丈豪气。

毛泽东不愧为语言魔术师，他将湖南常德民谚“上有骷髅山，下有八宝山，离天三尺三，人过要低头，马过要下鞍”信手拈来，用十六字令而择其精华，你说“马过要下鞍”，而他笔下的勇士偏偏“快马加鞭未下鞍”，反其意而用之，化腐朽为神奇！

再看“其二”。“山，倒海翻江卷巨澜。奔腾急，万马战犹酣。”

如果说“其一”用了近景和特写，那么“其二”则用的大广角大全景的摇镜头。连绵起伏、层峦叠嶂的群山如波澜壮阔、浊浪排空的大海，汹涌澎湃，直扑天际！这是作者傲立高山之巅时一览众山的直觉。杜甫有“风雨不动安如山”之句，古往今来写山咏山者很少将一望无际的群山作倒海翻江的巨澜之喻，而毛泽东却以独特的视觉发现，把静止的群山写活了，把无声的山脉写响了。响在何处？“奔腾急，万马战犹酣。”

群山舞动的惊涛骇浪中，万马奔腾，浴血奋战。一个“酣”字，尽得风流。“酣”者，畅快也！而且不是一般的畅快，酣畅淋漓，与酒有关。这是一种开怀畅饮般的痛快，万马入阵与敌酣战，锐不可当，痛哉快哉！在这里，奔腾起伏的群山，又成了英勇顽强、气壮山河的红军将士群像的化身。“倒海翻江”为虚写，“万马战犹酣”为实描，虚实相生，蔚为壮观。

前面用飞马之上惊回首的奇特视角，用巨澜和万马酣战的壮阔之势，将山之雄浑磅礴写了个淋漓尽致、登峰造极，再欲有新的突破，何其艰难？然而人生如诗的毛泽东，可笑对生死，何况诗乎？

“山，刺破青天锷未残。天欲堕，赖以拄其间。”

异峰突起，令人拍案叫绝！前面将山的野莽恢宏尽展无余，这里将镜头以仰拍之姿推移向天，将那直指云天的山之峰巅比作一柄刺向天穹的长剑，此剑以千钧之力将青天刺破，但其锷并未残缺，可见其锋刃之锐利坚韧。由于天被山的剑刃捅了个窟窿，这老天摇摇欲坠，眼看就要塌了下来。在这千钧一发之际，还是这座高过万仞的山峰，如擎天之柱，拄住了这欲堕的浩浩长天。

在这里，毛泽东又一次运用了共工用头触不周山的典故，不过此处是暗用，并未点人名共工，也不曾点山名不周，但借用了人的英雄豪气和山的挺拔雄伟。在这里，读者可以清晰地感知，毛泽东笔下的刺破青天的山峰，就是作为中华民族中流砥柱的共产党人，就是中国共产党所领导的工农红军，他们是倒海翻江的群山，他们是刺破青天的宝剑，他们是肩负着民族解放神圣使命的擎天之柱！

毛泽东的恩师和岳父杨昌济教授曾书写过一副对联“强避桃源作太古，欲栽大木拄长天”，贴在湖南省立第一师范第八班教室黑板两旁，以抒发其为国为民育救国济世之才的激越情怀。毛泽东正是第八班的学子。这副联中的“拄长天”与《十六字令三首》中的“拄其间”，难道没有异曲同工之妙吗？

客观地说，毛泽东在马背上苦吟此作，正是红军遭遇蒋家王朝立体式围追堵截之时，然而即使红军陷入绝境，毛泽东依然以泰山崩于前而色不变的将帅气度，用丰富的想象与斑斓的文采，与大山的灵魂对话，为红军的将士塑像，为高昂的士气助威，为漫漫长夜中奔走的雄师劲旅点亮精神的火把。

毛泽东手中的笔就是一柄刺破青天锷未残的倚天宝剑；毛泽东伟岸挺拔的身躯，就是耸立在中华大地上的擎天之柱！

重越雄关

——《忆秦娥·娄山关》

遵义会议是一座红色的里程碑。

1935 年 1 月 15 日至 17 日，具有伟大历史意义的遵义会议正式召开。毛泽东的长篇发言，对王明、博古和李德在军事指挥上的错误进行了切中要害的清算与分析，并阐述了今后红军军事上应坚持的方针。周恩来、朱德、张闻天等明确表示支持毛泽东的意见和主张。从此，以周恩来、毛泽东、朱德等组成的军事指挥团队率领中央红军克敌制胜，结束了长达四年多的王明、博古和李德的错误路线。遵义会议还改组了中央领导机构，增选毛泽东为中共中央政治局常务委员，并决定取消令人啼笑皆非的“三人团”，由中央军委主要负责人朱德、周恩来指挥军事，周恩来为最后决策的负责者。随后进一步调整中央领导机构，确定了毛泽东为周恩来在军事指挥上的帮助者。3 月中旬，在贵州鸭溪、苟坝，成立了由毛泽东、周恩来、王稼祥组成的新的军事指挥“三人团”。

遵义会议后，中共红军分三路向赤水推进，由黔北攻入四川古蔺、叙永一带，再入云南扎西，敌人重兵在蒋介石的直接调遣下，对我实施立体化包抄。毛泽东审时度势，当机立断，为摆脱敌军夹击，转兵掉头东进，再次渡过赤水，出其不意，欲重新夺取遵义城。

遵义与桐梓交界处是四周群峰兀立、中间双峰相连的高山之隘娄山关。作为贵州进入四川的主要隘口，地势险要，兵家必争。红军要再夺遵义，必克娄山关。敌人大兵四合，早已在娄山关重兵把守，一场决定中央红军生死存亡的夺关之战即将打响。

毛泽东将夺关任务交给了彭德怀、杨尚昆和他们的红三军团。

军情紧，夜色浓。贵州自古有天无三日晴、地无三尺平的民谣。红色军团派出的先头部队红十三团的指战员们，疾行在几乎是挂在悬崖峭壁的羊肠小道上，马蹄轻快地叩击着乱石铺陈的路面，发出杂乱细碎的声响。忽明忽暗的月亮在拂晓的薄雾中时隐时现，这霜天之晨的残月似乎意欲为夜行的红军照明，又担心自己发出的光辉太亮而导致他们暴露了目标。偶然间，一两声军号在山风中飘了过来，那号声分明是被号兵压低了分贝，如同一个人的嗓音发出哽咽，虽能激起将士们前行的士气，但听了总觉得有些沉闷甚至憋屈。这时候，长空之上传来一两声清亮的雁鸣，倒使将士们精神为之一振，眼前崎岖坎坷的山路也显得清晰起来。

担任攻打娄山关的先锋部队，是红三军团第十三团团长苏振华和第十二团团政委钟赤兵率队的敢死队。苏振华和钟赤兵都来自湖南平江县，那条接纳了屈原和杜甫英魂的汨罗江，哺育了英雄辈出、骁勇顽强的平江硬汉。就在前几天，他俩在土城之战中拼死血战，征尘未洗，又有幸揽上这开路先锋的美差。战斗打响，他俩率一营和侦察排组成的敢死队一马当先，冒着枪林弹雨冲向那一夫当关、万夫莫开的关口。

守关的敌军据险而战，机枪张开血盆大口吐出一串串罪恶的子弹。暴露在敌军机枪凹口前的钟赤兵如一头发怒的豹子，圆瞪通红的大眼，率敢死队在毫无隐蔽条件的隘口中冲杀还击。突然，战士们看见钟赤兵一个趔趄被一颗子弹击倒在地，鲜血从伤口涌出渗向那冰冷的地面。

就在钟赤兵左腿中弹倒地的同时，苏振华一面冲锋一面用手枪精准毙敌。他弹无虚发地点射那些躲在乱石后的机枪手，并指挥敢死队员巧用集束手榴弹去解决一个个疯狂的火力点，为大部队挺进遵义杀出一条血路。

当战友们把因流血过多而晕倒在战场的钟赤兵抬上担架，战地医院诊断必须截去左腿。没有麻醉剂，怎么办？锯！军医向老百姓借了把木匠用的铁锯，硬生生地将钟赤兵的左腿锯下。本应将他留在老乡家养伤，他却坚持拄着一根拐杖走出雪山草地，用一条腿随毛泽东走到延安。

攻克娄山关，结束战斗时，已近傍晚。当毛泽东骑着骏马穿行在已被我军攻克的娄山关时，放眼天际，苍翠的群山如翻卷着绿色巨澜的大海，而那一抹即将告别这个大捷之日的夕阳，从云层中倔强地透射出来，给天地间抹上一层鲜红的血色。这是燃烧在高天大地的一片赤焰，它象征着无数先烈喷洒在长征路上的热血，象征着用他们的热血染红的战旗。

娄山关的攻克，是再夺遵义的响亮前奏。红军乘胜前进，再创奇迹，敌军自吹为固若金汤的遵义，被红军一举攻破。苏振华指挥4个连组成的爬城队冒着弹雨跃上城头，鲜红的军旗映红了夜空。

攻克娄山关和遵义是红军长征以来最大的一次胜利，也是毛泽东重返红军军事指挥岗位后旗开得胜的伟绩，是役歼敌两个师另八个团，获战利品甚多，按常理说，毛泽东当时的心情应是异常兴奋，且应该乘兴挥毫抑或马背放歌。

不错，毫是挥了，歌也放了，但“乘兴”的意蕴都不浓，倒是沉郁悲壮却流露在字里行间。当然那股几乎是毛泽东独有的豪迈自信也溢于言表，挥之不去。

忆秦娥·娄山关

一九三五年二月

> 西风烈，长空雁叫霜晨月。霜晨月，马蹄声碎，喇叭声咽。雄关漫道真如铁，而今迈步从头越。从头越，苍山如海，残阳如血。

如果说在《十六字令三首》里，毛泽东充分调动读者视觉功能，与作者共同完成审美的话，那么在《忆秦娥·娄山关》里，毛泽东则充分调动读者对特定环境中的各种声音，加之宏阔高伟的视觉冲击，与读者共同完成了一次崇高壮丽的审美历程。

开句“西风烈”，自然带有飒然风声。28 年后毛泽东曾写有“正西风落叶下长安”的词句；元马致远的“古道西风瘦马”；王实甫的“碧云天，黄花地，西风紧，北雁南飞”等都将西风作为秋天的意象，而此处毛泽东却用反时令的手法，让早春的黔北刮起西风，而且此风尚烈，风声和后续的雁叫声、马蹄声和喇叭声，组成长征途中秋日行军或打仗的全景交响，加上霜晨的凛冽寒气和月光的淡淡清辉，撩动读者对这支屡受重挫、危机四伏的疲惫之师命运的深深忧虑。

下阕以“雄关漫道真如铁”打破沉闷，用“而今迈步从头越”向读者传递了娄山关大胜的捷报，通篇不见一处战争现场的描写，上阕也只有风声、雁声、蹄声、军号声而无枪声、炮声、杀声、欢呼声，是作者不忍陈述和展示那扭打厮杀的血腥和残酷，还是隐隐暗示了止戈为武、铸剑为犁的悲悯与渴望？下阕的末句又是一种战地特有的情景交融，“苍山如海，残阳如血”，寥寥八字，大气恢宏，审美意蕴壮美崇高。既是对红军将士英勇顽强、坚韧不拔的精神的物化与写照、颂扬与讴歌，也是词作者作为伟大的军事统帅居安思危、心忧天下的广阔胸襟和宏远韬略的自然表现，不是吗？“雄关漫道真如铁，而今迈步从头越”不正是遵义会后重扛使命担当、重新思考和部署中央红军的进军方略的郑重宣言吗？

横刀立马

——《六言诗·给彭德怀同志》

在毛泽东诗词中，除了应和、题咏之作外，专为赞美革命同志而赠写之作极为罕见，一般读者能看到的，恐怕只有毛泽东分别为彭德怀和丁玲专作的诗词，再就是吊唁罗荣桓的诗了。

属于彭德怀的是一首六言诗。

六言诗·给彭德怀同志

一九三五年十月

山高路远坑深，大军纵横驰奔。
谁敢横刀立马？惟我彭大将军！

这首诗是为彭德怀个人点赞，也是为红军长征的最后一役放歌。

1935 年 9 月的一天，红军占领天险腊子口后乘胜前进，一举攻下哈达铺。两天后，毛泽东和周恩来踏上哈达铺的石板街。

“快去找邮政所，弄点报纸来！”毛泽东几乎每到一地，第一件事就是吩咐警卫人员找报纸，他习惯于“将报纸反过来看”，也就是从国民党的咒骂、诬蔑声中找出我党、我军友邻部队的动向、线索，这是不花任何成本的情报。

正好，聂荣臻派通信员送来一张《晋阳日报》，毛泽东如获至宝，展开一看，一则消息赫然入目：“匪首刘志丹率匪众在陕北甘南活动猖獗，国民政府出动10万大军围剿……”毛泽东看着这黑白颠倒的新闻不禁开怀大笑，这串许久不曾发出的哈哈声，惊动了身边的人。

少顷又有人报告，战士们在街上捡到一张7月份的《大公报》，报上载有“山西王”阎锡山的一段厥词：“全陕北23县，几乎无一县不赤化，全赤者10余县，半赤者8县。”谁说这位“山西王”搞数不清？这次送来的情报就是数字化的，十分精确。陕北高原好一片星火燎原之势！

“终于找到理想的落脚点了！同刘志丹的红二十五军、红二十六军会师去！”毛泽东一兴奋就伸手摸口袋里的香烟，这才发现烟早就抽光了，自己所带的英雄之师经一年的长途奔袭浴血奋战，此时已成疲惫之师，陕北的深秋早已寒气袭人了，红军战士们还穿着短裤，粮食奇缺，最基本的能量也难维持。虽然此时毛泽东手中已无烟可燃，但陕北红军的消息点燃了毛泽东澎湃的激情，点燃了中国革命的新天。

在哈达铺，根据彭德怀的建议，红一军、红三军和中央直属队改编为陕甘支队，彭德怀任司令员，毛泽东任政委，叶剑英任参谋长，王稼祥为政治部主任，林彪为副司令员兼第一纵队司令员。陕甘支队下辖6个大队，原红三军团为第二纵队，彭德怀兼司令员。全支队共7000余人，由毛泽东、彭德怀、周恩来、王稼祥、林彪组成军事指挥五人团。

五人团刚成立，任务就来了。当中央红军主力到达陕北吴起镇，敌马鸿宾部和白凤翔部的四个骑兵团就尾追而来，这股马背悍匪秉承他们的大主子蒋介石的旨意，欲趁红军立足未稳将其一举全歼。

这是长征最后的一仗，也是立足陕北的奠基礼，是与刘志丹、谢子长、习仲勋的见面礼。“白马双双不请自来，我们就给他个下马威!”

“德怀同志，你去把这个尾巴一刀割了！决不能把这个尾巴带进苏区!”

彭德怀立即现场勘察，按照毛泽东的意图作好战斗方案。10 月 21 日早晨 7 时，一阵若有若无由远而近的马蹄声，践踏着这片贫瘠而坚韧的黄土，敌军四个骑兵团分别从不同方向袭来。敌人倚仗着地形熟悉、骑术高超、装备精良的优势，以泰山压顶之势向饥寒交迫、面黄肌瘦且枪弹匮乏的红军扑来。一时间，头道川、二道川、三道川和平台山的高坡深壑内尘土飞扬，杀声遍野。

彭德怀站在平台山顶的杜梨树旁，胸有成竹地俯瞰敌阵。一声令下：“打!”埋伏四周的红军如猛虎下山，将敌骑兵分块切割，关门打狗，直叫敌阵人仰马翻，阵脚大乱，不是被红军包了“饺子”，就是惊马乱踹自伤同类，不战而败。是役缴获枪支弹药量大质高，最令人拍手称快的，是缴获了大量战马，这些马大多出自中国的名马之乡伊犁，高大威猛，训练有素。红军侦察连摇身一变成了兵强马壮的骑兵连，还有不少指挥员也配备了坐骑。

据当地百姓传说，正在镇上静候佳音的毛泽东对警卫员说：“外面枪声激烈的时候莫喊我，让我睡一下，等到有几声冷枪的时候，就叫醒我。”

这是一种对战友充分信任的淡定，这是一种胜券在握的从容。

当战斗结束，捷报传来，毛泽东展纸挥毫，写下了这首洋溢着革命英雄主义和战友深情的六言诗。

四句皆金句，六言胜千言。两个湘潭人，一桩旷古缘。

凯旋的彭德怀赶到毛泽东的住地，不见其人，却见了桌上墨迹未干的六言诗。毛泽东激情奔放的赞誉之词，令这位叱咤风云、指挥若定的名将激动不已。此刻也许他想起了他和滕代远率领平江起义部队上井冈山时，与毛泽东第一次见面时的情景。

湖南平江地处湘东北，大革命时期，连云幕阜风起云涌，汨罗江上怒潮澎湃。四一二反革命政变和马日事变后，英勇不屈的平江人民没有被白色恐怖所吓倒，在毛泽东领导的秋收起义中，中国工农革命军第1师第1团就是在平江金坪打响了向反动派宣战的第一枪，以余贲民为首的平江人跟随毛泽东上了井冈山。第二年，平江十万农民二月扑城声势浩大，影响深远，一部电影《怒潮》百看不厌，一首《送别》百年绕梁。

1928年4月，共产党人段德昌受党组织委托，在参加过北伐的国民革命军独立第五师第一团秘密建立党组织，介绍了该团团长彭德怀加入了中国共产党。6月，何键调独立第五师进驻平江“清乡”，试图将平江的共产党人和共产党领导的革命武装斩草除根。7月中旬，中共湘鄂赣边特委书记滕代远秘密来平江，向第一团党组织传达中共湖南省委关于准备必要时举行起义的指示，彭德怀抓紧筹划，伺机起义。突然，独立第五师第三团第三营营长黄公略的中共党员身份暴露，上峰密电立即逮捕。彭德怀、滕代远当机立断，提前举行起义。7月22日，第一团在彭德怀、滕代远领导下，借“闹饷”为由，以迅雷之势兴兵攻占独立第五师师部和国民党县政府，几乎在同时，起义军控制了警察局和县监狱。第五师直属队官兵还没来得及拔枪就纷纷束手被擒。反动民团和警察局的警察1000多人惊慌失措，举手投降。国民党平江县县长等官吏悉数落网。起义军打开监狱救出被关押的革命群众约600人。远在岳阳的贺国中率随营学校学员赶赴平江，黄公略也从数十里外的嘉义镇挺进县城。随即，起义军在平江宣布改编为中国工农红军第五军，彭德怀任军长，滕代远任党代表，邓萍任参谋长。

气急败坏的何键调集8个团的兵力，于7月29日直逼平江，经一天激战，为保存革命火种，红五军撤出县城，转战于湘鄂赣边区。彭德怀和他率领的红五军主力风餐露宿，历尽艰辛，向井冈山挺进。

毛泽东和朱德身在茨坪，情系平江。毛泽东派出何长工、陈毅安赴湘赣边界四处找寻红五军主力，接应彭德怀上山，终于在12月11日，红四军、红五军正式会师井冈。

在茨坪，两位威震敌胆的湘潭人第一次见面了。毛泽东笑得灿烂，彭德怀笑得开怀。毛泽东紧握着彭德怀的手，大声说："你也走到我们一条路上来了！哈哈哈哈哈!"

也许彭德怀还想起了会师会上，喜气洋洋之际，主席台上的木板突然垮塌，毛泽东处变不惊，气定神闲。朱德大声说："台垮了，又搭起来嘛!"

也许彭德怀还想起了前四次反"围剿"的辉煌和第五次反"围剿"的艰难，也许想起了长征中的千难万险，万水千山。

也许……

彭德怀不再回忆了，他此时也许最想告诉毛泽东的，一是"你要我割的尾巴，我割掉了"，二是"惟我彭大将军"这一句，请改为"惟我英勇红军"。仗是大家打的，怎么把功劳都记在我头上呢?

想到这里，彭德怀干脆拿起那支刚被毛泽东用过的毛笔，将"彭大将"三字划去，加上"英勇红"三字，这一句就被改成了"惟我英勇红军"。一根肠子直到底的彭德怀，只顾自己谦虚谨慎、戒骄戒躁，全然不顾作者的本来意愿，一顿涂抹，完了又将四句连起来用湘潭县乌石冲的标准官话朗读一遍，这才满意地放下毛笔，像是做了一件大事舒畅地离去。

这桩赋诗改诗的佳话，折射出两位伟人坦荡胸襟和崇高人格。

1947 年 8 月 1 日，冀鲁豫军区政治部主办的《战友报》在没有向作者索要原稿的情况下，以《毛主席的诗》为题，首次公开发表了这首诗。

此时此刻读者读到此诗时，眼前浮现的不仅有平江起义、井冈山反“围剿”、长征路上及“割尾巴”之役中彭德怀横刀立马的赳赳雄姿，还有挺进太行、百团大战、保卫延安等背景下纵横驰骋的勃勃英姿。

万水千山

——《七律·长征》

1934 年 10 月 10 日，在《十送红军》的凄婉苍凉歌声里，毛泽东含泪告别瑞金。

1935 年 10 月 19 日，在信天游的高亢豪放的歌声里，毛泽东意气风发地走上陕北吴起镇的街头。

整整一年，毛泽东和他所在的红军主力以不到长城非好汉的冲天豪气，以刺破青天锷未残的可贾余勇，屈指行程二万，彻底粉碎了蒋介石所代表的国民党反动派数百万计军队的围追堵截，以天兵怒气冲霄汉的磅礴气势，穿越了十二个省的千山万水，完成了人类历史上罕见的军事壮举和战略奇观。

长征是一首慷慨悲壮的英雄史诗，然而，当毛泽东用一首七律来总括长征的历程、艰险和胜利时，读者却更多感受到的不是悲壮，而是雄壮、豪壮。

万水千山

——《七律·长征》

七律·长征

红军不怕远征难，万水千山只等闲。

五岭逶迤腾细浪，乌蒙磅礴走泥丸。

金沙水拍云崖暖，大渡桥横铁索寒。

更喜岷山千里雪，三军过后尽开颜。

让我们随着这气吞山河的诗句，来领略那一股惊天地泣鬼神的英雄气概，追叙那并未湮灭在硝烟炮火里的往事。

“红军不怕远征难，万水千山只等闲。”毛泽东提笔就是一句斩钉截铁、不容置疑的大实话，“不怕”二字平实而不平淡，朴实而并非“无华”。试想想从江西瑞金仓促出发，征程漫漫，忧心忡忡，疑虑重重。当时人们尚只知道这是战略转移，谁知一“转”就“转”了整整两年，一“移”就“移”了两万五千里。遵义会议以前，那是一段盲人骑瞎马、夜半临深池的历史。长征的前四个月，被王明路线几乎引入绝路。然而在这首诗里，毛泽东只字不提那段不堪回首的日子，诗人记忆中最难忘的是“万水千山”，而且五岭和乌蒙这两个泛指所有跨越过的大山的意象，在诗人笔下既巍峨而又渺小。而以“金沙”和“大渡”为意象的所有被红军征服的河流，都是那么通人性懂情感有知觉。尤其是最后翻越的那座横亘千里的雪山岷山，给红军带来的是无限的畅快。全诗着笔全在山和水，山有情水有意，作者将景物的移情作用写到了极致，堪与“感时花溅泪，恨别鸟惊心”等中国文学史上经典案例比肩，但整体格局上大大超于前贤佳作。

上文我们列举了红军跨过的 20 多座大山，那么红军主力征服的大河又有哪些呢？据统计有 24 条，主要有信丰河、湘江、乌江、赤水、金沙江、大渡河、小金川、渭水等。而在这些高山大川之间，中央红军共进行了380多次战斗，攻占700多座县城。红军牺牲营以上干部430人，他们平均年龄不满30岁。30万红军经过长征仅存3万人，25000里征程上，平均每300米就倒下一名烈士。

陈树湘，这位湖南长沙县籍的红三十四师师长，在湘江血战中，他率部本来已经赶到了江边，如果选择过江，或许他会成为共和国的开国将军。然而他和他的红三十四师毅然决然地选择掩护大部队过江，于是又义无反顾地掉头冲向敌阵，用全师将士的躯体和鲜血，换来主力和中共中央、中央军委机关的安全撤离。陈树湘不幸落入敌手。敌人喜滋滋将腹部中弹的陈树湘用担架抬着，准备押往长沙向何键讨赏，陈树湘从已破的腹中掏出肠子，强忍着剧烈的疼痛，将肠子奋力绞断，淋漓的鲜血和绞断的肠子流失在山道上，抬担架的敌兵脚下一滑，担架上的陈树湘也被摔倒在地，当场壮烈牺牲。

人们常常用“断肠”来形容疼痛之极。毕业于黄埔二期，参加过秋收起义的陈树湘，以自我断肠的方式，将自己的生命予以果断的终结，让自己永远紧贴生养他的潇湘热土、中华大地畅诉衷肠。陈树湘呀，你是湘江边上一棵万古长青的大树，每日每时在风中陈述你永铭的初心。

金沙江，这条奔腾于川、藏、滇三地版图上的金色巨龙，用弯曲的身躯向毛泽东率领的中央红军写下一串巨大的问号，似乎在问“前有堵截，后有追兵，江水狂野，骇浪滔天，你们能跨过吗?”

正如《长征组歌》所唱的，“战士双脚走天下，四渡赤水出奇兵，乌江天险重飞渡，兵临贵阳逼昆明。敌人弃甲丢烟枪，我军乘胜赶路程。调虎离山袭金沙，毛主席用兵真如神!”

当红军主力逼近贵阳时，正在贵阳督战的蒋介石闻到了刺鼻的硝烟味，他惊魂未定地调滇军主力星夜增援贵阳，这正好中了毛泽东的调虎离山之计。毛泽东立即率部挥师西进入滇直逼昆明，把红军的号角声、马嘶声送到了昆明城边。

被吓出一身冷汗的“云南王”龙云一怕红军攻下昆明，二怕蒋介石“假途灭虢”，立即托人传话红军，只要不打昆明，滇军决不远追。于是红军在昆明城郊虚晃一枪后直扑金沙江，旨在渡江入川，与红四方面军会师。如果不能闪电式渡过金沙江，敌军将会四面扑来，红军又将面临全军覆灭。

当毛泽东在韦国清等人陪同下坐木船横渡金沙江，听到后面如蝇叫一般讨厌的枪声，看到拍击着岸边峭壁的惊涛骇浪，那浪花化为一股直扑胸怀的暖流，这，大概就是“金沙水拍云崖暖”的由来吧！

大渡河，另一道横在红军面前的水上天堑。

1863 年，太平天国名将，曾封为翼王的石达开率太平军血洒大渡河，石达开被生擒后在成都就义。

蒋介石南昌行营秘书长杨永泰摇头晃脑地为主子进言：“朱毛红军与石达开有着惊人的相似，一是西进路线大体一致；二是战术一致，军到西昌城下都是绕道而过；三是入川年辰属相一致，都是猪年，都是 5 月水猛季节；四是均为两三万疲惫之师，且清军与‘国军’追堵参战数量也大体一致。”蒋介石推理结论：“朱毛必成石达开第二！”

毛泽东也想到了石达开，也分析了红军与太平军的异同，他认为，地点同、季节同、人数同，但理想信仰不同，精神面貌不同！他推理的结论是：“红军不是太平天国的军队，朱毛不是石达开！”

5 月 24 日晚，中央红军第一师第一团一路急行军赶到大渡河边，团长杨得志率第一营悄悄摸进安顺场，闪电式突袭守敌夺下渡口，并找到一只船。翌晨，刘伯承、聂荣臻亲临一线指挥。红一团第一营营长孙继光从第二连中挑出 17 人组成渡河突击队，连长熊尚林任队长，当地 4 名船工摆渡，为首的船工叫帅仕高。

清晨 7 时，大渡河上薄雾飘飘、激浪滚滚。杨得志一声令下，红军轻重武器一齐开火，两发迫击炮命中对岸碉堡，帅仕高等船工拿出看家本领驾着木船驶向对岸，船上以孙继先、熊尚林为首的十八勇士冒着枪林弹雨，顶着惊涛骇浪冲向对岸，对岸敌军疯狂反扑，被我方火炮精准击溃。十八勇士奋勇登陆，一举攻占对方阵地。后续部队乘胜渡河，蒋介石的“让朱毛成为石达开第二”的鼓噪声化为大渡河上随波而逝的泡沫。

孙继先出生于山东曹县，骁勇善战，功夫了得，湘江突围时他勇斗群顽，全身是血，但没有一滴是自己的。1955 年被授中将军衔。1990 年在济南逝世，生前嘱咐后人将他的骨灰撒在大渡河的惊涛之中。

飞夺泸定桥早已成为远逝的往事，但每每想起总是令人惊心动魄、血脉偾张。在那大雨滂沱中夜行的红四团的英雄们，与对岸举着火把疾行的敌军争分夺秒地赛跑，终于以坚韧的毅力和昂扬的士气抢占先机，踏着十三根悬在高山峡谷之间排空巨浪之上的铁索，冒着敌人的近乎疯狂的枪林弹雨，廖大珠、李友林、刘金山、王海云、赵长发、刘梓华、云贵川等 22 位勇士如蛟龙出海，如猛虎下山，把湍急凶猛的江水踩在脚底，把开路先锋的使命扛在肩头，终于杀出一条云中血路，其中有魏小三、刘大贵、王洪山、李富仁中弹坠河英勇牺牲。随后跟进的铺板勇士，在高悬在深渊之上的空荡荡的九根铁索上铺上木板，也铺上自己的热血与忠诚，他们是为红军主力铺路，为中国革命铺路。

有人问，这些甘愿将青春热血洒在长征路上的烈士们为了什么？这是一个有关信仰和责任的理论问题，有很多种精彩而响亮的回答，然而红五军团团长董振堂的回答却颇具个性，极有情怀。长征路上，一次一位叫陈慧清的女红军战士临盆发作，战友们立即搭上帐篷叫来军医就地分娩，由于战争环境恶劣，母子皆营养不良，自然遇上难产。正巧敌人追兵迫近，董振堂立即组织回击。敌军咬住不放，我军奋力阻击，激战中双方均有伤亡。有些同志开始埋怨：“迟不生，晚不生，偏偏等敌人追击时生！”有的建议为避免更多伤亡，放弃保护分娩。董振堂下令：“狠狠还击敌人，一定要打出一个生孩子的时间来!”在激烈的枪声中，小生命终于来到人间。有人对这顶象征生命延续的帐篷投去不满甚至愤怒的目光，董振堂说：“咱们干革命为的是什么？还不是为了我们的孩子!”

长征是什么？也有很多种响亮的回答。《谁是最可爱的人》的作者魏巍说：“长征是地球上的红飘带。”美国著名记者埃德加·斯诺说：“长征是当今时代无与伦比的一次史诗般的远征，是历史上最盛大的武装巡回宣传。”美国著名记者索尔兹伯里说：“长征是考验中国红军男女战士的意志、勇敢和力量的伟大史诗。”毛泽东说：“长征是宣言书，长征是宣传队，长征是播种机。”

1937 年，美国记者埃德加·斯诺在英国出版了《红星照耀中国》，他将毛泽东在延安接受采访时送给他的《七律·长征》在书中进行了传播。一年后《红星照耀中国》“出口转内销”，以《西行漫记》的书名译为中文，那么《七律·长征》随书从国外到国内得以传播，因此它是第一首公开发表的毛泽东的诗作。

也有专家考证说，埃德加·斯诺曾将《红星照耀中国》在国外出版前介绍给中国北平的出版界朋友，这位朋友捷足先登地将该书在中国出版了，虽属于地下“非法出版”，但仍然不胫而走，尤其是《七律·长征》早已名震天下。

其实，我们有理由认为，毛泽东的《七律·长征》早在 1935 年 9 月 29 日下午就已经公开发表。那天下午，在通渭城东文庙街小学里召开了副排长以上的干部会。聂荣臻陪着毛泽东参加会议。会上，毛泽东神采飞扬地讲了长征的意义，敌人的失败和红军的胜利。最后情犹未了，用商量的口气问大家：“我写了首诗，读给你们听听，不知行不行哟!”在期待的掌声中，毛泽东用字正腔圆的湖南话，铿锵有力地朗诵了自己的新作《七律·长征》。

这是最早的且不用美颜过滤的原汁原味的现场直播。

横空出世

——《念奴娇·昆仑》

红军主力长征时征服的20多座大山中，体量最大的应该是最后的岷山，而岷山则在众多的古籍和神话中亦被称为昆仑山。

昆仑山是一种神圣的存在，是一种雄浑浩瀚、壮阔宏远的物化，也是一种真实和虚无同在、现实与浪漫同行的人间高地、神话世界。它被称为亚洲脊梁、中国第一圣山、华夏龙脉之祖、万山之父，它西起西藏与新疆之间的帕米尔高原，全长2500公里，在中国境内跨青藏疆川四省区。

而古籍上的昆仑山脉所涉更为广阔，其中包括红军长征所翻越的岷山，毛泽东一句“更喜岷山千里雪”就显见昆仑山之宏阔高远了。昆仑山的最高峰是位于新疆克孜勒苏柯尔克孜自治州阿克陶县的公格尔峰。

横空出世
——《念奴娇·昆仑》

毛泽东出生于湖南，为革命东奔西走，见过祖国众多名山大川。他指点江山，是为了改造江山，还人民以江山。1935 年 6 月，中央红军渡过大渡河后，北进翻越横亘在红军面前的岷山成为不二选择。

在当时的毛泽东的阅历中，岷山可能是他第一次见过的最为高峻巍峨的山脉，难怪昔日翻过的五岭、乌蒙不过是眼中的细浪、笔下的泥丸了。

岷山海拔 4500 多米，终年积雪的山脉一片冰雕玉砌，势如玉龙腾空，雪峰耸天，冰川静静地“流”向深不可测的峡谷，飞雪如鹅毛纷纷扬扬，借着怒号阴风漫天狂舞。山势陡峭得不仅国民党军队的飞机飞不上来，就连鸟儿也飞不过去，只有一两只矫健的雄鹰一飞冲天，伴随着这支钢铁之师搏击长空，展翅飞过岷山之巅。

这里虽然没有枪林弹雨、炮火硝烟，但这里寒气刺骨、氧气稀缺，唯独不缺的是革命理想高于天。长征途中，一位中年指挥员因军衣单薄，腹中饥饿，爬雪山爬到半山腰终于耗尽毕生的体力和热量，如一尊雕塑般定格在茫茫雪山之上。一位首长接到“有人冻死在路旁”的报告赶到现场，心痛不已，怒从中来：“穿这么少，怎么过得了雪山？给我把这个部队的军需处长找来，我要让他扒下自己的衣服，也穿一件单衣翻雪山！”一旁有人指着牺牲了的同志说：“首长，他就是我们的军需处长。”

掌管着军需物资，分发着军装军备，在物资极度匮乏的情况下，军需处长竟然让自己身着单衣笑对凛冽寒风，直至生命最后一刻。不，他的生命没有最后的时刻，他的精神永在，英魂永存，他的生命和高高的岷山一样不朽，和巍巍昆仑一般恒久。

宁可耗尽自己的热量，温暖天下苍生，这就是共产党人的初心！让那些生在新社会、长在红旗下，然而忘却了初心、泯灭了人性的贪官污吏，让那些灵魂发霉的“老虎苍蝇”们跪在这位军需处长的面前发抖吧！

登山则情满于山，毛泽东足踏岷山之巅，感受昆仑山之雄，岂可无诗？于是，一首大气磅礴的《念奴娇·昆仑》，正如其首句一样横空出世！

念奴娇·昆仑

一九三五年十月

横空出世，莽昆仑，阅尽人间春色。飞起玉龙三百万，搅
得周天寒彻。夏日消溶，江河横溢，人或为鱼鳖。千秋功罪，
谁人曾与评说？　　而今我谓昆仑：不要这高，不要这多雪。
安得倚天抽宝剑，把汝裁为三截？一截遗欧，一截赠美，一截
还东国。太平世界，环球同此凉热。

这首雄奇瑰丽的词作通过巍峨昆仑和宏大宇宙，让我们读到了作者理想的高远、胸襟的博大、灵魂的圣洁和人格的伟岸，而这种高远、博大、圣洁和伟岸，一如他笔下的大宇宙、莽昆仑！

“横空出世，莽昆仑”，这不是一般的开门见山，这是气吞万里的推拉摇移，这是猛超前贤的开篇惊雷。一个“莽”字，作为虚词，冠之以实词“昆仑”，极尽雄浑壮观之意，胜却万语千言。如此豪放刚毅的破题，不料作者笔锋一转，万丈豪放却华丽转身为千缕婉约：“阅尽人间春色。”毛泽东写冰雪世界，百字之幅，却涵盖四季风景，万家炎凉。不是吗？此作随之写到了“夏日消溶”，就字面而言，还出现了“秋”的身影。只有“冬”字隐身，而“冬”又是邀春夏秋作客的东道主，还用得着在额头上标明姓氏吗？“飞起玉龙三百万”，都“搅得周天寒彻”了，还用得着写个“冬”字吗？

应该说，作为政治家诗人、马背诗人，毛泽东进入 1935 年 10 月的

诗作，已表明进入更臻完美的境界。换句话说，我们跟随毛泽东诗词一路走来，走到1935年10月，我们更为明显地读到了更为深邃的意境和内涵，感受到了诗人更为博大的襟怀，更为奇特的理想，更为旷达的视野，更为瑰丽的美学追求。

也许正是在岷山之巅昆仑之脉，毛泽东在东方文化的精神通道上与玉虚宫中的元始天尊不期而遇，与“游乎赤水之北，登乎昆仑之丘”的轩辕邂逅，双耳也许听到了屈子的吟唱：“邅吾道夫昆仑兮，路修远以周流”，捕捉到了韩愈的诵读“昆仑高万里，岁尽道苦邅”。或许他在这里看到了那把将火焰扇为冰山的翩翩铁扇，或许听到了张骞团队差点湮灭在冰川中的悠悠驼铃……这些画面和声音传递出的，是冰山孕育春天的信息，是扭转日月乾坤的力量！

刺骨的寒气激发了诗人滚烫的诗兴，稀薄的空气勾兑了诗人浓烈的诗情。诗人一年零十个月后所推出的《矛盾论》所阐述的对立统一法则，即唯物辩证法最根本的法则，不正是对上述现象最好的诠释吗？

“飞起玉龙三百万，搅得周天寒彻”，毛泽东饱读诗书，在戎马倥偬的年代，他居然还能从大脑储存的信息中点击宋代张元的“战退玉龙三百万”，这两句既是写昆仑之上大自然的冷酷，或许也暗示了日寇占领东北觊觎华北，而国民党反动派暗中勾结日寇，至民族危亡于不顾，疯狂推行“攘外必先安内”的反动亡国战略。臭名昭著的《何（应钦）梅（津美治郎）协定》的签订，华北控制权拱手让日之闹剧尚未平息，5月30日，4名没有日本护照的日本特务潜入察哈尔（今张家口一带）境内绘制地图，被当地驻军扣留，察哈尔省主席宋哲元胆小如鼠，下令释放。日方得寸进尺，图穷匕见，强行订立《秦（德纯）土（肥原贤二）协定》，致使河北和察哈尔两省主权大部落入日寇之手。宋哲元的明哲保身也未能保住省主席职位，华北大地虎狼横行。

作为中华民族的中流砥柱，中国共产党及其领导的中央红军矢志北上抗日，拯救民族危亡。

联想到时代的使命、历史的重托、人民的期盼，毛泽东精骛八极，心游万仞，一股叱咤风云指点江山的豪迈之气在胸间涌动，一种类似于“遂古之初，谁传道之”一般的仰天长啸，借征服岷山的余勇挫上笔端，“而今我谓昆仑：不要这高，不要这多雪。”这是诗人站在海拔4000多米的雪山之巅，向苍茫大地发出的叩问。

如果说，十年前诗人在橘子洲头发出的大地之问，还没有明显自答为“我”（非指小我而指大我）的话，那么经过这十年的血与火的锤炼，中国共产党已经成长和发展为一个伟大成熟的政党了，“我”，此时的中国共产党人，可以理直气壮地发大地之问，抒天柱之怀了。

毛泽东在诗中开始潇洒地指点江山，激扬文字。昆仑啊昆仑，你傲立苍穹，终年积雪凝冰，你是华夏众山之祖，你用冷酷的外表掩盖你火热的爱，你用凛冽寒风涤荡人间的滚滚红尘，你永不枯竭的水源滋养华夏乃至全亚洲的生灵。但是我得提醒你，由于你的存在，夏天冰融导致江河横溢，多少人为之葬身鱼腹。你有弥天之功，你也有滔天之罪，过去的账咱就不算了。今天，我要郑重地告诉你，不要这高，也不要这多雪。楚国宋玉在《大言赋》中说，方地为车，圆天为盖，长剑耿介，倚天之外。宋玉乃一介儒生，尚有如此雄心，我等何不设法拔出倚天长剑，把你裁为三截呢？其中一截送给欧罗巴，一截赠给美利坚，一截留亚细亚吧。有了这三截冰雪的分别融合，那么整个地球的气候将更为宜人，全人类社会将共享温暖凉爽，这不正是马克思所说的“无产阶级只有解放全人类，才能最终解放自己吗”？

这是东方巨人的警世通言，这是伟大诗人的惊世豪言，这是当代哲人的喻世明言，这是中国共产党人的旷世宣言。这些瑰丽浪漫、想象奇特的诗句看似飘飘欲飞，其实质却脚踏实地，一步一个脚印。

“不要这高，不要这多雪”，不正是义正辞严地警告一切有悖于人民利益的势力，都得改恶从善吗？如果怙恶不悛，一意孤行，那么就等待我们代表正义将你斩为三截吧！

遗欧、赠美、还东国，谁有这等宏大的气魄？时到今日，联合国安理会也未必能主持马蹄型会议厅作出如此痛快淋漓的决策。美国长期拖欠联合国的债务，几任秘书长都对老赖束手无策，何况将莽昆仑裁为三截且作出合理分配是如此庞大而棘手的国际事务。

你没有这个胆略气魄，毛泽东有，伟大的中国共产党有，战无不胜的中国工农红军有。苍茫大地，我主沉浮！民族伟业，人民说了算！

这首气吞万里、襟怀五洲的奇词，使毛泽东的诗笔潇洒而郑重地跨入国际性的主题。他从宋玉腰间取来倚天长剑，并非真正将昆仑斩断送给异国，只是借此抒发改变人间冷暖不均、黎民苍生陷于水火的现状，让环球同此凉热，人们和谐相处，让鲜花开遍大地，让和平长驻人间。家国情怀、忧患意识、大国担当、世界大同理念，洋溢在字里行间，使一首铁马冰河入梦的词，却流淌出滚烫的大爱。

“构建人类命运共同体！”这是当今的时代强音，这是对毛泽东“环球同此凉热”崇高理想的发展和升华。

天高云淡

——《清平乐·六盘山》

《清平乐·六盘山》，是毛泽东诗词中传播最为广远的精品，因为它被编入小学语文教科书，每一所小学校园都响起过“天高云淡，望断南飞雁”的琅琅书声。

1935 年 10 月 7 日，西北高原的晓风中飘着苍凉的雁鸣。登上六盘山主峰的红军放眼祖国大好河山，军心大振。毛泽东目睹红旗漫卷，士气高昂，远眺横空掠过的雁群排着人字向南奋飞。

根据毛泽东的心路历程，我们可作如此判断，之所以“望断”南飞的雁影，是因为大雁飞过的地方，就是红军走过的万水千山。大雁啊，你们能将我们的怀念带给一路上牺牲的战士吗？如果能，请你告诉他们，万里长征即将胜利结束，北上抗日的战幕即将拉开，请他们安息，我们一定从头收拾旧山河，长缨定把苍龙缚！大雁啊，你们记得在大渡河旁歇歇脚，金沙江畔喝喝水，赤水河畔冲冲凉，尤其是红都瑞金，一定代我看看，那里有我们的战友的英魂，有我毛泽东的牵挂呀。

回望来路，那段残缺斑驳的秦代长城穿越2000年风雨沧桑，默然毅然地耸立在黄土高原上，那虎死不倒威的烽火台上空白云缭绕，恰似秦王扫六合后示警西戎进犯的滚滚狼烟。

“报告，一股南来的骑兵进入山下青石嘴，企图阻击我军。”报告者是手持望远镜的左权。

“刚刚涌动一点诗兴，又被这帮瘟神冲掉了。”毛泽东略加思索，与一旁的聂荣臻对视一眼，双方都读懂了对方的眼神。“打！就打青石嘴！”

一纵队四个大队闻风而动，分别从不同方向直取青石嘴。

六盘山上，毛泽东还沉浸在清新且浓郁的诗意中。当最后一条从汉代终军手中借来的长缨出现在腹稿里，方才策马下山，指挥杀敌。

当主力部队抵达青石嘴西两里地时，发现敌十九团两个连押运大批军用物资刚到青石嘴埋锅造饭。毛泽东向担任正面攻击的四大队提出“要猛、要快、要狠”的作战要求。王开湘、杨成武领命而去，杨得志、萧华率一大队和张春山、赖传珠率五大队从两翼袭敌，陈赓、邓飞率十三大队后卫掩护。四路神兵从天而降，正在河滩上猜拳行令的敌军“八匹马”话音刚落，果真飞来八匹战马和无数黑洞洞的枪口，只得乖乖地缴枪投降。

此役缴马百匹，弹药颇丰。战士们边收缴战利品边为蒋某这位运输大队长“点赞”。

“这就对了嘛，既然送了那么多物资和弹药，当然要配运输工具来拖运嘛，这百多匹马驮起这些东西，你们几多安逸?”这是四川籍战士的“点赞”。

“下次记得多送点饼干、罐头，还有酒，咯只鬼耶！”这是湖南醴陵籍的战士发言。

“剁脑鬼吔，下次记得多送点斑椒酱！”这是湖南平江籍的战士在调侃。

红军战士的自豪、乐观，还有对敌人的藐视、鄙夷，全体现在行军路上你一嘴我一舌的谈笑里。谈笑间樯橹灰飞烟灭，而每每灰飞烟灭后少不了又是一番痛快淋漓的谈笑。

按捺不住胜利喜悦的还有毛泽东。白天在六盘山顶，他就激情奔放地呼唤着：“同志们，天高云淡，望断南飞雁。不到长城非好汉，屈指行程二万。六盘山上高峰，红旗漫卷西风……”

夜宿彭阳县河阳洼村，房主是村民张有仁。“老乡，借炕桌一用，好啵?”

于是，张有仁的窑洞里亮起油灯，一首气壮山河的《清平乐·六盘山》，在昏黄的油灯下闪亮登场，那一串串晶莹剔透的文字，照亮了历史的天空：

清平乐·六盘山

一九三五年十月

天高云淡，望断南飞雁。不到长城非好汉，屈指行程二万。六盘山上高峰，红旗漫卷西风。今日长缨在手，何时缚住苍龙?

这是毛泽东诗作中有代表性的晴朗之作，高远的蓝天，坚劲的雁群，衬托着诗人心地的灿烂阳光。诗中的“不到长城非好汉”已成为人们励志的金句、人生的格言。如今北京八达岭长城文化旅游管理部门干脆将这句话作为广告宣传语，其含金量怎么测算都不会过高。

天高云淡

——《清平乐·六盘山》

“今日长缨在手，何时缚住苍龙?”这是巨人对长天的呼啸，这是赤子向母亲的吟唱，这是红军对苍生的承诺，这是统帅对三军的褒扬!

关于苍龙之所指，众说不一。就此时，天下大势，日寇铁蹄已蹂躏察哈尔等地，华北之危危及中原大地，以毛泽东为代表的中国共产党人以北上抗日拯救民族危亡为己任，而以蒋介石为代表的国民党反动派不仅与日寇沆瀣一气、暗送秋波，而且举全军之力“围剿”红军。长缨欲缚的苍龙，应理解为既指日又指蒋，谁犯我国土、毁我民生，谁就是苍龙，万丈长缨在手，总有一天将你五花大绑，交给人民，大谢天下!

长征是播种机。在六盘山，红军还播下了民族团结的种子。

单家集，白马救主故事的发生地，当毛泽东率部来到这里，集市上却空无一人。原来是国民党的造谣中伤，妖魔化的宣传，致使镇上居民望风而逃。

怎么办?文明之师，秋毫无犯。红军不擅自弄开百姓门户，而是以连排为单位露宿在街头屋檐下、马厩羊圈旁。对于刚刚翻过雪山走出草地的红军指战员来说，有砖石铺地，有屋檐遮露，堪比客栈雅室了。

当逃避至山里的居民，尤其是回族同胞返回小镇，听目击者讲红军露宿街头并派哨兵保护清真寺和百姓居所的故事，才如梦方醒。随后，毛泽东要求部队制订在回族地区的纪律“三大禁条四项注意”，主要内容为禁止在回民家吃大荤，禁止打回民的土豪，注意尊重回族人民的风俗习惯，注意回避青年妇女等。内容具体，指向明确，赏罚严明，极易操作。

红军的爱民之举和严谨军风，赢得了回民同胞的了解和拥戴。红军不仅对乡亲们彬彬有礼，而且买卖公平，对当地的民族习俗尤为尊重。严肃的军纪和爱民的举动，如阳光融化冰雪，如春风吹绿原野，红军与回族同胞结下了深厚的情谊。

当地有位贫寒出生但刻苦学习终成博通《古兰经》的大阿訇，他叫洪寿林，一生虔心办教，扶贫济困，注重回汉团结，尤为乐善好施。1929 年，西北大旱，赤地千里，洪寿林毁家纾难，倾尽家产救济灾民。

红军过境，秋毫无犯，德高望重的耄耋老人洪寿林耳闻目睹，感慨不已。“红军真乃仁义之师，文明之师，其风纪风范老夫十分钦佩!”他主动教育宗教上层人士和广大教民，对红军要真诚以待。曾有两名红军代表刚到洪府，反动民团跟踪而来，眼看两名红军就将落入敌手，洪寿林急中生智，将红军代表藏于府上禁房。民团将洪府监视 7 个昼夜未发现蛛丝马迹，方才撤走暗哨。洪寿林将红军代表乔装为阿訇，亲自护送出境，面对民团的枪口，老人毫无惧色，正气凛然。洪寿林就是这样凭自己的威望、智慧、胆略和仁心，斗敌护红，留下民族团结和拥军爱民的经典美谈。红十五军敌工部部长唐天际亲手在丈余长的红锦幛上写下“爱民如天”四个大字，赠予洪寿林先生。

长征，既是一部中国共产党人百折不挠、转危为安的英雄史诗，也是一部民族团结、天下归心的宏大颂歌。

江山多娇

——《沁园春·雪》

1936年早春的雪，尤其是连续五个昼夜纷纷扬扬飘洒在秦晋之间黄土高原上的雪，是幸运的，是潇洒飘逸、千年不化的。

因为，它们飘进了东方巨人的视野里，飘落在伟大诗人的稿纸上，飘扬在诗歌王国神圣殿堂的最高海拔上。

那是一场会燃烧的雪，它点燃了中华儿女胸中抗日复仇的熊熊烈焰，将国民政府拒不抵抗所包藏的“攘外必先安内”的祸心烧得一片惨白，令世人一眼洞烛其奸。

大自然是以漫天大雪、玉树琼花为奖品，为陕北红军东征抗日壮行的。

这场雪有一个震烁千古、仪态万方的美名——沁园春·雪。

沁园春·雪

一九三六年二月

北国风光，千里冰封，万里雪飘。望长城内外，惟余莽莽；大河上下，顿失滔滔。山舞银蛇，原驰蜡象，欲与天公试比高。须晴日，看红装素裹，分外妖娆。　　江山如此多娇，引无数英雄竞折腰。惜秦皇汉武，略输文采；唐宗宋祖，稍逊风骚。一代天骄，成吉思汗，只识弯弓射大雕。俱往矣，数风流人物，还看今朝。

1935 年 10 月，红一方面军到达陕北后，在北国扩大根据地，积极应对日本侵略军进攻绥远，直接赶赴抗日一线，并同时唤起国人的抗日救亡意识，拉开全民抗战的大幕。

1 月 19 日，毛泽东、周恩来、彭德怀联合签署《西北革命军事委员会关于红军东进抗日及讨伐卖国贼阎锡山的命令》，红一方面军开始亮出中国人民红军抗日先锋军的旗帜，彭德怀任总司令，毛泽东任政委，叶剑英任总参谋长。2 月 5 日，毛泽东率部进驻清涧县高杰村袁家沟，察看东征部队渡河所用渡口情况。

这是一个具有里程碑意义的渡口，它标志着饱受屈辱的民族将从这里起步，奔赴一线抡起大刀向鬼子的头上砍去！

在这个名叫高杰的普通村落，在这条名叫袁家沟的贫瘠山沟，毛泽东和张闻天、彭德怀作出战略和战役上的重大决策，要求全军集中全力争取东面胜利，命令红二十八军主力东移至吴家堡一带，还建议留守延安根据地的周恩来暂时移至清涧县驻地指挥部队，发动群众，配合渡河。

2 月 18 日，毛泽东、彭德怀在袁家沟发布《关于东征作战的命令》，从此，这条沟不再只属于高杰村，而属于千家、万家、国家！

就是在这次载入史册的东征准备之际，毛泽东在这里用脚步丈量陕北高原的精神高度、历史厚度，用心灵检测中华民族母亲河的偾张力度、情感温度。

也正是在这段大出征大转折的前夕，一场气势不凡的鹅毛大雪倾情而降，浑黄壮阔的黄土高原转眼变成银装素裹的冰雪世界。尽管毛泽东翻过雪山，领略过“飞起玉龙三百万”的昆仑之壮观，但还是被眼前的宏阔、浩瀚、壮丽和崇高所倾倒、所震撼、所折服、所感染。

当一个以解除民族苦难、拯救民族危亡为己任的政党和人民军队需要压倒一切的力量时，这场摇天撼地的大雪，以及凝固成的冰，提供了排山倒海的磅礴之力。站在高家青山峁上，放眼五里外被山梁挡住在视觉上分为上下两段的黄河，孕育了华夏文明的母亲河，此刻虽然顿失滔滔，归于沉寂，但地火在她怀中蓄势待发，如今的她捧出心灵的冰清玉洁的同时，也捧出了信念的磐石之坚。

初到陕北的毛泽东，以战略家、军事家的胆略和气魄，审视着冰雪世界的磅礴和圣洁，以美学家和诗人的心灵与眼光，审读着银蛇蜡象的壮丽与巍峨；以政治家、思想家的胸襟与气度，展望着江山的壮美与妖娆；以史学家与哲学家的睿智和冷静，研判着历代英豪的高光与黯淡。“秦王扫六合，虎视何雄哉。”“大风起兮云飞扬，威加海内兮归故乡，安得猛士兮守四方！”这都是翻了页的历史，而且论文采定会输于当代风流，开创大唐基业、创贞观之治的李世民崛起于乱世，开创了盛世的赵匡胤也成了往日英杰，论风骚也略逊一筹。曾用铁蹄征服欧亚大陆的马背英雄，还是因缺乏文化软实力的支撑而折了硬骨头。横扫万里峥嵘，纵论千年沧桑，毛泽东纳乾坤日月于砚堂，镇秦汉唐宋于纸面，遣精气神韵上笔端，以经天纬地之韬略，仰天长啸，慷慨放歌：俱往矣，“数风流人物，还看今朝”！

1925 年，诗人独立寒秋中的橘子洲头，曾发出声震九州的大地之问："问苍茫大地，谁主沉浮？"

11 年后，诗人站在千里冰封的黄土地上，发出震古烁今的响亮回答："数风流人物，还看今朝！"

这跨越时空的一问一答，体现了一代伟人令他人很难企及的王者之风甚至霸气。这绝非个体与生俱来的弥天之勇和绝世之才，这是一个以马克思主义为理论基础，以劳苦大众翻身解放民族复兴为使命的伟大政党和人民军队共同铸就的胆略、气魄和军魂。

1958 年 12 月 21 日，毛泽东在文物出版社刻印的《毛泽东诗词十九首》上，对《沁园春·雪》写的标题注称："雪：反封建主义。"可以说，此作是一篇有韵的对封建主义制度的宣战书。

站在白雪皑皑的黄土高原，诗人更感觉脚下的土地是何等深沉和厚实，那是伟大母亲的胸脯，一如希腊神话中的安泰俄斯，他力大无穷，所向无敌，因为他是大地女神盖亚和海神波塞冬的儿子。只要他保持与大地的接触，就能从母亲身上汲取无限伟力。国难当头，华北危急，在中华民族生死存亡的关头，国民党却将枪口瞄准红军。以毛泽东为代表的中国共产党人站在国家、民族和人民的根本利益的高度，发出不分党派联合抗日、不计前嫌共赴国难的铿锵宣言，并挥师东渡黄河，以风萧萧兮易水寒的慷慨悲壮、义无反顾之气势，挺进山西，旗指绥远，直接对日作战。

难道这不是今朝风流之最？难道这不是主苍茫大地沉浮之举？中国的前途、民族的希望、人民的命运，难道不应该由这样志在解放全人类才最终解放自己的马克思主义政党及其领导的人民军队来掌控？难道应该让那些卖国求荣、争权夺利、视金钱如命、视民众如草芥的别的什么党派、财阀和军阀来掌控吗？

站在大地母亲的肌体上，汲取母爱的伟力，才能挥动如椽巨笔，穿透掌上千秋史，调动胸中百万兵，写下气吞山河的千古绝唱，让冰冻的黄河卷起读者心海的万丈惊涛，让晴日的红装装点经历年岁永不凋谢的千年妖娆。

李白笔下的燕山雪花大如席，岑参笔下的雪如千树万树梨花开，柳宗元写雪的笔弯成了一根钓竿独钓寒江雪，以豪放雄浑诗风而著称于诗坛的苏、辛也曾有“门外山光马亦惊，阶前屐齿我先行”和“天上飞琼，毕竟向、人间情薄”的咏雪句，翻开诗经楚辞唐诗宋词，恐怕很难找到与毛泽东咏雪比肩的诗句。从“漫天皆白，雪里行军情更迫”到“飞起玉龙三百万”就已经“搅得周天寒彻”了，不料《沁园春·雪》中的雪景异峰突起，诗人信手拈来一“千”一“万”两个数字，概述雪景之广袤无垠，又信笔写下“莽莽”“滔滔”，让沉睡在李清照的婉约词中的叠词被赋予豪放雄健的染色体，经科学排序顿时产生基因裂变，令人无法抗拒地感知黄土高原雪野冰天的崇高之美、阵容之壮，底气之厚、气势之雄！

有人说，毛泽东从《沁园春·雪》所展现的豪放雄浑，明显地受了苏轼《念奴娇·赤壁怀古》的影响。也有人说，孙髯翁的大观楼长联的纵论千古风流，为《沁园春·雪》提供了一些参考。

毛泽东博览群书，且博闻强记，无论是青灯黄卷下，还是在戎马倥偬中，他都在中华民族的文化长廊中徜徉流连，在华厦大地的诗词长河中畅游击水。他博采众长，兼收并蓄，诗韵文理，融会贯通，每每织云彩为锦绣，常常化腐朽为神奇，令人时时叹为观止，往往拍案叫绝。然而，但凡经毛泽东借鉴、引用或化用的诗句，几乎无一例外地在意境、内涵、气势诸方面超越前者，即使在炼字造势的技法匠心方面，也是不可同日而语。

如有异议，不妨试看，中国历代文坛上有一首词轰动一座城，诱发一场两军对垒的诗词大战的记载吗？

回答是肯定的。这座城就是1945年11月，抗战胜利后国民党政府陪都重庆。

1945年8月15日，全世界的广播电台都在播出一个压抑低沉类似缺氧有气无力的声音，这是日本天皇裕仁在宣读诏书，宣布无条件投降。

历时14年的伟大的中国人民抗日战争取得最后胜利，举国上下一片欢腾，但是，抗战胜利后的中国向何处去？

重庆谈判是中国共产党和国民党就中国未来发展前途进行的一次历史性会谈。

蒋介石在并没有作好谈判方案的情况下，就虚应故事地向他的老对手毛泽东发了邀请书，令他有些意外的是，8月28日，毛泽东大大方方地来了，中山装笔挺，皮鞋锃亮，头戴巴拿马盔式礼帽更显气宇轩昂，风度翩翩。

谈判的聚集点在谈判桌上，但从某种意义上说，功夫在诗外。毛泽东是抗日统一战线的首创者，尤懂统战工作之重要。在重庆期间，他广泛接触社会各界民主人士，宣传中国共产党的革命宗旨和主张。多年来，作为国民党的陪都重庆，人们只能从当局的媒体中了解共产党和八路军、新四军，而那些报纸、电台对共产党人的妖魔化宣传极尽污蔑诽谤之能事，一些市民心目中的共产党甚至还是“共产共妻”的“赤匪”，文墨不通的“山大王”，一群争先恐后将脚伸进茅台镇酒缸的莽汉。在这历史性的关键时刻，有必要还我公道以正视听，茫茫雾都，是应该有一股强劲而清新的风吹散朝天门的迷雾、驱逐歌乐山的疑云了。

风起于青萍之末，机会就这样不声不响地来了。正是毛泽东不经意赠给柳亚子的《沁园春·雪》，引发了一场轰动山城波及全国的诗词大战。

原来，毛泽东与战友、著名诗人、南国诗社盟主柳亚子重逢渝州，柳亚子向毛泽东赠诗一首，诗中用“弥天大勇诚能格，遍地劳民战尚休”，盛赞毛泽东果敢决策、胆识过人，讴歌毛泽东为国家前途命运为人民翻身解放而不顾个人安危的豪情壮举，并向毛泽东索诗。几天后，毛泽东将《沁园春·雪》手抄一份并附上短信派专人送达，信曰：“初到陕北看见大雪时填的一首诗似与先生诗格略近，录呈审证。毛泽东1945年10月7日。”柳亚子读毕大喜过望，大赞《沁园春·雪》“叹为中国有词以来第一作耳，虽苏、辛犹未能抗耳”。同时，柳亚子立即和了一首《沁园春·次韵毛润之初到陕北看大雪之作，不能尽如原意也》。他将这两首“沁园春”投向《新华日报》，要求同时发表。《新华日报》是中共中央长江局机关报，发表毛泽东诗词必须征得本人批准，因为毛泽东曾口头作过自己的诗作不要轻易公开发表的指示，《新华日报》就只发表了柳词，而柳词标题透露了毛词的存在，撩发了读者对毛词的关注，纷纷要求一睹为快。

时任《新民报晚刊》编辑的进步作家吴祖光从柳亚子的一个展览上喜获毛泽东的《沁园春·雪》，当即在11月14日该刊第二版副刊上推了出来，立即引发山城地震般的轰动。重庆《大公报》将毛、柳两词并列推出，重庆所有报刊纷纷转载，顿时满城争说沁园春，洛阳纸贵看今朝。社会各界人士被毛泽东的巨大气魄、领袖胆略、诗人情怀和惊人才华所深深折服。一些长期被国民党舆论所蒙蔽、所误导、所愚弄、所欺骗的社会贤达、专家学者，还有成群结队的外国间谍和记者顿时对中国共产党人刮目相看：“这哪是什么‘土八路’‘山大王’的作品？这胸襟和气度，这格局和视野，这文采和韵律，这功力和才华，乃当今人类社会精英之精英的皇皇巨著，国民党遇上这么强大的对手，未来的前景怕是不那么乐观。”

一首百来字的词弄得蒋介石心惊肉跳，“我堂堂国民政府人才济济，难道还对付不了区区一首毛词？”蒋介石急令报刊速发所谓“和词”20

多首，专文十多篇，对《沁园春·雪》以群殴方式大举“围剿”。国民党行政院新闻局副局长邓有德被蒋及蒋的侍从室官员骂得狗血淋头。邓有德对《新民报》总经理大发牢骚：“你们倒好玩了一把，可我是倒了血霉!”

“群殴”集团一顿拳打脚踢，但在读者看来全是花拳绣腿，全被《沁园春·雪》回击得一败涂地。

蒋介石没想到对一首词的“围剿”如此之难，难如当年对朱毛红军的四次“围剿”。这班御用人才不比倒可藏拙，一比却大败亏输。无论是立意和境界，还是词艺与文采，均隔霄壤。

这就是诗词的力量，支撑这个力量的是一个伟大政党所领导的正义事业的无限强大的感召力，是这个伟大政党杰出领袖无可比拟的文学功力和人格魅力。

据知情者回忆，当时蒋介石拿着刊有毛词的报纸，眼中闪烁着妒火，却故作镇静地问他的总统府国策顾问陈布雷：“这真是毛泽东自己写的吗?”陈布雷肯定地回答：“是的。”

蒋介石又问：“你给我写一首‘沁园春’，把他的风头压下去。”陈布雷答：“我不行，这风头一来，谁也压不下去!”

三千毛瑟

——《临江仙·给丁玲同志》

1933年5月17日，上海《申报》《大美晚报》发表了一则丁玲被捕的消息，标题为《丁玲女士失踪》。这则字数不多的短讯一时成为当时中国各大城市报刊争相登载的热门消息。

5月13日夜，丁玲的男友冯达回到他俩住的上海四川路昆山花园路口的一栋兼做地下党秘密联络点的房内后，丁玲发现窗外有人贼头贼脑盯向这边，甚是可疑。第二天，丁玲中午回家不见冯达，机敏地正欲离开，正巧江苏省委主办的《真话报》总编潘梓年登门拜访。少顷，几名特务破门而入，不由分说就把丁玲和潘梓年推上汽车……

丁玲的神秘失踪，惊动了上海、南京甚至北京、武汉、广州的文化艺术界，也引起了党的地下组织的高度重视。这位出生于湖南临澧，求学于长沙、上海、北京，以小说《莎菲女士的日记》一战成名的美女作家，积极投身于革命文艺工作，1930年加入中国左翼作家联盟，并于当年推出长篇小说《韦护》。1931年2月，前夫胡也频落入敌手不幸牺牲。丁玲向张闻天提出要求去苏区工作，张闻天代表党组织安排她留在上海，担任左联党团书记、兼任左联机关刊物《北斗》主编。第二年，丁玲在上海大三元酒家一间包房面对党旗庄严宣誓。她的文笔既有女性特有的细腻精微，又有男性的阳刚坚韧，《莎菲女士的日记》被称为中国文学史上的第一次对女性焦虑进行艺术表达的开山之作，拓展了五四时期人性解放的主题。她的真实大胆直面人生的女性内心独白，如同燃起一束女性精神解放的火把，把漆黑的天幕烧了一个巨大的窟窿。其后，丁玲以女性的视角，开始从描写知识女性生存状态发展到描写工农女性和社会革命的女性。她不仅是一名叛逆封建礼教敢爱敢恨的文艺愤青，更是鲁迅旗下一位向旧世界宣战的文坛主将。

丁玲在光天化日之下被绑架，显然是因为她手中的笔刺痛了国民党政府脆弱的神经。在真刀真枪的较量中，蒋介石很难捞到什么好处；然而在文房四宝的较量中，他老蒋也对左联为代表的“匕首投枪”恨得牙痒。

是的，绑架丁玲就是他们干的。特务们先是将丁玲关押在南京监狱，由于害怕舆论压力，又押至莫干山秘密囚禁。

狱中的丁玲也许并不知道，她的安危牵动了多少人的心！宋庆龄仗义执言，法国著名作家罗曼·罗兰也铿锵发声，谴责当局暴行。蔡元培拍案而起，鲁迅更是为丁玲牵肠挂肚，恰巧当时众口误传丁玲已被处死，于是奋笔疾书《悼丁君》诗一首，发表在《涛声》第2卷第38期，诗曰：“如磐夜气压重楼，剪柳春风导九秋。瑶瑟凝尘清怨绝，可怜无女耀高丘。”

在狱中，国民党反动派威逼利诱，力图将丁玲手中那只凌云健笔改换写作方向，甚至炮制一个剧本框架以丁玲名义推出。丁玲大义凛然严辞拒绝，表现了一名革命作家坚定的政治信仰和文学主张。

在地下党组织的努力下，丁玲终于逃离虎口。1936 年 6 月，上海地下党负责人冯雪峰派张天翼协助丁玲逃离南京。张天翼帮丁玲化装，派自己的侄女护送丁玲乘火车到上海，左翼作家胡风第一个到车站迎接。

9 月中旬，丁玲经精心化装，悄然登上赴西安的火车。在西安，她隐姓埋名，躲过敌人军警的盘查，度日如年地等了一个多月，终于在 11 月 1 日登上一辆卡车。经过长途颠簸，她终于来到魂牵梦绕的革命圣地陕北保安。

丁玲是第一个来自国统区的著名作家，也是一位久经考验、坚贞不屈的无产阶级文化战士，还是一位高颜值、有气质、有魅力、有个性的女权斗士。国统区文坛一道景，华丽转身为根据地军中一枝花。

丁玲的到来轰动了中国文坛，也轰动了陕北根据地。

11 月的一天，陕北保安一座宽敞亮堂的大窑洞，门前红灯亮，壁上红旗飘，漫天夕阳给群山镀上一层金辉。黄土高原上的西风，发出信天游一样高亢悠扬的呼声。

这是一座能摆四席且还有小型舞台的窑洞，中共中央特别部署，由中央宣传部主办的欢迎丁玲的宴会在这里举行。毛泽东出席了这个盛会，同时出席的还有张闻天、周恩来。四张桌旁坐满了各界知名人士，可谓高朋满座，喜气盈庭。

毛泽东和丁玲同为湖南人，毛泽东读过丁玲的小说，十分欣赏这位同乡女作家的才华和志向，丁玲更是仰慕毛泽东主苍茫大地之沉浮、与千古英雄竞风流的领袖气魄、统帅风范。都经历过湖湘文化的孕育和熏陶，都具备深厚的文学艺术素养，都关注中华民族前途命运……共同的语言如湘水滔滔，可惜当时没有录音，更没有视频留存，只能凭后人追忆和想象了。

丁玲在欢迎宴会上作了情真意切的发言。在这里，她感受到了家的温暖，看到了中华民族的希望。

“我父在朝为官宦，府下金银堆如山，本利算来该多少，命人送到那西凉州。”这是邓颖超演唱的《武家坡》唱段，字正腔圆，训练有素，与平日文静温婉的邓大姐判若两人。薛平贵的饰演者一登台更令人大跌眼镜，竟然是我党情报大王李克农。

陕北的团结紧张严肃活泼的气氛，深深感染了饱尝国统区的白色恐怖黑暗沉闷的丁玲。当毛泽东问她下一步有何打算时，她脱口而出：“我要上前线去打仗，当一名真正的红军战士。”

“好哇!”毛泽东大为赞赏，“最近正是有仗可打，你去杨尚昆带领的前方总政治部，去陇东前线吧!”

在欢迎宴会上，张闻天与丁玲是“第二次握手”。“六年前，你就向我要求上前线，去苏区，我没有批准。这一次，可是主席亲自批准的哟!”

就这样，丁玲以红军女战士的英姿出现在陇东前线的枪林弹雨里。在她的笔下，一篇篇带着硝烟味的一线散文，为部队提供了源源不断的精神动力。湖南籍名将左权的儒将风度、果敢作风，都被丁玲记入战地日志，栩栩如生。

欢迎宴会一个多月后，活跃在陇东战场的丁玲收到一封由聂荣臻将军转交的电报，发黄的电报纸上居然是一首词，发电报者和作者居然是毛泽东。

临江仙·给丁玲同志

一九三六年十二月

壁上红旗飘落照，西风漫卷孤城。保安人物一时新。洞中
开宴会，招待出牢人。　　纤笔一枝谁与似？三千毛瑟精兵。

阵图开向陇山东。昨天文小姐，今日武将军。

正一正军帽，拍一拍征尘，英姿飒爽的“武将军”手捧电报，热泪盈眶。她为自己选择奔赴陕北而深深庆幸。她懂得，这是一封发给所有的进步作家、所有革命文艺战士的电报。毛泽东后来在延安文艺座谈会上的讲话中提出来的“两为方向”，可以说就是破译这封电报的密码。

毛泽东说过：“我们有两支部队，一支拿枪的部队，由朱总司令统领，一支拿笔的部队，由鲁总司令统领。”“鲁总司令”何许人也？鲁迅先生也。

1937 年春天，丁玲从前线回延安，毛泽东又将《临江仙·给丁玲同志》手书一遍送予丁玲。丁玲为了防止战地丢失，将毛泽东亲笔诗稿托人带回重庆，请老友胡风代为保存。胡风在装有此件的信封上写上“毛笔”二字，珍藏起来。

世事沧桑，时过境迁，随着胡风逝世，丁玲对“毛笔”完璧归赵早已不抱希望。1980 年 4 月，胡风的遗孀梅志在一个皮包夹层中偶然发现“毛笔”，丁玲失而复得这一无价墨宝，喜出望外。

此时，毛泽东已逝世四年了，但是丁玲觉得，主席依然在和她谈李白、谈杜甫，谈革命文艺工作者的宗旨、责任、义务、担当。

人间正道

——《七律·人民解放军占领南京》

1949 年 4 月 23 日，英勇顽强、士气高昂的解放军指战员如疾雷闪电奋勇冲锋，长驱直入国民党反动派最高指挥机关“总统府”，随即冲上“总统府”门楼。一名战士在战友的配合下登上“总统府”门楼顶处中轴线的地方，刚劲果敢地拔下那面尚在风中有气无力地摆动的青天白日旗，狠狠地掷于脚下。这位战士的这一经典动作，标志着蒋家王朝在中国大陆上的正式坍塌。

又称紫金山的钟山如一位饱览沧桑的历史老人见证了这一切。南京，这座曾被国民党反动派作为“首都”的历史文化名城，这座被朱偰评价为“此四都（长安、洛阳、金陵、燕京）之中，文学之昌盛，人物之俊彦，山川之灵秀，气象之宏伟，以及与民族患难相共，休戚相关之密切，尤以金陵为最”的古都，终于回到了人民手中。

面对中华民族即将走向光明的发展趋势，面对国际国内错综复杂的现实状况，以毛泽东为代表的中国共产党人始终保持清醒的头脑。1949年元旦，毛泽东亲笔写的文章标题，就是《将革命进行到底》。文章还引用了农夫和蛇的故事，提醒人们坚定立场，丢掉幻想。

4月4日，红色电波掀起了国人心中的澎湃之波，新华社社论《南京政府向何处去?》向全中国、全世界郑重宣告，人民解放军就要向江南进军了，这不是拿空话吓唬你们，无论你们签订接受8项条件的协定也好，不签这个协定也好，人民解放军总是要前进的。

不错，这篇红色宣言书，又是出自毛泽东的手笔。

由于蒋介石等假谈真打、划江而治的野心膨胀，要求中共延长签字期限，并在南京广播中公开表示不同意解放军渡江。

19日，毛泽东要张治中转告李宗仁，中共拒绝延期签字要求。

20日，李宗仁、何应钦致电张治中：中央所提之要求，政府已无考虑余地。和谈宣告破裂。

毛泽东主席与朱德总司令毅然发布《向全国进军的命令》，中国人民解放军百万雄师从20日子夜起在西起湖口、东至江阴的长达千里的战线上，以泰山压顶之势横渡长江。一时间，万炮齐鸣，千帆竞发，长江下游千里江面炮声轰鸣，硝烟弥漫，人民解放军和成千上万的支前船工扬帆挥桨，勠力同心，迎着排空的浊浪和密集的弹雨勇往直前。

江阴地处沪宁之间江南岸，素有锁航要塞和江上雄关之称，为通江达海咽喉，历来兵家必争。

根据毛泽东和朱德的命令，4月20日正式打响千里江防同时渡江战役。粟裕和张震指挥的第八兵团和叶飞指挥的第十兵团组成35万之众的东集团军，他们要啃下的是一块硬骨头——江阴要塞。汤恩伯曾踌躇满志地对一群记者说：“江阴要塞是铁打的防线，共军就是老虎、狮子，也休想攻下它!”汤某吹牛的底气来自三座相连的山头上，筑有总炮台1座、大炮台3座、游动炮团1个、远程要塞炮70门、加农榴弹炮36门。山腰有明碉暗堡群，港口有铁丝网，江面有巡逻军舰，舰上装备精良。空中有飞机盘旋，一个立体化的防御系统对我军张网以待，别说是木船组队，就连只飞鸟也难渡江。

但是，汤恩伯做梦都不会想到，早在1947年秋天，我军就开始对江阴要塞驻军进行政策引导，为渡江作战下了一着先手棋。同年11月，中共华中工委社会部长兼公安处长宋学武等人深入驻军内部，发展江阴要塞上校唐秉琳等三人加入中共，唐秉琳等在我党指导下做了大量起义前的组织、人事准备。

4月20日，国民党南京政府拒绝在和谈协议上签字，我军炮击江阴对岸的八圩港守军一四五师桥头阵地，该部电告唐秉琳“炮火支援”，唐秉琳当即一声令下，炮口对准八圩港守军桥头阵地，一四五师师长暴跳如雷:“怎么搞的?老子要你打共军，你怎么打到老子阵地上来了?”唐秉琳在电话中调侃：“不会吧?要不就是夜间观察不准，炮弹跑偏了。”

4月22时零时，我军先头部队在长山登陆后，立即控制了长江渡口。要塞司令戴戎光方才发现，于是命令唐秉琳炮轰我军。唐秉琳命令炮兵不卸保险，不装引信，装模作样地对空射击。王征明通知唐秉琳调转炮口，猛烈轰击国民党第二十一军阵地。

清晨7时，江阴要塞全体官兵宣布起义，并向毛泽东、朱德发出起义通电。

毛泽东读完带着江阴硝烟味的起义通电后想了些什么，我们不得而知。也许他在默然地对他的老对手蒋介石说：“有空还是多读点有用的书，开卷有益嘛。不信你读读《孟子》，他就说过：‘固国不以山溪之险，威天下不以兵革之利。得道者多助，失道者寡助。’”其实更丢面子的事还在后头，正是这渡江战役的较量，丢了军队，丢了江山。蒋介石何曾想到丢了这丢了那，其根本原因是丢了民心、丢了良知。

4 月 23 日，南京城“总统府”门楼上青天白日旗被解放军战士拔下踩在脚底。

在北京香山双清别墅一间卧室里，这一夜灯光长明，一夜没合眼的毛泽东接到南京解放的捷报时，时针指向 1949 年 4 月 24 日 6 时。

此时此刻，毛泽东的心中如滚滚长江澎湃奔涌、汪洋恣肆。也许他心海里掠过长江 1927 年的春潮，想起了“把酒酹滔滔”的沉郁悲壮。也许他心潮中泛起了南京 1937 年 12 月中旬的殷红与惨白……也许他并没有来得及将双眼朝来路过多地回望，也没来得及过多地享受胜利的欢欣。

面临这天翻地覆、扭转乾坤的大好局面，而国民党反动派仍在苟延残喘、负隅顽抗，作为一位胸中自有雄兵百万，运筹帷幄、决胜千里的军事统帅，他十分清醒地看到，光做到胜不骄还远远不够，我们面对的敌人穷凶极恶，对敌人抱有丝毫幻想就是对人民的不负责任。只有干净彻底全部将其消灭，才能不负人民重托，不负时代使命，为中国走向光明扫清障碍。

这也不曾想，那也来不及想，但有一对矛盾他想到了，那就是刘邦和项羽。有一个戏剧性场景他想到了，那就是鸿门宴。项羽的沽名钓誉和优柔寡断，使已成为俎上鱼肉的刘邦以上卫生间方便的名义逃之夭夭，最终让项羽落得了自刎乌江的下场，司马迁笔下楚歌夜警、虞兮悲唱、阴陵失道、东城快战、拒渡赠马、悲壮自刎等一系列镜头如好莱坞大片一般以快进速度在毛泽东脑际掠过，“力拔山兮气盖世”的慷慨悲歌卷着血雨腥风穿越汉唐而来，吹得香山满山树木花草一齐摇摆，仿佛是无数双手在奋力摆动，那一声声呼呼的风啸，不正是树木花草们在齐声呼唤“不”吗？

不！当然不！对敌人的仁慈，就是对人民的残忍！

新中国成立前夕，百端待举，说毛泽东日理万机并非夸张。双清别墅案头上摆着的，有蒋介石、李宗仁的最后疯狂，有白宫和五角大楼的居心叵测，有克里姆林宫的异样眼光，当然更有全国人民对和平与解放的渴求与期盼……他夜以继日、废寝忘食地主持会议、谈话谈心、批阅文件、起草电文，就连新华社重要社论和类似 4 月 22 日播发的《人民解放军百万大军横渡长江》这篇作为新闻院校经典教材的消息，都由他撰写。工作之繁忙不言而喻。按常理推测，毛泽东在这个时段是没有时间写诗的，因为写诗通常需要相对空闲，普通人很难在绝对繁忙时涌动出诗情。然而也许正是因为毛泽东不是普通人，也许是因为诗情来得太猛烈，猛烈得如钱塘江之大潮，一如刘禹锡的“八月涛声吼地来”，又如他自己的“千里波涛滚滚来，雪花飞向钓鱼台”。况且这首诗他早已在中华大地上打出腹稿，而且钟山那场象征改天换地、改朝换代的暴风骤雨，为他的诗蓄足了起笔的力量；人民解放军滚滚铁流涌过长江，为他的砚堂注入了不竭的浓墨；石头城虎踞龙盘、今非昔比的格局，为他的诗营造了磅礴的气势……一切都来得如行云流水，顺理成章，看似天生本成诗，不过妙手偶得之。

于是，香山之麓笔走龙蛇，双清别墅纸上雷暴，一曲时代的最强音，唱响在黄河之北、长江之东：

七律·人民解放军占领南京

一九四九年四月

钟山风雨起苍黄，百万雄师过大江。
虎踞龙盘今胜昔，天翻地覆慨而慷。
宜将剩勇追穷寇，不可沽名学霸王。
天若有情天亦老，人间正道是沧桑。

这哪是8句56字的七律，分明是山呼海啸、天崩地裂、山河重收拾、乾坤大挪移！这哪是写一场震撼寰宇的战役，分明是一篇穷追猛打国民党反动派，将革命进行到底的讨伐檄文和进军宣言！宏大背景下的宏大叙事，史诗题材中的史诗经典，引经据典、左右逢源如探囊取物，化用古诗着手成春、点铁成金。这哪是一篇普通的军事题材应景之作，这分明是一篇闪耀着辩证思维光辉的哲理诗！一切阻碍历史洪流前进的势力都将被人民所打倒，正义终将战胜邪恶，光明必然驱散黑暗。反对派必败，人民必胜！这是亘古不变的规律，正如毛泽东在写作此诗四年前的党的七大政治报告《论联合政府》中所说的："人民，只有人民，才是创造世界历史的动力。"

落花时节

——《七律·和柳亚子先生》《浣溪沙·和柳亚子先生》

1949 年 3 月 25 日下午，北平西苑机场。今天，这里要举行新中国成立前的一次盛大阅兵式。当毛泽东、朱德、周恩来、刘少奇、任弼时等健步走入阅兵场时，一千多名来自社会各界的代表欢呼雀跃，掌声雷动。

毛泽东意气风发，笑容可掬地走向前排那群特殊的人群，远远地扬起手臂示意。

原来这是党中央特别邀请参加阅兵的著名民主人士，站在前排的有沈钧儒、郭沫若、李济深、黄炎培、傅作义、马叙伦、柳亚子等。

柳亚子这次来北平可不容易。他和陈叔通、马寅初、叶圣陶、王芸生、郑振铎、曹禺等 20 多位知名人士从香港启程，经烟台、济南、沧州等地抵达北平，应中共中央之邀出席全国政治协商会议。这艘横跨千里的轮船上群星璀璨，甲板上的欢歌笑语随着海风飘向万顷碧波。

柳亚子作为国民党元老，与宋庆龄、何香凝并称为“左派三贤”，毛泽东十分器重他，称其为“人中麟凤”。

柳亚子渴望早日见到毛泽东。重庆一别，便是解放战争的三年，柳亚子公开反蒋的政治立场尽人皆知，几次在大庭广众之中、众目睽睽之下痛斥蒋介石，还提出过“庆父不死，鲁难未已”不如将其暗杀了事的激烈之见。毛泽东对柳亚子说，共产党不主张暗杀，共产党相信人民群众的力量终究要战胜反动势力。柳亚子对毛泽东的雄才大略和人格魅力推崇备至。重庆诗词大战，柳亚子既是点燃导火线者，又是参战主力。近三年，蒋家王朝土崩瓦解，人民解放军在毛泽东和朱德统帅下摧枯拉朽、势如破竹，一个崭新的人民共和国呼之欲出。今天又从西苑机场阅兵式上领略了正义之师的浩荡军威。晚上，党中央又在颐和园益寿堂举行宴会，毛泽东与各位社会贤达频频举杯谈笑风生。回到住处，柳亚子诗情喷涌，展纸挥毫：

二十三年三握手，陵夷谷换到今兹。
珠江粤海惊初见，巴县渝州别一时。
延水鏖兵吾有泪，燕都定鼎汝休辞。
推翻历史三千载，自铸雄奇瑰丽词。

三天后，柳亚子的情绪出现剧变，躁动不安时，竟因为想吃一根黄瓜而未如愿，一气之下打了管理员一个耳光，而且被其掌脸者还不止一人。显然，先生的牢骚并非来自那根没吃到的黄瓜。他将一腔郁闷付诸笔墨，一首《七律·感事呈毛主席》一气呵成。

开天辟地君真健，说项依刘我大难。
夺席谈经非五鹿，无车弹铗怨冯驩。
头颅早悔平生贱，肝胆宁忘一寸丹！

安得南征驰捷报，分湖便是子陵滩。

全诗引经据典，字里行间宣泄着怀才不遇的委屈，弥漫着愤世嫉俗的孤傲，最后或明或暗地表示意欲归隐江湖。柳亚子在诗后小注中说：“分湖为吴越间巨浸，元季杨铁崖曾游其地，因以得名。余家世居分湖之北，名大胜村。宅第为倭寇所毁。先德旧畴，思之凄绝！”

拿分湖来说事，这是第二次了。第一次是辛亥革命后柳亚子任孙中山的骈文秘书后仅三天，就因孙中山与袁世凯议和一事心中不爽，丢下一首《感事》后扬长而去，《感事》末句为：“不如归去分湖好，烟水能容一钓舟。”

所谓“分湖便是子陵滩”，典指东汉著名隐士严子陵与光武帝刘秀是同窗好友，刘秀即位后多次延聘严子陵出山做官，严子陵不为所动，干脆遁入分湖归隐山林。后人仰慕其高风亮节，在其归隐处筑钓台，称其常出入地为子陵滩。范仲淹曾在《严先生祠堂记》赞曰：“云山苍苍，江水泱泱。先生之风，山高水长。”笔者曾与文学博士杨厚均先生实地拜谒子陵滩，昔日的隐居之所如今已成热游之地，慕名而来的历代文人雅士雕像林立蔚为大观。

毛泽东收到柳亚子的诗作后，十分关心其情绪变化和身体健康。他特意安排将其从六国饭店移往颐和园益寿堂。尽管当时正值百万雄师渡江获得全胜，建国前各项准备工作纷繁复杂，说毛泽东日理万机绝非夸张。别的不说，光是与李济深、黄炎培等民主人事谈心就够忙了，又弄出柳亚子满腹牢骚上笔端的插曲来。即使在如此特殊如此繁忙的时刻，毛泽东都没将此人此事等闲视之，他铭记柳亚子与共产党肝胆相照的桩桩件件，他忘不了无数爱国民主人士对革命事业的无私支持。就在人民解放军占领南京后的第五天，在双清别墅的灯下，他不顾身心疲惫，倾注满腔热情，挥毫展纸与正在颐和园益寿堂郁郁不乐的柳亚子先生作推心置腹的笔谈：

七律·和柳亚子先生

一九四九年四月二十九日

饮茶粤海未能忘，索句渝州叶正黄。
三十一年还旧国，落花时节读华章。
牢骚太盛防肠断，风物长宜放眼量。
莫道昆明池水浅，观鱼胜过富春江。

前四句既是对柳诗内容的应和，又是对二人交往的历史性回望。然而这粤海饮茶和渝州索句，还有这次重逢，都是适逢中华民族命运转机的重大时刻，那么此诗记录和抒发的绝非二人之间小我小情，而是张扬的家国天下之大事大爱了。

第五句笔锋一转，一碗热气腾腾的“心灵鸡汤”端将出来，里面不是公式化地配上人参大枣，而是精准对“症”温柔下“药”。毛泽东没有回避敏感话题，不是哼哼哈哈打官腔，不着边际，隔靴搔痒，而是直奔主题、推开天窗，掏心掏肺、语重心长。

柳亚子收到毛泽东诗稿后百感交集，心潮难平。“傲”君一生顿时化为柔肠万缕。他为毛泽东的若谷虚怀、坦荡襟怀深深折服，也为毛诗回应用典天衣无缝而拍案称奇。

有不少学者认真考证和研究过柳亚子心情郁闷宣泄牢骚的原因，各说不一，且考据有限。笔者认为，牢骚因何而发并不十分重要，这个以故友重逢诗词唱和及其出现的牢骚插曲到牢骚消解的政坛佳话文坛轶事，留给后人最大的精神财富，是毛泽东与柳亚子患难与共、为之奋斗的民族独立、人民解放事业的壮丽伟大，是毛泽东敬老尊贤、善解人意而又坚持原则、循循善诱的磊落光明和古道热肠。

5 月 1 日，毛泽东专程从双清别墅驱车颐和园拜访柳亚子，而且把袂游览昆明湖。不久又派秘书田家英将柳亚子接至双清别墅畅谈并共进午餐。下午送别时，毛泽东久久握着柳亚子的手说：“全国即将解放了，我们诚心诚意地欢迎您留在北京参加革命工作。”柳亚子听出了弦外之音：“昆明湖观鱼多好，何必硬要去富春江呢?”

一年零五个月后，又一个机缘促成了毛柳之间的再次诗词应和。

1950 年 10 月 3 日，也就是开国大典一年后第三天，中南海怀仁堂张灯结彩，一台精彩的民族歌舞晚会在这里举行。参加演出的有西南各民族文工团、新疆文工团、吉林省延边文工团和内蒙古文工团。演出之前，少数民族代表们向毛泽东主席敬献了哈达、帽子和其他具有少数民族特色的小礼品。带着天山风情、巴蜀喜气、长白山的热情、大草原的奔放的文艺节目，激情充沛地讴歌了新中国成立一年以来的伟大成就、崭新气象和各族人民幸福美满的生活。怀仁堂呈现一片欢乐祥和的动人景象。

披着洁白的哈达，欣赏着精彩纷呈的节目，坐在第二排的毛泽东拍拍正好坐在他前排的柳亚子，神采飞扬、热情洋溢地说：“如此盛会盛况，岂可无诗？亚子先生，您来写，我来和!”

柳亚子正陶醉在民族团结的氛围和赏心悦目的情趣里，主席刚才对他肩上那轻轻一拍，似乎是启动了他释放诗情的按钮，当即掏出纸笔，一挥而就。

浣溪沙

火树银花不夜天，弟兄姊妹舞翩跹，歌声唱彻月儿圆。　不是一人能领导，那容百族共骈阗？良宵盛会喜空前。

不愧为诗坛魁首，面对毛泽东的盛情邀约，命题作文，落笔成词，出手不凡。毛泽东接过一阅，大呼“好词”，正要当即应和，晚会结束了，演职人员等着他合影呢。

带着胸中的成竹，毛泽东回到住所，将一腔澎湃汹涌的诗情，酣畅地倾注在宣纸上。

浣溪沙·和柳亚子先生

一九五〇年十月

长夜难明赤县天，百年魔怪舞翩跹，人民五亿不团圆。　一唱雄鸡天下白，万方乐奏有于阗，诗人兴会更无前。

第二天，柳亚子收到了毛泽东手书的两张宣纸。一张是誊抄柳亚子的《浣溪沙》，一张是毛泽东的《浣溪沙·和柳亚子先生》。

展纸吟读，如沐春风。毛泽东虽是和柳亚子步其原韵，同题而作，但无论是主旨立意、主题开掘、气象拓展、辞章文采，都与柳词不可同日而语。柳词偏重于对领袖的丰功伟绩的赞颂，而毛词则从有限的现场空间向历史的深度和中华大地的广度尽情拓展，是一尺幅之内展万里之势、方寸之间见大千世界的力作。诗人借李贺诗中那只“雄鸡”一唱，结束百年的群魔乱舞，迎来了国家的统一、民族的团结、人民的解放。柳亚子笔下的怀仁堂小舞台，在毛泽东笔下变为大中华大舞台。

换了人间

——《浪淘沙·北戴河》

毛泽东早在风华正茂之时就指点江山，激扬文字。他的诗词王国，风景独好，江山多娇，有横空出世的莽昆仑，有雁叫云飞的六盘山，有浪遏飞舟的湘江水，有拍暖云崖的金沙江。然而，江山不可无海，他的如椽巨笔能飞起玉龙三百万，能遣百万雄师过大江，但卷起过海浪吗？

当然有："冷眼向洋看世界，热风吹雨洒江天"不是写洋吗？"四海翻腾云水怒，五洲震荡风雷激"不是写海吗？

不错，作为大国领袖，东方巨人，作为一位伟大的无产阶级革命家，坚定的马克思主义者，当然胸襟如海纳百川，思绪如江走千帆。那么，作为伟大的诗人，在他自铸的雄奇瑰丽词中，有没有专门写海的呢？他虽多次畅游湘江长江，但是他在大海中弄过潮吗？

换了人间

——《浪淘沙·北戴河》

浪淘沙·北戴河

一九五四年夏

大雨落幽燕，白浪滔天，秦皇岛外打鱼船。一片汪洋都不见，知向谁边？　往事越千年，魏武挥鞭，东临碣石有遗篇。萧瑟秋风今又是，换了人间。

这首词字数虽少，但气魄宏大，意境高远，笔力沉雄，思想深邃，内涵丰富，意蕴壮美，虽不能与千古绝唱《沁园春·雪》相提并论，但至少是相映成辉，各有千秋。

根据党中央的安排，1954 年夏天，毛泽东赴北戴河边工作边疗养。泱泱中华的领袖，必须有强健的体魄，这与毛泽东青年时期提出的“文明其精神，野蛮其体魄”的理念是相吻合的。据有关资料显示，最有益的体育活动是游泳和骑马，这两项都是毛泽东的强项。他自幼立志：“会当水击三千里。”他不管风吹浪打，胜似闲庭信步。他“快马加鞭未下鞍”，饮马延河走千山，策马驰骋的英姿定格在长征路上，还落了个马背诗人的雅称。尽管他为国为民，殚精竭虑，鞠躬尽瘁，废寝忘食，且生活俭朴，在三年困难时期还坚持与人民同甘共苦，但是他的体魄在大多时期是较健壮的，这也许应该感谢他搏击过的大江大海的大浪，也应该奖励他的坐骑小白马、小青马扬起四蹄穿过枪林弹雨、炮火硝烟给他带来颠簸、惊险和畅快。

北戴河，中国北部位于渤海之滨的著名避暑胜地，与美国的戴维营、俄罗斯的索契并称为三大“夏都”。这里的海岸沙滩宽阔，巨石嶙峋，森林茂密，燕舞鸥飞。这里夏无酷暑，冬无严寒，每年气温超过 30 ℃的仅六七天。

1954 年，中共中央开始设立北戴河暑期办公制度。陈长江曾是毛泽东的警卫员。1954 年 4 月，他跟随毛泽东来到北戴河。毛泽东带来的行李很少，但却有两大箱书。住的虽然号称中直疗养院一号楼。实际上只有一号而无楼，只有一排简陋的平房，毛泽东就在这里办公。

1954 年夏，毛泽东又来到北戴河，每天工作之余，必去海上游泳。常常是和一群年轻人边游泳边聊天，聊工作、聊学习、聊生活，像一位父亲和儿女们拉家常，又像教师给学生讲历史、讲社会。

陈长江和战友们担负着保卫主席生命安全的重任。名义上是首长与警卫的关系，游起泳来实际上成为教练和学员的关系。毛泽东的游泳技术十分高超，无论是蝶泳、蛙泳还是仰泳，都运用自如。61 岁的年纪，一下水便似乎减去一半，迎风接浪，身手矫健，常常一个猛子扎下去好久不见人影，弄得警卫们惊慌不已，集体搜寻。正当大家心急如焚、束手无策之际，毛泽东不声不响地浮出水面，朝大家潇洒地挥一挥手，不带走一片云彩。

一个闷热难当的下午，毛泽东放下批阅过的文件，伸了个懒腰，站起身来就往外走。

“主席，您去哪里?”陈长江赶了上去。

“游泳去!”毛泽东头也不回，越走越快。

另一名警卫孙勇急了：“不行不行，主席!”

“你是说我游泳不行?”毛泽东回头问。

“不是不是！您游泳很行！但是……”孙勇越急越结巴。

“行就好，跟我走!”

“不行！真的不行！不是您不行，是天气不行。天气预报说马上就有雷阵雨，渤海有大风大浪!”

“大风大浪好哇！我就盼望大风大浪它早点来呢!”

说话间，周恩来和朱德闻信赶来。这时候，海上狂风骤起，大雨追着雷电倾盆而下，渤海上顿时白浪滔滔，一群海鸥发出亢奋的欢鸣，穿过扑面而来的惊涛，昂首振翮，飞向海涛深处。

海边正在游泳的人群惊慌地撤离，还有几个红白相间的救生圈也被遗弃在沙滩上。

大雨下，雷电中，海滩上，只有一个魁梧的身躯朝着汹涌的海浪奔跑。

那是毛泽东。

“主席！回来！回来——”周恩来冒雨追来，焦急而关切地喊着。

“主席！风浪太大，快回来！”这是朱德的四川口音。

毛泽东“一意孤行”。周恩来和朱德的呼喊声，被海风撕成了碎片，被海浪碰成了泡沫。

警卫战士们跟着毛泽东如龙跃海，一场与天斗其乐无穷、与海斗其乐无穷的“顶风”行动拉开战幕。毛泽东扑向气势汹汹的海浪，挥动壮硕的臂膀，用那双扭转乾坤的大手推开怯懦，抵住狂风，迎着起伏跌宕的潮起潮落，朝着更高的浪尖前进，前进……他一会儿被大潮托上波峰，一会儿又随势跌下浪谷，一会儿竟然销声匿迹，待赶上来的警卫战士们发出哭腔高声寻呼时，他又奇迹般地出现在大家眼前，且余勇可贾，豪气冲天。“大凡凶恶的东西都是这样，你强他就弱，你弱他就强！反动派也是这样，看起来可怕，其实没什么了不起！”

在毛泽东的引领下，号称“游泳排”的警卫战士们也搏风击浪放胆一游。虽然个个都呛过海水，受过惊吓，但是大多数练出了一身浪里白条的水上功夫，而手把手教他们游泳的教练，就是毛泽东。

毛泽东不仅教陈长江他们游泳，还教他们学历史，学文化。一次毛泽东工作疲倦了，就让陈长江陪着到海滩上散步，边走边背诵着古诗：“东临碣石，以观沧海。水何澹澹，山岛竦峙。树木丛生，百草丰茂。秋风萧瑟，洪波涌起……”

“主席，您又写诗了？”陈长江问。

“这是曹孟德的诗。”毛泽东说。

“曹……曹什么德？不认识。”陈长江漫不经心。

“曹操，你认识吗？”

“曹操是奸臣，大白脸，我看过戏的。”

“曹操不是奸臣，是罗贯中把他的脸涂白了，这是一桩历史冤案啦，曹操是了不起的政治家、军事家、文学家。他是很有作为的英雄，他的诗豪放沉雄、凝炼苍凉。我刚才背的，就是他在这里写的《观沧海》呀！”

“曹操也来避过暑吗？”

“他来不为避暑，也可能没有游泳。建安十二年，作为汉献帝的大将军率大军北征乌桓，大破乌桓一扫边患后，凯旋时到过这里，当时他站在渤海口旁的碣石山，放眼观沧海，激情涌沧海，于是写下了这首雄心勃勃、意气风发的好诗。”

说着说着，毛泽东遥望海天，陷入沉思。陈长江知道主席在发思古之幽情，也就不再搭话，让毛泽东的思想之马在汉魏风烟里纵横驰骋、潇洒穿越。

毛泽东的女儿李敏、李讷收到爸爸从北戴河来的信。

李敏、李讷，我亲爱的女儿：

你们的信都收到了，很欢喜。北戴河、秦皇岛、山海关一带是曹孟德（操）到过的地方。他不仅是政治家，也是诗人。他的碣石诗是有名的，妈妈那里有古诗选本，可请妈妈教你们读。我好，勿念。

亲你们！

爸　爸

一九五四年七月廿三日

可见，魏武挥鞭的雄姿深深烙在毛泽东的心间。站在时代的至高点上，看到一个不甘屈辱的民族在满目疮痍的旧中国土地上站立起来后，面对着纷纭复杂的国际局势，以改天换地的英雄气概、开天辟地的精神气度、前所未有的蓬勃精神，投入社会主义祖国的伟大建设。一个伟大的社会主义国家崛起在世界东方。

一场笼罩幽燕的大雨，撩动了毛泽东如海潮一般奔涌的诗情。燕赵自古多慷慨悲歌之士，面对白浪滔滔的大海，面对千年之前放歌沧海的曹孟德，今日岂可无诗?

一条或数条被大雨狂风抽打的渔船不知去向，船上的渔人是否安全?曹孟德笔下的山、岛、草、木，风物依旧，萧瑟秋风仿佛看见铁马飞驰、魏武挥鞭，其文韬武略冠盖一时，然而这一切都被历史的烟云湮灭，如今早已人间改换，乾坤挪移。当今华夏，人民群众建设社会主义中国的热情和海浪一般汹涌澎湃，无论是魏武还是其他任何英杰圣贤，都完成了各自的历史使命，试看今日之世界，竟是人民大众的天下，四海之内，遍地英雄。风流人物，还看今朝。

极目楚天

——《水调歌头·游泳》

1956年6月3日，武汉。

江城人像往常一样吃完热干面信步走上江城，迎着6月少有的凉风，边走边欣赏造物主赐给他们独特的流动风景，看长江江面游弋着的轮船，赏那从挟着三峡长风捎带洞庭涛声的一江激浪，文化修养稍高的市民势必联想起李白送孟浩然赴扬州时的咏叹："孤帆远影碧空尽，惟见长江天际流。"

突然，有人发现江中有一个游泳的团队。武汉虽是火炉，但时至6月初，江水依然不到20℃，这水温能游吗？

怎么不能？人们看到，那位游在最前的泳者挥动着健硕的双臂，迎风逐浪，遥遥领先。那标准的泳姿，那娴熟的泳技，那淡定的气度，似乎向人传递着一种超凡脱俗的王者之风。

“毛主席！那是毛主席！”岸上的游人中发出一声惊喜的呼唤。

“对，是毛主席！毛主席来武汉了，毛主席畅游长江！”

江岸上的人越围越多，更多的人闻讯赶来涌上江堤。

江水中，波涛澎湃；江岸上，心潮澎湃。

江心里，奋臂畅游的毛泽东改用踩水的泳姿，努力立出水面，举起右臂向岸上的人们挥手致意。

“毛主席万岁！毛主席万岁！”岸上的呼号此起彼伏。

“人民万岁！人民万岁！”水中的呼号洪亮高亢。

这一天，江岸上行走的市民是幸运的，他们在没有接到预告的情况下目睹了伟大领袖畅游长江的情景。如果不是现场目击，他们无论如何也想不到，年过花甲的毛主席游泳时竟如蛟龙跃海，势不可挡！一会儿轻舒长臂拥抱波浪，一会儿仰面朝天以逸待劳，潇洒飘逸俯仰自如，行云流水淋漓酣畅。

其实，这是这次武汉行第二次搏击大江风浪了。三天前，毛泽东在长沙游了湘江，在那里重温了风华正茂年代中流击水的热情与豪兴。两天前，刚到武汉他就去拥抱长江，劈波斩浪两小时，痛快畅游三十里。同游的王任重等人体力透支“败”下阵来，毛泽东坚持从上游一直游至长江汉水交汇处，上岸时还余兴未尽。

滔滔江水，似乎也抓住良机，向他诉说了些什么。

也许，长江对他说：29 年前在这里登过黄鹤楼，写过《湖南农民运动考察报告》，出席过党的八七会议，发出过“枪杆子里面出政权”响亮呐喊的你，对武汉情有独钟甚至有些偏爱的你，表扬过我茫茫九派流中国的你，在我胸膛上把酒酹滔滔的你，看到我的变化了吗？过去我心上装的是愁云惨雾，烟雨莽苍苍，今天装的是喜雨春风，极目楚天舒。你所牵肠挂肚的长江大桥正在建设中，你所看到的刚刚崛起的第 8 号桥墩正信心满满地托起九省通衢的期盼，你的“沉沉一线穿南北”的宏愿将会圆满实现。你看见了吗？我心上虽然涛声依旧，但乾坤已改，人间已换，你不是对我的上中游还有高峡平湖的构想吗？你不是在七年前在我的下游百万雄师突破国民党千里江防时写下过“天翻地覆慨而慷”吗？过去我向你倾吐的是一肚子苦水，今天想向你倾吐希冀。我懂得你的心，你来游泳的目的是找我谈心，推心置腹、掏肝掏肺地谈心，谈他个欢天喜地，谈他个痛快淋漓！

指点江山、激扬文字的毛泽东，用诗意的泳姿与大江对话，大江给了他澎湃的诗情，一首《水调歌头·游泳》，就是蘸着一江豪情书写在茫茫楚天的永恒的瑰丽浪漫、宏阔雄奇！

水调歌头·游泳

一九五六年六月

才饮长沙水，又食武昌鱼。万里长江横渡，极目楚天舒。不管风吹浪打，胜似闲庭信步，今日得宽馀。子在川上曰：逝者如斯夫！　　风樯动，龟蛇静，起宏图。一桥飞架南北，天堑变通途。更立西江石壁，截断巫山云雨，高峡出平湖。神女应无恙，当惊世界殊。

“常德德山山有德，长沙沙水水无沙”是毛泽东熟悉的赞美他故乡湖南的金句。在《水调歌头·游泳》自注中，毛泽东饶有兴趣地提起过这脍炙人口的民谣。“又食武昌鱼”用典可溯至魏晋《吴孙皓初童谣》首句“宁饮建业水，不食武昌鱼”。“不食”改“又食”，反其道而行之。

“又食武昌鱼”确有其事。在下塌和就餐处，毛泽东食宿费用一律自理，并明确要求菜碟不超过四个，不允许上海鲜，甚至鸡鸭也在禁食之列，主要吃蔬菜。那天吃武昌鱼，毛泽东还特别要求“不要蒸大鱼，不能浪费”。主厨杨纯清、助厨傅家宽颇感为难，挑来拣去选了条1.7斤重的鱼，用两根筷子垫在碟上清蒸。就这么一道武汉市民家常菜，毛泽东大快朵颐。据资料介绍，毛泽东离开武汉时还专门将《水调歌头·游泳》手抄一份送给厨师杨纯清，还随口吟诵着岑参的《送费子归武昌》“秋来倍忆武昌鱼，梦著只在巴陵道”。当时费子自长安归武昌途经湖南巴陵，而毛泽东吟此诗时，巴陵还属湘潭专署辖，而主席故居就在湘潭。美不美，长沙水。亲不亲，两湖人。

湖南湖北，湘楚荆楚，一衣带水，乡愁悠悠。

词名“游泳”，开门见水，“万里长江横渡，极目楚天舒”，这不是在游泳池或水塘里游泳，这是在奔腾咆哮的大江大潮中搏风击浪，在波峰浪谷极目楚天，更是辽远宏大，风光无限！

“不管风吹浪打，胜似闲庭信步”，既是表现作者高超的游泳技巧，笃定的骑士风度，又何尝不是体现其驾驭时代风云，掌控世界大潮的定力与胆魄，与高亨先生所描述的“眼底六洲风云，笔下有雷声”之气概何异？

击水弄潮，作为诗人政治家和政治家诗人，自然敏感地领悟出韶华易逝，一如这川流不息、滚滚东去的江水，孔子《论语》中“逝者如斯夫，不舍昼夜”，随波浪涌上他的心头。建设社会主义新中国，需要全国人民争分夺秒地与江水赛跑，这是江水和孔子向我们发出的警号呀！

这种号召和鼓舞、激励人们珍惜时光的诗句，在作者后来的作品里又有出现，而且表述得更为直接：“一万年太久，只争朝夕！”这类诗句成为全国人民用来砥砺自己快速、高效、奋斗、奉献的格言警句。

如果把毛泽东畅游长江仅仅看成是体育运动或工作之余的消遣之举，那是一种以己之心度人之腹的平庸猜度。奋臂拨浪，迎风击水，澎湃的江潮势必与伟人的心潮同频共振。仰卧潮头，雄视楚天，辽阔的大地势必与伟人的宏愿相映成辉。

是的，作者曾对身边工作人员透露，《水调歌头·游泳》不是专写游泳，而是写社会主义建设的。驾驭着主流的潮峰，泳者毛泽东从正在建设中的武汉长江大桥第8号桥墩旁矫健游过，这横空出世的桥墩，不正是中国人自立于世界民族之林的雄姿吗？作为万里长江第一桥，1955年9月1日破土动工，1957年10月正式通车。1670米长桥面上可并行行驶6辆解放牌大卡车，下层为双线铁路桥。1913年和1919年，詹天佑、孙中山先后萌发过在武汉架建长江大桥的梦想，只有在新中国，这个“一桥飞架，南北天堑变通途”的梦想才会实现。从选址、设计到建设，此项目倾注了毛泽东的心血，当他击水长江游至正热火朝天地建设大桥的江段，中华民族傲立世界东方的自豪感当然油然而生，并把中国人的骄傲和自信挥洒在大江之上，楚天之外！

毛泽东惯用逆向思维，在革命战争年代，就是他的这种思维方式帮助他绝境逆袭，用兵如神。行走在波峰浪谷，他不像苏东坡立于赤壁看大江东去，而是将思维的风帆逆流而上直指瞿塘巫峡西陵，将思绪的骏马穿越辛亥风云和新中国成立时的秧歌舞影。他想到了孙中山曾在《建国方略》中意欲在长江三峡筑坝发电的计划，想起了他自己对长江巨大的水利资源综合利用，修筑三峡大水库，并将长江碧水调入北方滋润京畿的系列宏愿。

1953年2月，春寒料峭，江风刺骨。长江舰甲板上，毛泽东一任凛冽江风直扑他的胸怀。“拿地图来！”地图展开了，毛泽东的眉头也展开了：“在这个总口子上筑一道大坝，修一个三峡水库怎么样？”

他还对邓力群说过：“三峡工程完成后，记得写一篇祭文给我。”使人联想起陆游《示儿》：“王师北定中原日，家祭无忘告乃翁。”

“更立西江石壁，截断巫山云雨，高峡出平湖，神女应无恙，当惊世界殊。”

毛泽东神游八极，诗意驰骋天上人间。屈原的学生宋玉在《高唐赋·序》中写道，高唐属云梦泽，楚襄王游云梦泽时行至高唐，梦遇神女。神女不卑不亢地背诵她的名片：“旦为朝云，暮为行雨。”毛泽东在《水调歌头·游泳》里也与神女邂逅，也自然有对话交流。神女啊，三峡发生了沧桑巨变，大坝挡住了巫山云雨，让您受惊了吧？您也该感知到人间改换，世界大变了吧？

是的，善解人意、冰雪聪明的巫山神女见证了三峡水利工程的兴建、完善和竣工启用全过程，她依然婷婷袅袅地伫立在巫山平湖之间，守护着蓝天碧水，陪伴着丹崖青山，她时时撩开云的面纱，向远道而来的游客讲述三峡的前世今生。

我们应该相信，邓力群应该不辱使命早就向毛泽东写下并回复三峡起宏图的祭文了吧？即使不曾写也无妨，因为镶嵌在中华大地上的三峡水利枢纽工程宏图，以及宏图上展现的高峡平湖、洞庭安澜、燕赵滋润、春满人间的画面，不正是一篇令您笑逐颜开的情况汇报吗？

春江浩荡

——《七律·和周世钊同志》

湖南有一句俗语，“无钱逼倒英雄汉”。

1913 年 2 月，长沙就有两位“英雄汉”被当时的“袁大头”所逼倒，一位是刚满 19 岁不久的湘潭伢子毛泽东，一位是 16 岁的宁乡伢子周世钊。

1912 年，穿着土布襟褂的毛泽东从贴身口袋中掏出一块钱，在长沙北正街紫东园报考刚刚成立的省立第一中学，2000 多名来自三湘四水的考生取 150 名，毛泽东独占鳌头，编入习英文的普一班。校长符定一为防第一名作弊，亲自面试毛泽东，古今中外偏题怪题一顿轰炸，毛泽东从容不迫、纵横捭阖、逢招拆招、对答如流，而且常常蹦出一两句惊世骇俗的金句。符定一仍不放心，又出一题当场作文。毛泽东潇洒挥毫，文思如潮，题旨高远，文采飞扬，思维前卫，且提前

30 秒交卷。符定一惊叹："这个伢子以后不得了！"开学后，毛泽东又一篇文章轰动全校，题为《商鞅徙木立信论》。半年后，毛泽东因不满校方规则烦琐束缚个性，加之囊中羞涩，只好向省立一中挥一挥手。未曾想到 37 年后，这位辍学长沙紫东园的高才生，走进了中南海紫光阁。

毛泽东告别紫东园后去了哪里？他站到了一张师范学校招生录取榜前。与他同时看榜的还有来自宁乡的周世钊。于是编入一个班，后来又随校合并于湖南省立第一师范学校，于是就开始了 63 年的莫逆之交。

1921 年 7 月，毛泽东和何叔衡作为湖南代表参加了具有开天辟地意义的中国共产党的缔造工作。当毛泽东站在嘉兴南湖红船上憧憬中华民族的光明未来时，一心抱定教育救国理念的周世钊走进了离嘉兴仅 277 公里的国立东南大学教育学院，毕业后回到了宁乡石子冲，家里用当地最奢侈豪华的方式——请皮影戏班子公演一晚，以示庆贺。

1949 年 7 月，毛泽东在中华大地谱写人类社会最壮丽的英雄史诗，湖南面临和平解放。时任湖南省政府代理主席陈明仁将军邀请周世钊暂时代理湖南省第一师范学校校长，周世钊想，一师是自己和毛泽东的母校，在这改天换地的特殊时期，一定要保护母校平稳安全地迎接解放，带领全校师生走向新天地。他想到了，也做到了。他向毛泽东写信，表示自己"这些年很惭愧，因循颓废，苦闷消沉，不能为新社会尽自己一份力"。

毛泽东日理万机，仍不忘旧情，拨冗回信，一字千金："兄为一师校长，深庆得人，可见骏骨未凋，尚有生气。"

1950 年 9 月下旬，毛泽东托人传信邀请周世钊进京参加国庆观礼。

当时，江青曾问毛泽东："周世钊？这是一个什么样的同学？"言下之意是："你怎么如此器重他？"

毛泽东没有详细回答，但口气肯定："这位同学相当老实憨厚，就是胆子有点小。"

周世钊参加新中国第一次国庆观礼，的确有点“受宠若惊”。

10 月 5 日下午 4 时，在秘书和江青的带领下，周世钊走进了毛泽东的会客厅。

阔别 23 年后的重逢，真可谓沧海桑田，世事巨变。同校同寝室有时甚至还同钻一个被窝睡的至交，沉浸在对往事的追忆中。当晚，毛泽东又邀请徐特立、王季范先生一起共进晚餐。

“老同学，你是何时胖起来的?”周世钊直来直去，实话实说。

毛泽东说：“过去消瘦，一是天天骑马打仗，疲惫劳累，二是营养不良，能量缺乏。后来到了延安，坐在窑洞里动得少了，吃得多了，慢慢就胖起来了。”

10 月 7 日，毛泽东又到北京饭店拜访周世钊和王季范。又是一场推心置腹的长谈，又是一次口无遮拦的询问。

“听说江青过去是搞文艺的，是个电影演员，你是怎么和她认识的呀?”毛泽东有问必答，且笑容可掬：“那一次，我在延安作《矛盾论》的报告，第二天她便来到我的办公室，希望我能解答她的疑问。”

“什么疑问?”周世钊自己一肚子疑问。

“她问我，蒋介石既然不抗日，我们为什么还要争取他，形成统一战线呢?”我说：“你看看我写的《论反对日本帝国主义的策略》就会明白。”

10 月 19 日，中国人民志愿军跨过鸭绿江，一场保家卫国的正义之战拉开战幕。毛泽东在八天后的 10 月 27 日约见周世钊和王季范，谈到抗美援朝这个话题时，周世钊依然是有话就说：“这么大规模的援外战争，会不会影响国内的建设与发展呢?”毛泽东说：“不错，我们急需和平建设，需要和平建设的理由有百条千条，但敌不过六个大字。”

“哪六个字？这么厉害?”

“不能置之不理。”接着，毛泽东指出美国侵略朝鲜，即使不把战火燃过鸭绿江，美国也会往我们身上插三把刀，第一把是插我们头上（东三省），第二把是插在我们腰上（台湾），第三把插在我们脚上（越南）。打得一拳开，免得百拳来。对于美帝国主义，你不打他就不倒!”

1951 年 2 月，周世钊加入民盟，任民盟湖南省支部委员。1953 年当选为民盟中央委员。

1955 年，周世钊出任湖南省教育厅副厅长，他为人磊落坦荡，务实求真，当时教育界一些知识分子蒙冤受屈，有的身陷囹圄。周世钊深入调研，并组织专门班子复查冤案，给他们平反昭雪。由于他学养丰厚，经验丰富，湖南教育事业一度欣欣向荣。

1955 年 6 月 20 日，毛泽东在周世钊陪同下畅游湘江后，登上岳麓山。在岳麓书院门前的赫曦台前，吟哦着明王阳明的诗句：“隔江岳麓悬情久，雷雨潇湘日夜来。安得轻风扫微霭，振衣直上赫曦台。”倾听朱熹讲学的千年余响，感受古老湖湘的一缕文脉。

在岳麓山顶云麓宫，放眼东望，湘水橘洲横陈眼底，白帆轮船比翼争流。长沙城区高楼林立，呈现一派蒸蒸日上的发展势头。

云麓宫里，倒是风物依旧，仿佛时间倒流。定睛细看，毛泽东发现了微妙变化：“呃，原来这里一副楹联不见了？‘西南云气来衡岳，日夜江声下洞庭’，多有气势！黄道让先生白写了。”

“没有白写，你毛主席不是还挂在心头吗?”周世钊妙语解颐。

旧地重游，感慨良多。毛泽东多次询问恰同学少年时代故人故事。周世钊一一作答，二位学友、诗友还不时吟诗诵联，以抚慰毛泽东心中那北去湘江一般缠绵环绕的乡愁。

当晚，周世钊乘兴挥毫，一首激情跌宕、文采斐然的《七律·从毛主席登岳麓山至云麓宫》跃然纸上：

滚滚江声走白沙，飘飘旗影卷红霞。

直登云麓三千丈，来看长沙百万家。
故园几年空兕虎，东风遍地绿桑麻。
南巡喜见升平乐，何用书生颂物华。

周世钊将这首墨香四溢的新作和几首“库存”一并寄予毛泽东。令他大喜过望的是，一个多月后就收到毛泽东的回信：“读大作各首甚有兴趣，奉和一律，尚祈指正。”

展开毛泽东亲笔诗稿，周世钊热泪盈眶。

七律·和周世钊同志

一九五五年十月

春江浩荡暂徘徊，又踏层峰望眼开。
风起绿洲吹浪去，雨从青野上山来。
尊前谈笑人依旧，域外鸡虫事可哀。
莫叹韶华容易逝，卅年仍到赫曦台。

毛泽东的和诗起势宏阔，首联不仅是书写眼前之景，作为大国领袖、政治家诗人，必然将视野拓向全国甚至宇宙。颔联更是通过“绿洲”和“青野”两个意象，联想到当时毛泽东最为重视的农业合作化推行的蓬勃之势。颈联中的“域外鸡虫”自然是指十分微妙而又不让人省心的国际关系。尾联更是雄心万丈，异峰突起，意气风发，壮心不已。

杨柳轻扬

——《蝶恋花·答李淑一》

1928年10月的井冈山，在茨坪的羊肠小路上，在茅坪的练兵场上，在黄洋界哨口的峭壁之巅，在湘南的山峦密林中，有一个伟岸挺拔的身影在疾行。细心的人们发现，这双疾行的腿总是有点瘸的感觉。是的，去年的今天，就是这个伟岸挺拔的身影，拄着一根栗树枝，率领工农革命军第一师第一团挺进五百里井冈的。

毛泽东作别杨开慧时患有足疾，这事并非写在病历本，更不可能有医院的电脑存档，而是写在杨开慧的那首缠绵悱恻、催人泪下的情诗里：

天阴起朔风，浓寒入肌骨。
念兹远行人，平波突起伏。
足疾已否痊？寒衣是否备？
孤眠谁爱护，是否亦凄苦？

书信不可通，欲问无人语。
恨无双飞翮，飞去见兹人。
兹人不得见，惆怅无已时。
良朋尽如此，数亦何聊聊。
念我远方人，复及数良朋。
心怀长郁郁，何日重相逢。

字字含情，声声泣血！夫妻情，战友爱，熔于一炉，感人肺腑。看似惜墨如金，却抵得千言万语。遗憾的是毛泽东直至逝世，都没有看到这首爱妻对他痛诉衷肠的诗。

原来，杨开慧将这首诗写完后，连同其他几篇文章，藏在板仓杨家大屋的墙缝内。1982 年修缮杨昌济旧居时，人们才意外发现这感天动地的大爱绝唱、红色情书。

54 年的坚守和等待，万古不朽的坚韧与缠绵。读着这封曾被冰冷砖石隐匿的滚烫情书，我们可清晰地听到杨开慧激情澎湃的心声：去年 8 月 13 日，在板仓，我和孩子们看着你一跛一跛地走向远方。一年多了，脚伤痊愈了吗？天凉了，过冬的衣服准备好了吗？你捎回来的信我一直珍藏着，几乎每天都要读几遍，都能背诵了。你说你开张时“生意”不好，还蚀了本，经过苦心经营，“生意”越来越好。真替你高兴！收到信后我立即回了一封信，我在长沙板仓、平江伍市和汨罗李家塅一带的“生意”也越做越大，孩子们也越来越懂事了。我还随那封信捎了一些盐巴、药品交给了送信人，但是总联系不上，我问了那么多句，听不到一句回音……

关山迢递，音讯阻隔，然绵绵情丝，终能穿越时空，捂热大地山川。情人怨遥夜，竟夕起相思。远在井冈山的毛泽东对娇妻爱子也是牵肠挂肚，苦思苦恋。即使是敌军围困万千重的严峻时刻，即使是在快马加鞭未下鞍的倥偬岁月，再忙也有相思的时候，越是生死关头越思念亲人。每次看见与岸英、岸青年龄相仿的孩子，总是要抚摸他们的头，或是抱一抱。他每逢故人总是询问妻儿的近况，但一直没有听到亲人的音信。

他曾经给在上海做中央机关工作的湖南老乡李立三写信，请其转告听说在上海的毛泽民，通过毛泽民与杨开慧联系。

终于，毛泽民信告杨开慧的通讯处后，毛泽东立即写了那封抵万金的家书，为应对白色恐怖的险恶局势，他用隐语告知爱妻，说“开始生意不好，蚀了本，如今生意好起来了”等。

好景不长，由于一方奔波于炮火硝烟里，一方战斗在军警监视中，他们又失去了联系。邮路阻隔了，心不能阻隔，笔不能停止倾吐心声。1929 年 12 月 26 日，杨开慧饱蘸激情写道：“今天是他的生日，我格外的不能忘记他。我暗中行事，使家人买了一点菜，晚上又下了几碗面，妈妈也记着这个日子……我要吻你一百遍……你是我的人，你是属于我的……”

这些文字，连同情诗《偶感》，都用蜡纸包着，被杨开慧藏在了她卧室内床铺蚊帐背后离地 2 米的墙缝里，还用泥巴将砖缝糊上。

这是被残酷的反动势力扼住了歌者咽喉的长夜独唱，这是默默坚守了半个多世纪终见天日的大爱宣言！它凭其炽烈的情感、隽永的文笔、深邃的精神境界、巨大的艺术张力，足可以使普天之下的情书黯然失色！因为杨开慧笔下的款款深情、浓浓爱意，不仅仅是儿女之情夫妻之爱，更有与毛泽东共有的对理想信仰的坚守和崇敬，对民族和黎民的热爱和忠诚！

1930 年秋，红军第二次攻打长沙撤至吉安后，何键悬赏千元大洋捉拿杨开慧。

一直坚持在长沙东乡从事地下斗争的杨开慧，在毛岸英 8 岁生日前夕，悄悄地回到板仓看望母亲，不料被敌人密探盯住。10 月 24 日凌晨，叛徒带着反动军警堵住了杨家。灭绝人性的反动派连小岸英和保姆孙嫂一道五花大绑，杨开慧说："要抓抓我，不要抓孩子和孙嫂！"

在长沙陆军监狱，敌人用尽酷刑，逼迫杨开慧登报声明与毛泽东脱离婚姻关系。

杨开慧大义凛然，严词拒敌："让我和毛泽东脱离夫妻关系，除非海枯石烂！"

预感到最后时刻不远了，杨开慧对探监的亲友们说："开慧死不足惜，但愿润之革命早日成功！"铁窗下，她亲吻着小岸英的小脸，说："岸英，将来见到爸爸，就说我没有做对不起他的事，我非常非常想念他，我不能帮助他了，请他多多保重！"

11 月 14 日下午 1 时，麓山涌泪，湘水呜咽，长沙浏阳门外识字岭刑场响起了罪恶的枪声。从此，杨开慧绚丽灿烂的青春，定格在永恒的 29 岁。

不久，毛泽东在赣南惊闻噩耗，悲痛至极，心如刀绞，泪如泉涌，良久才哽咽着吐出八个字："开慧之死，百身莫赎！"

1957 年早春，毛泽东收到一封沉甸甸的友人来信，写信人是杨开慧的生前闺蜜，革命烈士柳直荀的妻子李淑一。柳直荀是毛泽东青年时代的挚友，他们相识于板仓杨家大屋，党的一大召开后，毛泽东利用船山学社创办湖南自修大学，传播马列主义。柳直荀到自修大学学习、讨论，很是刻苦认真。在清水塘，柳直荀经常向毛泽东汇报工作情况。1923 年，柳直荀和毛泽东的小弟毛泽覃一起加入中国共产党。1924 年 10 月，由毛泽东和杨开慧介绍，柳直荀和李淑一结婚。1927 年 7 月，受毛泽东委派，柳直荀到贺龙的部队工作，参加南昌起义，后来担任中共鄂西北分特委书记，红军二军团政治部主任。1932 年 9 月，柳直荀在"肃反"中被诬陷错杀于湖北监利县周老嘴慈心庵。1945 年 4 月，中共中央给柳直荀平反昭雪，追认其为革命烈士。

1933年的一个夏夜，李淑一梦见丈夫浑身是血，放声大哭而醒。悲情难抑，旋即披衣起床，填词一首：

菩萨蛮·惊梦

兰闺索寞翻身早，夜来触动愁多少。底事太难堪，惊侬晓梦残。　征人何处觅？六载无消息。醒忆别伊时，满衫清泪滋。

李淑一出生于书香世家，和她的闺蜜杨开慧一样，具有良好的古典诗词修养，而且几乎终身与诗词为伴。这一首《菩萨蛮》字字清凄，满纸悲凉。

毛泽东收到的李淑一来信中，除了表达问候之外，还提出一个要求——请毛泽东将1920年写给杨开慧的那首《虞美人·枕上》抄一份供她学习。当年，杨开慧曾经拿出过这首词与她分享，词中“一钩残月向西流，对此不抛眼泪也无由”等句，曾激起过她心海极大的共鸣。同时，李淑一还将自己写的《菩萨蛮·惊梦》也寄给了毛泽东，请求指教。

一石激起千重浪！这不是一封普通来信，三页信纸卷起毛泽东心底惊雷、情海巨澜！“开慧之死，百身莫赎！”这句27年前的肺腑之言再次响起，与杨开慧朝夕相处的无限甜蜜，与妻儿聚少离多的相思之苦，惊闻开慧从容就义的剜心之痛和对国民党反动派卑鄙残酷的弥天之恨，还有对战友柳直荀英年早逝的锥心之憾，对革命烈士为理想和信仰贡献青春、大义凛然的倾心之敬，一齐涌上心头，注入笔尖，挥洒在纸上。

蝶恋花·答李淑一

一九五七年五月十一日

我失骄杨君失柳，杨柳轻扬直上重霄九。问讯吴刚何所有，吴刚捧出桂花酒。　　寂寞嫦娥舒广袖，万里长空且为忠魂舞。忽报人间曾伏虎，泪飞顿作倾盆雨。

当远在长沙的李淑一收到毛泽东的回信，不由得惊呆了！她的最大奢望是获得毛泽东手抄其旧作《虞美人·枕上》，而毛泽东在信中说："大作读毕，感慨系之。开慧所述的那一首不好，不要写了罢。有《游仙》一首为赠。"而《游仙》就是发表时改为《蝶恋花·赠李淑一》的红色恋歌，畅游天上人间的革命忠魂曲。

1959 年 6 月 27 日，长沙蓉园，杨开慧的兄长杨开智、李崇德、李淑一三人一道接受了毛泽东的亲切接见。毛泽东指着李淑一对华国锋、柯庆施说："她就是李淑一同志，是开慧的好朋友。前年她把悼念直荀的词寄给我看，我就写了《蝶恋花》这首词和她，完全是照她的意思和的。"李淑一激动地说："不不不，我这是抛砖引玉！"柯庆施接过话头："那也得有抛砖的本事呀，我就抛不出这么好的砖来哟！"华国锋连忙表态："我也抛不出。"

《蝶恋花·答李淑一》是毛泽东诗意表达对杨开慧倾心之恋的爱情三部曲的高潮之作，通过重霄九、桂花酒、忠魂舞、倾盆雨等美妙意象，通过骄杨、柳、吴刚、嫦娥之间的零距离交流，将儿女之情、战友之爱升华为革命志士、共产党人为无产阶级的解放事业，为崇高的理想信念，为拯救天下苍生而从容赴难、向死而生的人间大爱，挥洒在九霄之上，月宫内外，大写在实景梦境，天上人间！

这样的借儿女之情，写天下兴亡、人间大爱的情之颂歌，虽不敢妄论绝唱，也可断定前所罕有。是的，《罗密欧与朱丽叶》写了两个敌对家庭儿女真心相爱的道德胜利，《梁山伯与祝英台》写了一对封建婚姻制度的叛逆者以身化蝶的惊天壮举，但是二者均无法与《蝶恋花·答李淑一》的思想高度和审美取向比肩。因为毛泽东笔下的"骄杨"和

“柳”既是具体真实的英雄、烈士，又是无数为人民利益而赴汤蹈火、慷慨捐躯的革命先烈的代表、化身。他们为之奋斗、为之献身的事业，是世界上最伟大的事业，是人类社会最壮丽的事业。《蝶恋花·答李淑一》既是对李淑一的原词的奉和，更是向普天下的读者对“杨柳”所代表的英雄们的壮举和精神追求的一种解读、一种褒扬。广阔的视野，丰富的联想，来自无产阶级解放事业本身内涵的美好，其波澜壮阔的斗争经历和历史画面本身的悲壮是无产阶级革命家的浪漫与雅兴，摧动了嫦娥的广袖之舒；是革命战争的伟大胜利，催生了仙界与人间喜泪汇成的倾盆豪雨。这场豪雨逾年历岁，屡“下”不衰，自一声“忽报人间曾伏虎”，一直覆盖着茫茫原野，滋润着浩浩心田。

李淑一在她所任教的长沙市第十中学的课堂上，幸福地讲述《蝶恋花》，在师生中引起轰动。湖南师范学院中文系“十月诗社”社长张明霞向毛泽东写信，要求授权他们在“十月诗社的油印诗刊《鹰之歌》上发表《蝶恋花·游仙》”。

这一天，一封寄自中共中央办公厅的来信飞到岳麓山下的湖南师范学院中文系。“来信早收到，迟复为歉！《蝶恋花》一词，可以在你们的刊物上发表。《游仙》改《赠李淑一》。毛泽东。1957 年 11 月 25 日。”

《鹰之歌》已经停刊了，怎么办？

《湖南师院》1958 年元旦专刊上《蝶恋花·答李淑一》隆重推出。《文汇报》《人民日报》争相转载，“我失骄杨君失柳”的吟唱声响彻大江南北，万里长空。

春风杨柳

——《七律二首·送瘟神》

1958 年 6 月 30 日晚上，杭州西湖抱着一湖故事进入梦乡。西湖边刘庄的一个面向东南方向的窗户彻夜射出柔和的灯光。

灯光下，一个魁梧的身影时而静坐，时而踱步，一杯换过多次开水的西湖龙井，杯底的茶叶也被房主慢慢咀嚼后全部吞咽。

早已睡下的警卫员轻轻敲门提醒："毛主席，快天亮了，该休息了！"

"晓得晓得！放心放心！我就睡！"

毛泽东"嚓"地一声擦亮一根火柴，点燃香烟，惬意地深吸一口，又将案头的《人民日报》展开，像一位鉴赏家欣赏一件赏心悦目、价值连城的艺术品一样看了起来。这是当天的《人民日报》，头版头条是一篇新闻特写《第一面红旗——记江西余江县根本消灭血吸虫病的经过》，编辑部还专题配发了社论《反复斗争 · 消灭血吸虫病》。

“明天……不，快天亮了，今天是建党 37 周年纪念日了，余江县把这件事办好了，这是向建党节送的一份厚礼，也是为老百姓办的天大的好事呀!”毛泽东兴奋异常，任自己思绪的骏马纵横驰骋。也许他想起了 37 年前的上海石库门和嘉兴南湖，包括他自己在内的党的 13 位代表，代表全国 50 多名共产党员捧出了信仰和初心。也许他想起了党的各次代表大会，尽管时代在变，会址有别，会议所担当的历史使命不同，但信仰依旧，初心不变！全心全意为人民服务的宗旨不变！当然，想得最多的还是余江县消灭了血吸虫病。江西余江县位于赣东北的信江流域，长期以来，这里血吸虫病横行，这种由芦苇、钉螺及其尾蚴带来的祸水流到哪里，哪里的老百姓就在劫难逃。解放前 30 年内，余江县死于血吸虫病者 2. 9 万人，42 个村遭毁灭，2 万多亩良田荒芜，走进疫区一片萧条，乱坟满目。

对于血吸虫病，毛泽东并不陌生。早在 1918 年初夏，他与蔡和森沿洞庭湖南岸的湘阴到洞庭湖东岸的岳阳，在一个叫凤凰台的地方，见过血吸虫的危害，那里流行一首民谣：“凤凰台、凤凰台，女不生崽男怀胎。”血吸虫病患者晚期肝脏发生病变，患者面黄肌瘦，但肚大如鼓，惨不忍睹。1921 年 4 月底，毛泽东邀新民学会会友易礼容、陈书农第二次来岳阳，从南津港摆渡洞庭湖，在君山登陆后用脚板丈量洞庭湖岸线，徒步考察了华容、南县、安乡等县。这一线湖泊遍布，沟渠纵横，芦苇丛生，钉螺狂野，不少村庄遭血吸虫祸害，疫区的荒凉凄苦至今历历在目。

毛泽东也许更为清楚地记得，1955 年 7 月，他冒着酷暑轻车简从考察南方农民生产生活状况。到杭州后，毛泽东由于公务太忙，于是派了几位同志到农村调查研究。这几位同志在余杭地区一个村庄，看见青壮年正在挥汗如雨地抢收早稻，一位中年农民坐在大树下，袒露着胀鼓鼓的肚皮，呼吸艰难地歇凉。“我还年轻，毛主席领导我们翻身了，解放了，有田种了，但是得了这大肚子病，动也动不得，废了哇！”

调查组将情况向毛主席作了详细汇报，中年农民的这一番话，如鞭子抽在毛泽东的心头。新中国成立六年了，岂能让这区区小虫继续横行？老百姓头上的三座大山都推倒了，难道还填不了血吸虫病这个坑？

毛泽东不会忘记，1951 年 3 月，他派人到江西余江县调查，调查组向他汇报时，他眉头紧锁，余江县的那几首民谣也令他刻骨铭心：“身无三尺长，脸上干又黄。人在门槛里，肚子出了房。”“妇女遭病害，只见怀胎不生崽。难听婴儿哭，十有九户绝后代。”1953 年 9 月，他又派医务人员到余江县马岗乡进行防疫实验研究。

毛泽东清楚地记得，据解放初期统计，血吸虫病害流行遍及苏、浙、湘、鄂、皖、赣、川、滇、粤、桂、闽、沪 12 省市约 350 县市，患病人数达千万之众，受感染威胁人口过亿。在病害严重地区，曾出现整户、整村人口死亡的惨状。江苏省高邮县新民乡，1950 年至 1951 年因病死亡 1006 人，其中全家灭门 31 户。

疫病暴行，令人发指，瘟神罪孽，罄竹难书！

毛泽东不会忘记，1953 年 9 月，在上海养病的沈钧儒发现市郊农村有血吸虫病流行，便给毛泽东写信，建议加强改进血吸虫病防治工作。毛泽东立即复信：“血吸虫病危害甚大，必须着重防治，大图及附件已交习仲勋同志负责处理……”党中央、国务院及卫生部、农业部等立即行动，加大力度，血防工作在全国各地扎实开展。

1955 年 11 月，毛泽东在杭州研究农业问题时，特地通知卫生部副部长徐运北汇报血防工作。毛泽东说：“广大农民翻了身，组织起来发展生产，必须帮助农民战胜危害严重的疾病。”他有的放矢地指出，血防光靠卫生部门不行，要打人民战争。

1956 年 2 月，最高国务会议上，毛泽东语调铿锵，表情凝重：“全党动员，全民动员，消灭血吸虫病。”从此，“一定要消灭血吸虫病”的响亮口号，出现在各级会议报告里、疫区墙壁上，化为强大精神动力，融汇于“天连五岭银锄落，地动三河铁臂摇”的汗珠子落地摔八瓣的实干者的心窝里、臂膀上、行动中！

毛泽东的思绪从20世纪20年代的洞庭湖区跨越，飞过50年代的苏杭赣皖，抚今思昔，心旷神怡。前瞻来日，逸兴横飞。现实主义的大地山川，将毛泽东的豪迈诗兴托上浪漫主义的缥缈仙界，大凡翰逸神飞时，毛泽东都有可能对话古人，神交诸仙。他以逸待劳，坐地日行八万里。这不是纯粹的浪漫结论，它有精确的科学原理支撑，巡天遥看一千河的途中，他与徘徊在鹊桥边的牛郎不期而遇，牛郎关切地询问人间血吸虫是否有所缓解，他只能遗憾地告知“依然如故”。

星移斗转，换了人间！当今中国，遍地英雄。六亿神州，尽皆舜尧！人民，只有人民，才是创造世界历史的动力！在党中央、国务院的领导下，昔日被瘟神所戕害的疫区人民，以“人皆为舜尧”的使命担当和主人翁姿态，焕发出旷古未有的奋斗激情和聪明才智，一个结合农田水利改造建设而展开的灭螺战役，在大江南北全面展开。余江县率先实施开新沟填旧沟，用新土埋葬钉螺赖以生存的老巢。洞庭湖畔，荒草钉螺付之一炬；高邮疫区，700名患者转危为安。壮士断腕的气魄，釜底抽薪的决心，群防群治的力量，绝路逆袭的智慧，预示着余江的今日，必是各地疫区的明天。瘟神横行肆虐已成为历史，等待它的必然是纸船明烛、熊熊烈火，明日的湖区必然是春风杨柳、郎朗新天！

这是一位伟人的不眠之夜，这是一个诗兴勃发的浪漫之夜，这是一个追忆不堪回首之往昔的长歌当哭之夜，这是一个情系苍生、心忧天下、哀民生之多艰、虽九死其犹未悔的自警自励之夜，更是一个为人民创造历史改造自然，为泱泱大国蒸蒸日上、巍巍华夏欣欣向荣而引吭高歌之夜。

当东方亮起第一缕晨曦，当柳浪响起第一声莺啼，当花港闪起第一片锦鳞，当灵隐寺响起第一记晨钟，刘庄的这扇窗户默默地推开了。一首礼赞人民、讴歌社会主义祖国的革命现实主义与革命浪漫主义完美结合的英雄史诗，以新旧社会的强烈对比，作者情感的至悲至欢，迎着临窗的旭日和拂煦的微风，跃然纸上。作者将对人民生命的尊重与敬畏，书写在山川旷野；将伟大人民改天换地、扭转乾坤的英雄气概，挥洒在天上人间。

七律二首·送瘟神

一九五八年七月一日

读六月三十日《人民日报》，余江县消灭了血吸虫。浮想联翩，夜不能寐。微风拂煦，旭日临窗，遥望南天，欣然命笔。

其一

绿水青山枉自多，华佗无奈小虫何！
千村薜荔人遗矢，万户萧疏鬼唱歌。
坐地日行八万里，巡天遥看一千河。
牛郎欲问瘟神事，一样悲欢逐逝波。

其二

春风杨柳万千条，六亿神州尽舜尧。
红雨随心翻作浪，青山着意化为桥。
天连五岭银锄落，地动三河铁臂摇。
借问瘟君欲何往，纸船明烛照天烧。

故园新天

——《七律·到韶山》

1959年6月25日下午，骄阳炙烤着三湘大地。在通往韶山冲的公路上，行驶着三辆小轿车。

车上，一双饱含深情的眼睛透过车窗玻璃，凝视着越来越熟悉的山峦、田野、沟渠和池塘。韶峰！这浑圆挺拔耸立在蓝天下的秀丽山峰，就是被这双眼睛抚摸过多次的韶峰。韶峰因舜帝南巡时，见此地钟灵毓秀，多有流连，并在峰顶奏响天籁之音韶乐而得名。离别韶峰32年，韶峰啊韶峰，你依然神采飞扬，不，你更是青春焕发，真所谓自带韶光不负韶华呀！

这双深情的眼睛属于毛泽东。32年前，毛泽东就是用这双睿智而敏锐的眼睛，站在韶山冲内，穿透纷繁复杂的历史烟云，看透了帝国主义、封建主义、官僚资本主义的腐朽本质，看透了以蒋介石为首的国民党反动派背叛革命反人民大众的反动本质，在再次点燃韶山革命烈火，将自家弟弟妹妹全部动员参加革命队伍后，离开家乡去继续考察湖南农民运动，参加八七会议直至领导湘赣边秋收起义上井冈山的。

殊不知这一别就是32年。这32年中，以毛泽东为代表的中国共产党人领导全国劳苦大众开天辟地，改天换地，赶走了日本鬼子，推翻了蒋家王朝，建立了一个崛起在世界东方的新中国。这32年中，毛泽东牺牲了妻子杨开慧，弟弟毛泽覃、毛泽民，妹妹毛泽建，侄子毛楚雄，儿子毛岸英等6位亲人，而且父母双亲因病辞世时，毛泽东却远在他乡为革命奔忙操劳，浴血奋战。

汽车在山川田园上诗意行驶，近了！近了！前面就是韶山冲了。毛泽东放眼前方，百感交集。也许他儿时在这山坡上放过牛，在这池塘里游过泳，在这方小小晒谷坪上在暴雨前帮乡亲们抢收过稻谷。对了，这条小路就是当年他坐着轿子扮成郎中虎口脱险的路。啊，这株百年大枫树还这么精神！34年前，他和杨开慧在这棵树下用老乡家的门板当黑板，写过“一切权力归农会”等标语，开慧那一笔楷书可谓颜风柳骨，写在门板上都有书法神韵。

毛氏宗祠伸出翘角飞檐，张开臂膀在向远道归来的游子招手。毛泽东心头腾地燃起一团火焰，1925年，毛泽东和杨开慧双双来到韶山冲，他们依靠毛福轩等一批贫苦农民，成立了湖南农村第一个党组织——中共韶山特别支部，渴望推翻剥削制度的农民革命热情空前高涨。杨开慧在毛氏宗祠摆满桌椅开办农民夜校，“打倒列强，打倒列强，反军阀”的歌声，成为环绕这方水土最美“韶乐”……

下午5时40分，毛泽东的思绪还陶醉在30多年前的革命歌声里，警卫人员向他报告，松山招待所到了。

双脚踏上故乡的土地，毛泽东浑身充满力量。还没顾得上吐一口气，他就对招待所党支部书记毛伟昂说：“快快快，帮我把地区、县里和公社的同志们请来!”

这一晚，毛泽东处于高度亢奋和失眠状态，先是和湘潭地、县与韶山公社负责人谈农田水利基本建设，谈植树造林，谈群众生活，谈党和人民群众的鱼水关系……半夜后，又和警卫人员拉家常。凌晨时分，警卫员还看见毛泽东在灯下伏案批阅文件。

翌日5时多，毛泽东只身踏上小道，直奔招待所附近的一座小山，那里是他父母亲长眠的地方。

随后跟来的人员就地取材，用松枝和野花扎成了花束。

毛泽东脚步沉重地走到父亲和母亲的坟前，凝神静气地望着这毫无修饰堪称“荒冢”的坟墓。少顷从工作人员手中接过花束细心整理，然后俯身将花束摆放在坟前，像是向父亲敬上一杯酒，递上一杯茶，又像是在向双亲递上自己的学业成绩单。

就在俯首三鞠躬的那一刻，毛泽东的两行热泪夺眶而出。萧萧山风和悠悠白云似乎都止住了脚步，倾听这泪滴滑落的声音，还有这低得几乎只有他自己听得见的八个字：“前人辛苦，后人幸福!”

这八个字，岂止是对伟大的父恩母爱的倾情赞美？难道不是对无产阶级革命的道理、宗旨、目标和初心的最朴素、最本真的表述吗?

“山神”毛继生问：“要不要将二老的坟墓修缮一下?”

“不必了，只是拜托你们每年清明节代表我给坟上培培土就行了。”毛泽东轻声说，“我们共产党人是彻底的唯物主义者，不相信什么鬼神，但生我者父母，教我者党、人民、师长，还有同志和朋友，这是要珍惜和尊重的。”

下山路过土地冲屋场，毛泽东说：“我们在这个坪里坐一会儿吧，这家户主叫毛福村，如果还在的话年纪不小啰。”

很快，正在田里劳作的户主就赤着脚穿着蓝布短裤，带着满腿泥巴赶到毛泽东面前。毛泽东伸手去握，户主毛霞生迟疑着不敢握手，毛泽东一把抓住这双来不及洗去泥巴的手，说：“躲什么？我最喜欢闻泥巴的香味！”他将毛霞生拉到自己身边，坐在一条板凳上，掏出香烟递给他一支，还亲手为他划燃了火柴。当毛泽东得知毛霞生是毛福村的儿子时，笑着说：“你小的时候，我还抱过你！你现在生活得还好吗？”

这时候，奔走相告的乡亲们围了上来，想与毛泽东挨得更近。一位瘦小的村妇抱着孩子挤不过来，毛泽东说：“你们让一让，让那位抱细伢子的女同志坐过来。你叫什么名字？”

“汤瑞仁。”

随行的摄影师侯波用相机留住了国家主席和村民汤瑞仁等拉家常话桑麻的精彩瞬间。就是这位勤劳朴实、豪爽大方的汤瑞仁创建了“毛家饭店”的诚信品牌，后来在北京都开了分店。

从毛霞生的禾坪下坡，走过荷花飘香的池塘，毛泽东终于回到了阔别32年的故居上屋场。

久违了，熟悉的屋顶，半边盖的土瓦，半边盖的茅草。夏风吹着屋上的茅草，像是故意勾起毛泽东对《茅屋为秋风所破歌》的联想。也许这一瞬间毛泽东脑际想起了杜甫沉郁悲壮的吟哦：“安得广厦千万间，大庇天下寒士俱欢颜……”

走进禾坪，毛泽东与早已等候在此的父老乡亲一一握手问候。

在父母的遗像前，毛泽东眼中泪光闪动，他先是默默端详着父母那熟悉而又有几分陌生的遗容，心中有万语千言在涌动。随即又是一个九十度的鞠躬，这个定格在历史天空的郑重鞠躬，涵盖了多少爱和孝，也寄托了多少愧与疚，是无法用数字来测定了。

在自己的卧室内，一张三兄弟与母亲的合影，令毛泽东惊喜交加。“这张照片是从哪里拱出来的？”故居工作人员毛乾吉答：“从您老人家外婆家里搞来的。”

"这是我母亲在长沙治病时照的。"毛泽东回忆着、思忖着，声音有些哽咽，神色更显悲痛。是啊！母亲患的淋巴腺炎并不是大病，但那时缺医少药，不然不会死那么早。照片上毛泽覃、毛泽民分别牺牲于江西和新疆。合影 4 人，幸存 1 人，睹物思人，肝肠寸断！

就在这间简朴卧室上方，有一个狭窄的小阁楼，毛泽东少年时常在阁楼上"会客"，因为他把读书看作神交古人，常常在这方寸天地与屈贾论风骚，同李杜谈格律，和苏辛说词章。

这个阁楼还是湖南省第一个农村党支部诞生地。1925 年 6 月的一天，毛泽东和毛福轩在这个小阁楼上拉起一面鲜红的党旗，毛新梅、庞叔侃、钟志申、李耿侯在这里庄严地举起右手，以毛福轩为书记的中共韶山特别支部正式成立，从此，韶山的革命事业蓬蓬勃勃发展起来，觉醒的贫苦农民懂得了这暗无天日的乾坤是可以翻过来的，那还等什么呢？造地主老财的反、打他的土豪，分回我自己应有的田天经地义、理直气壮，为什么不干？

韶山的农民造反的消息惊动了集湘省军政大权于一身的何键，他当即派人密捕毛泽东，扑空后反动军警民团用枪弹镇压韶山党组织和革命群众。野火烧不尽，春风吹又生，英雄的湘潭儿女抛头颅洒热血，前赴后继挺身而战，有的在家乡坚持土地革命和地下斗争，有的跟随毛泽东上井冈当红军继而爬雪山过草地杀鬼子打蒋匪，打出一个人民当家做主的崭新的共和国。

抚摸着阁楼上的木椅，凝视着曾挂过党旗的土墙，毛泽东陷入深思，也许他耳畔响起秋收起义的枪声，眼前闪过了泸定桥上的铁索，心中卷起了黄河的激浪，这滚滚波涛又幻化为天安门广场上欢庆新中国成立的游行大军……

32 年的壮别和苦恋，两个小时的流连和追忆，毛泽东经历了怎样的心路历程，我们不得而知。但是我们可以在他的澎湃诗情中领悟一二。

别了，故居！毛泽东一步三回头。下一站是韶山学校，看见师生在操坪等着，毛泽东快步走了过去，700 多名师生欢呼着围了上来。毛泽东满面春风，被孩子们簇拥着，一名少先队员解下自己的红领巾，踮着脚想给毛泽东带上，毛泽东连忙欠身相迎。随即笑着对大家说：“我变年轻了，我又成少先队员了。”

人群中，两名少先队员向毛泽东庄严地行队礼、献鲜花。然后，这一男一女俩少年幸福地依偎在毛泽东身边。摄影师侯波眼明手快地将这个珍贵的瞬间固定在胶卷上，这张毛泽东和韶山学校师生在一起的照片轰动全国，诗人臧克家说这是一张“听得见笑声的照片”。

照片中依偎在毛泽东身边的男孩叫蒋含宇，女孩叫彭淑清。他俩在 1963 年分别考入中国人民大学国际政治系和北京石油学院机械系。不同寻常而又共同的珍贵记忆，使这双青梅竹马的同学 12 年后喜结良缘。

当日下午 4 时许，毛泽东又以 32 年前池塘击水的兴致，在清澈见底的韶山水库一展泳姿。

站在水库大坝上，放眼四顾，满垅满畈稻浪滚滚，乡亲们沐着夕阳的金辉，走在收工回家的路上，有的仍在不知疲劳地劳作着。弯弯山道上，骑在牛背上的孩子唱着山歌打着呵嗬！好一幅社会主义新农村耕作长卷，好一曲堪比韶乐的田园牧歌！

入夜，松山招待所餐厅灯火通明，笑语喧哗，毛泽东用自己的稿费宴请韶山冲的乡亲父老，其中有毛福轩烈士遗孀贺菊英，有韶山第一批党员毛新梅的妻子沈绍华。湘音湘菜，亲得不得了，乡情乡愁，浓得化不开！

名单是毛泽东定的，32 年了，韶山村的革命烈士血洒沙场饮恨青山，不少前辈因贫病交加倒在黎明前的暗夜。想起他们，毛泽东百感交集。但是现在是久别重逢的家宴，他满面笑容，大家都如坐春风。

谈笑间，毛泽东发表简短祝酒词。他说：“离开家乡 32 年了，我石三伢子请大家吃顿便饭，不成敬意！”

接着，毛泽东高举酒杯：“现在，我向父老乡亲敬酒。”他首先端着酒杯去同他的塾师毛宇居碰杯，毛宇居抖动着满嘴银须，连声说：“主席敬酒，岂敢岂敢？”毛泽东诙谐地脱口答道：“敬老尊贤，应该应该！”

夜深人静间，诗兴勃发时。警卫人员发现，这一夜主席几乎彻夜未眠。两天两夜的繁忙与兴奋，32 年的离合与悲欢，使他悲伤，使他感奋。父母的逝世，妻子、弟弟、妹妹还有爱子的英勇牺牲，使他肝胆俱裂！毛福轩等韶山烈士为革命慷慨捐躯，使他痛苦断肠。然而他们的血没有白流，星星之火，必成燎原之势。革命洪流，谁也不能阻挡。翻身解放的韶山人民在党和政府领导下，挥汗如雨，辛勤劳作，人们的精神风貌空前振奋，其势如他在《湖南农民运动考察报告》中说过的：“他们将冲决一切束缚他们的罗网，朝着解放的路上迅跑。”

于是，一首乡愁缠绵的故园恋歌，一首描述韶山风情的田园牧歌，一曲歌颂韶山英雄的慷慨悲歌，一曲赞美社会主义祖国的时代赞歌，带着赤子情怀，蘸着一代伟人的激越浪漫，唱响在 32 年的韶山记忆里，回响在 960 万平方公里大地上。

七律·到韶山

一九五九年六月

一九五九年六月二十五日到韶山。离别这个地方已有三十二年了。

别梦依稀咒逝川，故园三十二年前。
红旗卷起农奴戟，黑手高悬霸主鞭。
为有牺牲多壮志，敢教日月换新天。
喜看稻菽千重浪，遍地英雄下夕烟。

冷眼向洋

——《七律·登庐山》《七律·为李进同志题所摄庐山仙人洞照》

带着故园稻花的芬芳和遍地英雄的豪气，毛泽东于1959年6月27日取道长沙、武汉后，乘船于6月29日清晨舍舟登陆驱车直上雄峙于长江之畔的庐山。

1959年6月，中共中央决定在江西庐山召开政治局扩大会议。毛泽东利用赴会前时间回到阔别32年的韶山，既是为探望父老乡亲，抚慰乡愁，更是为会前作必要的调查研究。他精准而吝啬地控制着时间，任凭舟车劳顿依然神采飞扬。

庐山，天下文化名山，又名匡山、匡庐，东偎鄱阳，北临长江，由于它属于典型的地垒式断块山，呈现一种茫茫平原上拔地而起，浩浩江湖间横空出世的独特景象，尽管庐山留存历代文人诗文16000多篇，但最能形象生动表现庐山异峰突起之壮观气势的诗句，还是毛泽东写于1959

年7月1日的《七律·登庐山》的首联："一山飞峙大江边，跃上葱茏四百旋。"

是的，同洞庭湖畔的岳阳楼一样，迁客骚人多会于此，览物之情，得无异乎？那些一生爱作名山游的诗仙诗圣诗魔诗鬼，纷至沓来观光打卡，无一例外乘兴挥毫。

三叠泉下，香炉山前，李白半醉半醒，尽情浮夸："日照香炉生紫烟，遥看瀑布挂前川。飞流直下三千尺，疑是银河落九天。"

大林寺外，桃花艳处，白居易大喜过望，陶醉其中："人间四月芳菲尽，山寺桃花始盛开。长恨春归无觅处，不知转入此中来。"

在峰回路转、层峦叠嶂中，苏东坡从东坡转到西坡，脑洞大开："横看成岭侧成峰，远近高低各不同。不识庐山真面目，只缘身在此山中。"

写庐山的名篇佳作浩如烟海，大多以唐宋诗词艺术水准为最，近代、现代、当代诗人想在古今诗人庐山同题诗词大奖赛中胜出，也许比中福彩体彩大奖难千倍万倍。

然而，也许根本无心叫板李杜、比肩苏辛的毛泽东，却在这场旷日持久同题作文"当场亮分"的赛事中，以《七律·登庐山》的磅礴气势、奇特想象、伟人气度、壮阔视野、深邃内涵、斑斓文采赢得了前人很难企及的"高分"。

七律·登庐山

一九五九年七月一日

一山飞峙大江边，跃上葱茏四百旋。
冷眼向洋看世界，热风吹雨洒江天。
云横九派浮黄鹤，浪下三吴起白烟。
陶令不知何处去，桃花源里可耕田？

首联即如雄峙长江之畔的庐山一样，起势突兀，出手不凡！奇特的地貌，恢宏的气势，猝不及防的视角冲击，突如其来的壮美感受，全被“一山飞峙大江边”寥寥七字涵盖无遗。这是一种动中有静的对比美，这雄峙于大江边的高山，对于旅途中的人来说，即是一种历史的存在，更像是眨眼之间从天外飞来的。洞庭湖中君山岛不是有诗赞为“元是昆仑山顶石，海风吹落洞庭湖”吗？紧接着“跃上葱茏四百旋”，写的是人的主观感受。35 公里的山道，竟有拐弯 390 多个，放眼满目葱茏，感受四百之旋，毛泽东和汽车共同以曲线匀速前进方式，抵制强大的地心引力，青云直上，气冲霄汉！山的雄伟、人的豪迈，全挥洒在四百旋里了。

登高望远，思维牵引视线。侧耳向北，仿佛听到克里姆林宫的嘶喊；凝视西方，似乎看到白宫正在排演反华大合唱。诗人投之以冷眼，表现出对美、苏和一切反华势力的蔑视和鄙夷。当昔日的“老大哥”突然变脸，撤走专家撕毁合同；当朝鲜战场上的手下败将不可一世地实施核威胁、核讹诈，我们坚持独立自主，勇往直前，泰山压顶不弯腰，你不是欺负我们造不出“两弹一星”吗？钱学森、钱三强、王淦昌、赵九章、郭永怀上！在抗美援朝时期，面对美国的核威胁，毛泽东就正气凛然地说过：“你打你的原子弹，我打我的手榴弹！”从废墟上崛起的中国在他的敌人的咒骂声中逆风起飞，日益强大。早在第一届全国政协筹备会上，毛泽东就以惊天地泣鬼神的豪迈气势说过：“占人类总数四分之一的中国人从此站起来了……让那些内外反动派在我们面前发抖吧，让他们去说我们这也不行那也不行吧，中国人民的不屈不挠的努力，必将稳步地达到自己的目的。”

与“冷眼”相对应的是“热风”。暖湿气流与干冷天气汇合必然导致海雨天风扑面来。诗人心中有雄兵百万，笔下有雷霆万千。“热风吹雨洒江天”与上句“冷眼向洋看世界”是鲜明而强烈的对比，上句针对反华集团，下句针对国内形势，这七个字概括的应是当时全国各地人民焕发出的空前高涨的建设社会主义热情及与之带来的蒸蒸日上、欣欣向荣的发展态势。当然，在发展过程中当时的确出现了一些极左的问题，但诗作不是政府的白皮书，不能要求诗人作类似文件式的科学客观分析。社会主义建设要有只争朝夕的干劲和热情，提神鼓劲，这正是诗之优势。

“云横九派浮黄鹤，浪下三吴起白烟。”颈联极富对偶句的均衡之美、格律之妙，向读者展示了一幅寥廓江天生机勃勃，吴地楚天热气腾腾的万里长卷。“云横”二字尤为传神，站在庐山各处观云海，是一种大美享受，无论是空中小镇牯岭，还是气吞三江的含鄱口，更不用说乱云飞渡仍从容的仙人洞，庐山的云海时而如海浪滔滔，呼啸而过；时而如轻纱袅袅，飘逸而来。在毛泽东的诗作中，云有多种形态，有过眼滔滔云共雾，有“风云突变”，有“云欲立”，有“云崖暖”，有“天高云淡”，有“白云飞”。此时的云以横的雄姿凌空而立，于茫茫九派之上，恰如其分地表现了作者壮志凌云的气势。从浩茫天际奔腾而来的长江一泻千里直奔三吴卷起千堆雪。诗人处于即将到来的国庆十周年前夕，胸中涌动的自然是一腔领导全党和全国人民砸烂旧世界的胜利豪情和建设新中国的奋斗激情。

尾联“陶令不知何处去，桃花源里可耕田?”诗人笔锋一转，指向采菊东篱下，悠然见南山的陶渊明，因陶公曾任彭泽县令，任职时长87天，也许是其坚守“不为五斗米折腰”的信念，又空怀报国为民壮志雄心，最后选择塑造一个土地平旷，屋舍俨然，有良田、美池、桑竹之属，农人怡然自乐的空想乌托邦，来寄托自己的政治理想，麻醉自己不安的灵魂。毛泽东是对话先贤、叩问古人的“谈判专家”，他轻轻一句“桃花源里可耕田”一个悠长的问号跨越1500多年，既有深沉的思考，又富东方式的幽默。当然，陶公是不会作答了，各位读者只能独立思考，代陶公回答了。

庐山不仅是文化之山，避暑圣山，也是重大历史事件的见证者，发生地。飞渡庐山的不仅有自然界的云雾，也曾经奔涌过国际国内政治风云。清光绪二十一年即公元 1895 年起，英、俄、美、法等 20 多个国家的别墅群亮相庐山，红色的西班牙瓦在阳光下发出刺眼的光波，哥特式教堂的尖顶硬生生地改变了庐山的天际线，来自国外的银行、学校、医院纷纷张大鼻孔呼吸庐山丰沛甜润的负离子。

庐山是南昌起义决策地，鲍罗庭、瞿秋白、周恩来在这里周密计划，才有那南昌城头震惊中外的第一枪。

如果说《七律·登庐山》是毛泽东用神奇诗笔为庐山画的大全景，那么另一首与庐山相关的诗，就是一幅见微知著、小中见大的近景或特写了。

1959 年 7 月 5 日，也就是“跃上葱茏四百旋”后几天，毛泽东利用会议间隙时间，与陆定一、胡乔木、田家英等“探访”洞中仙人吕洞宾，并在仙人洞外亲切接见正在庐山疗养的武汉教师代表。沿“花径”，观“石松”，饶有兴致地询问“石板上怎么会长松树”。徒步走到佛手岩时，俯身钻入并不宽敞的仙人洞，在纯阳殿上吕洞宾塑像前伫立片刻，似乎与这位朝游北粤暮苍梧、袖里青蛇胆气粗的大仙行过注目礼，便走出洞门，放眼眺望，只见洞口峭壁之上，一棵劲松虬枝逸出，笑傲苍穹，茂密的松针为松树平添无限生机活力。一阵雾岚飞来，掠过松枝，随即山风呼啸，风起云涌，穿峡而过的白云随着风力的加剧而变换形状，或如乌龙跃海，或如白虎出山，或如黄牛顶角，或如白马狂奔……观乱云飞，听松涛吼，看群峰隐，煞是壮观。

两年后，毛泽东旧地重游，重观云海，再览胜景，也许大自然的风云变幻触发了他对国际国内政治风云急剧而微妙变化的联想。一张由李进拍摄的庐山仙人洞照，激发了诗人不可遏制的创作冲动。于是，在

1961年9月9日的庐山之巅，在他领导的秋收起义34周年纪念日，毛泽东抚今思昔，举重若轻，以无产阶级革命家大无畏的英雄气概笑看乱云飞渡，用诗人政治家的胆略和政治家诗人的睿智收录无限风光：

七绝·为李进同志题所摄庐山仙人洞照

一九六一年九月九日

暮色苍茫看劲松，乱云飞渡仍从容。
天生一个仙人洞，无限风光在险峰。

一跃惊天

——《七绝·屈原》

湘楚大地，遍布伟大的爱国诗人屈原的足迹。

毛泽东从青年时代起，就十分敬仰屈原。韶山冲离屈子祠不过百里之遥，离毛泽东岳父母家板仓更近。汨罗市党史办著文说，毛泽东于五四运动前后两次专程登临汨罗江畔的玉笥山，拜谒屈子祠。

中华大地上纪念、祭祀屈原的祠庙众多，而形制最为宏大的有两座，一座在屈原故里湖北秭归，一座在湖南汨罗。可以说，是秭归的山水孕育了屈原伟岸的身躯，而汨罗的江水铸塑了屈原伟大的灵魂！

公元前278年五月初五，深受沅湘一带人民爱戴的三闾大夫屈原，惊闻郢都失陷，目睹家国危亡，有心报国，无力回天，在这条逆向流动的汨罗江上悲壮一跃，以结束肉体生命的方式，来唤醒一个苦难民族的觉醒，来换取灵魂的永生，来发动和指挥一江躁动的怒潮为他所处的整整一个时代唱响招魂曲。

《史记·屈原列传》记载，屈原者，名平，楚之同姓也。为楚怀王左徒。博闻强志，明于治乱，娴于辞令。入则与王图议国事，以出号令。出则接遇宾客，应对诸侯。王甚任之。

屈原的人格理想、政治抱负、思君爱国忧民情怀，还有浪漫瑰丽的骚风楚韵，成为湖湘文化的源头活水，汨罗江因为接纳了屈原和杜甫两缕伟大的诗魂，被著名诗人余光中称为蓝墨水的上游。

毛泽东自幼受湖湘文化的浸润熏陶，而中国共产党人集体智慧的结晶——毛泽东思想又极大地丰富了湖湘文化的内涵，提升了湖湘文化的品质。

可以说，毛泽东早在青年求学时期就和两千多年前的屈原神交甚笃，无数次隔空喊话，心灵可谓同频共振。1913 年，毛泽东在湖南省立第四师范就学时，保留至今的读书笔记仅 47 页，而前 11 页是一丝不苟全文誊抄的《离骚》《九歌》。毛泽东以“二十八画生”名义征友，罗章龙应征。毛泽东与罗章龙一见如故，相见恨晚，畅谈古今，纵论音韵改革，尤其喜爱屈原的《离骚》。罗章龙曾赋诗《定王台晤二十八画生》曰：“白日东城路，嫏嬛丽且清。风尘交北海，空谷见庄生。策喜长沙傅，骚怀楚屈平。风流期共赏，同证此时情。”可见毛泽东对屈原及其代表作《离骚》的崇敬之甚。

无论是戎马倥偬中，还是和平岁月里，毛泽东总是视《楚辞》为瑰宝。

1949 年 12 月 6 日，时任苏联外交部副部长的费德林，正与兴致勃勃的毛泽东主席谈中国古典文学。说是交谈，更是聆听。费德林认为继《诗经》后，最早以独唱形式傲立中国诗坛的是屈原。毛泽东说：“对！

我对屈原的遭遇和悲剧特别有感受。我们就生活在他流放过的那片土地上。”毛泽东还背诵了陆游怀念屈原的诗：“江山荒城猿鸟悲，隔江便是屈原祠。一千五百年间事，只有滩声似旧时。”他还说，屈原不仅是古代的天才歌手，而且是一名伟大的爱国者，是一个不朽的形象。我们就是他生命长存的见证人。

也许正是因为毛泽东与费德林的交谈，加深了费德林对屈原的景仰，在 1953 年于莫斯科召开的世界和平大会上，费德林激情澎湃地作了《屈原及其创作》的报告；大会作出决定，将屈原、哥白尼、但丁、莎士比亚一道评为世界文化名人。

1959 年 12 月至 1960 年 2 月，毛泽东在谈话中说，屈原“正是因为开除‘官籍’，‘下放劳动’，才有可能接近社会生活，才有可能产生像《离骚》这样好的文学作品”。

1972 年 9 月 27 日晚，毛泽东在中南海会见日本首相田中角荣时，毛泽东向田中角荣赠送的礼品中就有古朴厚重的《楚辞集注》。

毛泽东两次拜谒汨罗江边屈子祠，他所见到的是清乾隆二十一年（1756）移建的那座格局宏伟、气宇轩昂的三进建筑群。前秦王嘉《拾遗记》载：“楚人为之（屈原）立祠，汉末犹存。”《水经注》称：“在罗渊北有屈原庙，庙前有太守程坚碑记。”走进大厅，照壁上是太史公的《屈原列传》，回廊四通八达，似乎在引导人们踏遍唐宋元明清的时光隧道，直至那个诸侯割据、群雄逐鹿、兵荒马乱、哀鸿遍野的战国时期，又似乎在引导人们追随形容枯槁的三间大夫流放汉北继而远逐沅湘的杳杳足迹，去倾听他的没有回响的 170 多句天问，去欣赏他的《九歌》，去吟诵他的《九章》，去欣赏他在《离骚》中的九畹百亩滋兰树蕙，观尽留夷揭兰杜衡芳芷，还随着“路漫漫其修远兮，吾将上下而求索”的惊天浩叹和掷地金声中，随他徒步涉过沅江湘江奔向苍梧之野，向长眠九嶷的舜帝去评理，去倾诉，去讨个说法，去论个是非。

一跃惊天

——《七绝·屈原》

距屈原惊天一跃后的2239年，毛泽东再读太史公《屈原贾生列传》时，抚今思昔，激情奔涌，他仿佛听见屈原在湖湘大地昂首发《天问》，俯身著《九章》，悲愤说《离骚》，引吭诵《九歌》。一首格调独特、措辞火辣、刚柔相济、雅俗共赏的《七绝·屈原》跃然纸上，力透纸背！

七绝·屈原

一九六一年秋

屈子当年赋楚骚，手中握有杀人刀。
艾萧太盛椒兰少，一跃冲向万里涛。

这首诗虽然仅有四句，但气势宏大，内蕴丰富，语言泼辣，思想深邃，将屈原伟大的爱国精神、卓越的治国才能及目睹家破国亡时的愤懑和不甘作了高度概括和诗意诠释。

1961年，正是我国遭遇国际环境和自然灾害考验的关键时期。毛泽东一方面为国计民生殚精竭虑，一方面举重若轻、云淡风轻。任你四海翻腾、五洲震荡，我泱泱中华自有坚定的文化自信，刚烈的民族自尊，而屈原的“亦余心之所善兮，虽九死其犹未悔”的精神，不正是我们这个民族铮铮铁骨的写照、顶天立地的宣言吗？

飒爽英姿

——《七绝·为女民兵题照》

1961 年 2 月，北京中南海菊香书屋。

“主席，这是您要的几份机要文件。”

“哦，放桌上吧。”正在捧读一本线装书的毛泽东抬眼朝送文件的机要员李原慧这边看看，又点点头说：“小李，辛苦你了！”

来自湖南石门县一书香门第的李原慧眨巴着灵动的双眼，说：“我不辛苦，主席为全国人民操劳，您才真是辛苦。”说着向毛泽东微微欠了欠身子，转身准备离去。

毛泽东将手中的《战国策》夹上书签，对李原慧招招手，说：“小李，你知道全民皆兵是什么吗？”

李原慧一听主席发问，顿时紧张起来，说话也不利索了：“全民皆兵，知道……一点。”

“知道一点就说一点，慢慢说。”

“全民皆兵就是，就是把全国人民都组织起来，进行军事训练，一旦发生战争，人人都可以上战场，打美帝国主义。”

“哈哈！不错，可以打80分。”

“主席，我说错了吗？还扣20分。”李原慧被毛泽东的平易感染了，口齿变得伶俐起来。

“哦，扣20分有意见？你前面都说对了，但是后面讲人人上前线打美帝国主义，不全对，应该是，只要谁敢于向我们中国发动战争，不管他张三李四还是王二麻子，我们都要坚决还击！”说着，抬起右手有力地一挥。

李原慧不由得哈哈大笑：“还王二麻子，这帝国主义也长麻子？”

毛泽东又问：“小李，你参加民兵了吗？”说着，掏出一支烟分成两截，点燃一截抽了起来。

“报告主席，首都民兵师民兵李原慧向毛主席报到！”李原慧边说边行了个标准的军礼，看得出这站姿挺拔，手势规范且干脆有力。

“呵呵，还真像个女兵！这次可以打99分。”

“主席，怎么又扣一分？我可是真的参加兵民训练的基干民兵，建国十周年大阅兵，我就在首都民兵师的方阵里接受您的检阅。”说着迈起正步，训练有素地走了几步。

“真的？”

李原慧急了，麻利地从随身带的小包中翻出一张照片，跑步递了过来：“主席，你看，我有照片为证。”

毛泽东接过照片，双眼发亮，“飒爽英姿，喏，还手握五尺钢枪，威武，像个女民兵！”

照片上的李原慧站在一队正在操练的女民兵前，白衬衣扎在西裤里，显得神形兼备，整洁干练。这是在训练间隙由摄影师抓拍的，经验丰富的摄影师将李原慧意气风发、青春活力的精彩一瞬，定格在胶卷上。

毛泽东若有所思地望着窗外，中南海的垂柳也隐约染上了鹅黄，横逸窗前的桃枝也泛出一抹淡红。此刻的毛泽东在想什么，李原慧无法猜度。也许他想起了“霹雳一声春雷响，工友农友上井冈”的壮怀激烈，也许是想起了淮海战役十万齐鲁儿女推着独轮车支前的威武雄壮，还有百万雄师过大江和横渡琼州海峡时冒着炮火硝烟驾船摇橹的乡亲们的勇猛顽强，也许他还想到了厦门金门炮声隆隆，想起两个超级大国虎视眈眈……这位亲自创造了“兵民是胜利之本”战略思想的伟大军事统帅，见了这张反映当代女民兵精神风貌的照片，当然是雄兵百万胸中过，动地鼓角耳畔鸣了。

李原慧在参加民兵训练时，学习过毛主席批准的《中华人民共和国民兵组织暂行条例》，在收发文件时也看到过毛主席在 1958 年 9 月发出的“大办民兵师”的号召，她为自己是一名女民兵而自豪。

见毛泽东半晌沉思不语，李原慧有点不知所措，正欲告辞，毛泽东将差点忘了吸的半截香烟猛吸两口，将烟头往烟灰缸里用力一按，对怔在一旁的李原慧说：“小李，递支笔给我。”

李原慧从书桌上的笔筒里取出一支铅笔，毛泽东接过铅笔，顺手翻出一本正在阅读的地质基础知识的书，找到一处空白，然后挥笔写下这首脍炙人口、神采飞扬的七绝：

飒爽英姿五尺枪，曙光初照演兵场。
中华儿女多奇志，不爱红装爱武装。

眼前的情景，让李原慧受宠若惊，但是，她很快又从荣耀和幸福中回归理性。作为“湖南革大”的高才生，她的父亲李培系留学日本时就与孙中山、黄兴相交相知，是较早的同盟会会员之一，母亲申业宏终生从教，为人师表。深厚的家学渊源和进京工作后所受的良好教育，使她清醒地懂得，主席的这首诗，不是为她李原慧一个人题写的，而是为无数优秀中华儿女，为战斗在边疆海防前哨的女民兵，为奋斗在各条战线、各个行业、各个岗位上的女民兵而写的。当然，这首赞美大中华女儿的诗由她的照片而引出，这是莫大的骄傲，但更是热情的期待和有力的鞭策。

这时候，毛泽东缓缓放下铅笔，像是结束了一场剧烈的运动，长吁了一口气后对李原慧说："小李，这首诗送给你，要得啵？"

李原慧心中涌过一波热流："谢谢主席！只是我没有主席写的这么好。但是我们广大的女民兵，是配得上主席的诗的。"

"说对了！这首诗既是写你小李同志的，更是写全中国的女民兵的。帝国主义亡我之心不死，蒋介石躲在台湾一心想反攻大陆，小李呀，如果有一天需要你拿起枪上前线，你敢去吗？"

"敢！主席，首都民兵师女民兵李原慧时刻准备上战场！"

"好！"毛主席满意地一挥手，"你们年轻人就要有投笔从戎的志气！"

此诗一公开发表，即在中华大地上刮起一阵强劲而温暖的春风，吹得老树绽开新枝叶，吹得百花遍地红。不少从抗日战争和解放战争的枪林弹雨中走过来的老革命、老民兵，反复吟诵着这首诗，仿佛又回到烽火连天、激情燃烧的岁月，多少往事涌上心头，多少女民兵和正规部队并肩战斗的飒爽英姿浮现眼前。年轻的一代女民兵更是倍受鼓舞，东南沿海那些头戴竹笠手持钢枪的女民兵英姿焕发、豪气干云。由作曲家李劫夫谱曲后，"飒爽英姿五尺枪"的歌声响彻北国江南，劫夫先生巧妙运用奔放豪迈的旋律、明快铿锵的节奏，使此曲生成一首优美刚劲的颂歌式进行曲，第一、第二个乐句第一小节休止符的精心设置，第三、四个乐句开头的负点音型，将中华儿女的潇洒军姿和奇志壮怀挥洒得淋漓酣畅。

全诗寥寥四句，起承转合，起笔用女民兵肢体和枪的绝美意象造势，潇洒俊逸的女民兵形象跃然纸上。第二句用曙光的亮色加沙场秋点兵的恢宏，使人物、景物完美相融。第三句异峰突起，转出“奇志”，堪称神来之笔，把军威浩荡的巾帼劲旅的阴柔之美、阳刚之壮再往深处掘进、往高处提升，笔锋进入中国女民兵乃至整个中华儿女的精神层面，推出“奇志”这个诗眼，点亮了英雄的历史和伟大的时代。最后以“不爱红装爱武装”的崭新的审美取向作结，斩钉截铁，意味深长。

不错，顾名思义，《七绝・为女民兵题照》当然是写给女民兵的，然而该诗博大精深的内涵和外延，早已超越标题的限制，扩而大之，拓而深之了。它既是一首用最省俭的笔墨勾勒东方女性体态、气质、风度、风貌的自然美、艺术美，挖掘中国妇女为保家卫国挺身而出的奇志壮怀所凸现的社会美、崇高美的大美颂歌，更是一首为伟大的中华民族所有的儿女而写的奇志之歌、豪情之歌、正义之歌、英雄之歌。然而，谁能说这不是一篇叫板帝国主义和一切反动派的精彩檄文呢？

斑竹有情

——《七律·答友人》

巍巍九嶷山，自古就与韶山有缘。

相传舜帝南巡时，过长江、溯湘水，来到一个山清水秀、燕啭莺啼的所在，于是下令安营扎寨，借一座秀峰为大型山水实景舞台，演出《韶乐》。

《韶乐》属于传统宫廷音乐，相传为舜帝亲自作曲，故又称舜乐，它汇乐舞诗为一体，熔礼乐德于一炉，乐队阵容之大堪与现代大型管弦乐团比肩，其乐奏响时黄钟大吕，气势恢宏，八音迭奏，玉振金声。所谓八音指乐器采用“八音”材料制成，即金（钟）、石（磬）、丝（琴、瑟）、竹（笛、箫、篪）、匏（笙、竽）、土（埙）、革（鼓）、木（柷、敔），其中钟磬声尤为突出，以致后来有“落地作金石声”之说。八种来自大自然的不同材料，用原生态的不同音频，奏出交响极为和谐。

舜帝担任总策划兼作曲的“心连心”综艺晚会，在这个湘水之滨的风水宝地演出获得极大成功，《韶乐》奏响时，碧水扬波、鲜花吐艳，凤凰来仪、百鸟争喧。于是，这座被当作实景舞台的山峰从此被唤为韶峰，而这一组群山遂名韶山。

然而虞舜此行绝非一般乌兰牧骑式送文艺下乡的活动，他担负着征服三苗部落，平定天下，解民倒悬，拯救苍生的神圣使命。他曾在血雨腥风的战场指挥演奏《韶乐》，乐声直抵人心，令双方参战将士道德升华，继而干戈化为玉帛。

南巡继续，旗指九嶷。据《史记》载：“舜南巡狩，崩于苍梧之野，葬于江南九嶷。”也就是说，司马迁补写的讣告称，舜帝在视察他的地方官治理之地时不幸逝世。此“狩”并非“狩猎”。

舜帝是中华道德文化的鼻祖，司马迁先生又说：“天下明德，皆自虞舜始。”他是推动由野蛮走向文明的重要推手。任人唯贤的尧帝经过严格考察发现这位德才兼备的“后备干部”后，不仅将部落首领之位禅让于斯人，还将自己两颗掌上明珠娥皇和女英双双嫁给他。舜帝即位后殚精竭虑、日理万机，虚怀纳谏、惩罚奸佞，任贤使能、百业兴旺，开创了政通人和的局面，这次南巡驾崩，举国齐哀，泪雨潇湘，苍梧之野，日月无光。

最为悲痛的当然是从中原一路追寻而来的娥皇和女英二妃了。在湘江之尾，洞庭湖心君山岛上，这对痛失夫君肝肠寸断的姐妹相拥而泣，血泪洒于青竹之上形成泪血之斑，谓之斑竹。二妃泣血泪尽，双双殉情，纵身一跃，八百里洞庭接纳了她俩的芳魂，顿时激起湘灵鼓瑟，百鸟来仪。从此，苍梧和君山斑竹连年发出新笋长出斑痕，倾诉着二妃心中的凄婉哀怨，播撒着尧天舜日的正气清风。

《韶乐》悠远，韶华易逝。出生于韶山的毛泽东，对舜尧推崇备至，对九嶷山心驰神往。遗憾的是，虽然苍梧山也是湖南属地，但毛泽东直至逝世都没能去拜谒舜帝，然而他却在自己的诗词中两次抒发对舜帝的景仰之情。一次是在《七律二首·送瘟神》中神采飞扬地高歌“春风杨柳万千条，六亿神州尽舜尧”。此语显然化用了孟子“人皆可以为舜尧”的古训，第二次则不是用一个联句，而是将一首意蕴厚重、激情澎湃、瑰丽浪漫、文采斐然的七律诗，将一腔感天动地、震古烁今的倾心大爱，献给了虞舜英魂和潇湘大地、芙蓉古国，献给了令他铭心刻骨、梦绕魂牵的故乡故人。

七律·答友人

一九六一年

九嶷山上白云飞，帝子乘风下翠微。
斑竹一枝千滴泪，红霞万朵百重衣。
洞庭波涌连天雪，长岛人歌动地诗。
我欲因之梦寥廓，芙蓉国里尽朝晖。

这首诗的缘起，来自毛泽东的三位故交。

周世钊，湖南宁乡人，毛泽东在湖南省立第一师范同窗好友，早年曾参加毛泽东主持的一系列进步和革命活动。新中国成立后曾任湖南省第一师范学校校长，1955 年出任湖南省教育厅副厅长，1958 年任湖南省政府副省长、民盟湖南省主委，并先后当选为第二届、第三届全国人大代表，第二届、第三届湖南省政协副主席等职。周世钊一生追求光明、襟怀磊落、为民请命、一身正气，且学养深厚，诗情纵横，多次向毛泽东寄送诗作，是毛泽东与之唱和诗词较多的诗友和故交之一。

乐天宇，湖南宁远县人，自 1919 年在长沙求学时起积极参加毛泽东领导的革命活动，1924 年加入中国共产党，后因被捕一度与党组织失去联系。1939 年在延安任林业局长，其中曾先后同平江人喻杰一道向毛泽东建议开发南泥湾开展大生产运动，新中国成立后出任北京农业大学第一任校长。

李达，湖南零陵人，杰出的马克思主义理论家、宣传家和教育家，中国共产党的主要创建者和早期领导人之一。新中国成立后，曾任中央政法干部学校副校长、湖南大学校长、武汉大学校长等职，毛泽东曾称赞他为“中国哲学界的鲁迅先生”。

1961 年的某一天，周世钊、乐天宇、李达相遇湖南。至于他们相遇的地点，有的资料称在长沙，有的称在永州（当时为零陵地区）九嶷山。说是乐天宇率一林业科研小组来九嶷山考察，李达也在此作社会调查，于是三人不期而遇。

也有资料认为三人相聚之事存疑。但是毋庸置疑的是，三位都向毛泽东相赠诗文书信，还附了极富地域特色和含意非凡的小礼品。周世钊寄送的是自创词《江城子》，还有一幅载有蔡邕文章的墨刻，李达寄了自咏九嶷山的诗词和一支斑竹作管的毛笔，乐天宇送的是一幅元杂剧《琵琶记》中蔡伯喈的《九嶷山铭》复制品，并附自己的《七律 · 九嶷山颂》，属于三人共同选送的是一根乌黑发亮斑纹凸显的九嶷山斑竹。

可以看出，在那个国家经济十分困难，党内作风普遍廉洁的时代背景下，三位极有造诣的高级知识分子，向毛泽东送礼不是向领袖馈赠物质意义上的厚礼，而仅仅是想借用价格低廉甚至不花一分钱但具有湖湘特色能够抚慰乡愁的薄礼，以表达对毛泽东的敬意和思念。从这份礼品单上可见千里征鸿的情深意笃、“秀才人情纸半张”的儒雅清高。

礼品和赠诗带着九嶷山的厚重和神秘，卷着芙蓉国的亲情与乡恋，激起诗人毛泽东汪洋恣肆的诗兴。

《七律 · 答友人》起笔不俗，可谓开门见山，一步登天，“九嶷山上白云飞，帝子乘风下翠微”，九嶷山是承载舜帝道德文化和天下大爱的圣山，娥皇女英的芳魂从碧霄之上腾祥云瑞气婷婷袅袅降落人间。也许她们还是为寻觅舜帝的陵墓而来，依然是九坟疑似，难识真伪，难怪李白也徒唤奈何：“九疑联绵皆相似，重瞳孤坟竟何是?”

《七律·答友人》用丰富旷达的联想和超越时空的立体思维，构筑了一个完备的神话系统。从舜帝和二妃的令人肝肠寸断的爱情故事，自然最先联想到的是那片洒遍二妃血泪的斑竹。毛泽东的诗词一贯以雄浑豪放的阳刚之壮而令人叹为观止，然而此刻他的笔下却涌流着柔肠百结、缠绵悱恻的婉约之美，“斑竹一枝千滴泪，红霞万朵百重衣”。承接首联，是否可以设想为，帝子下凡心中牵挂着印有泪痕的斑竹，因为那是她俩写给舜帝的情书和祭文，也是她们用鲜血作墨写给苍天和大地，写给苍梧山和洞庭湖的遗书。她们横跨三湘，用大爱引爆了漫天的红霞，那是万簇爱情的火焰在万里长空熊熊燃烧。霞，是毛泽东心中最崇高的意象，乃至从陕北农民李有源那一声石破天惊的信天游喊出“东方红，太阳升”，伴之以太阳喷薄而出的就是红霞万朵，这是天上人间最灿烂的气象，这也是毛泽东心中最美的风景，红霞有花的艳丽、火的热烈，还有大地一样的坦荡和高天一样的透明。红霞，还是毛泽东心中的爱的图腾、情的物化，他的开慧出生时正值朝霞满天，因而昵称霞姑，板仓乡亲们都亲切地唤她为霞姑娘。毛泽东曾明确地说：“人对自己的童年，自己的故乡，过去的伴侣，感情总是很深的，很难忘的……‘斑竹一枝千滴泪，红霞万朵百重衣’就是怀念杨开慧的。杨开慧就是霞姑嘛！可是现在有的解释都不是这样，不符合我的思想。”

诗词的特点和优势之一就是形象思维的自由旷达，由“帝子降兮北渚”而联想到美丽温婉、坚贞不屈的霞姑，这是一种诗意的勾连和理性的串联。这是我们第二次看到的“万里长空且为忠魂舞”，万朵红霞作衣裳，令人想起李白的“云想衣裳花想容”之绚丽华彩的意境，使年龄永远定格在29岁的霞姑的青春之美、理想之光，尽情绽放在三湘大地，秋水长天!

颈联“洞庭波涌连天雪，长岛人歌动地诗”仿佛还在前两联营造的神话意境中吟唱，是否可以理解为舜帝二妃和美丽霞姑在九霄祥云之下俯视湖湘，看到了洞庭湖上浩渺烟波如涌向天际的雪花，而湘江橘子洲上人们的劳动号子动地惊天。背负青天往下看，处处奔涌着建设社会主义的滚滚热潮。这是浪漫主义与现实主义的无缝对接，堪比天衣。

尾联“我欲因之梦寥廓，芙蓉国里尽朝晖”。湖南自古盛产木芙蓉，而水芙蓉（荷花）更盛，亚洲最大野生荷花基地就在湖南岳阳君山区，唐代诗人谭用之《秋宿湘江遇雨》中的“秋风万里芙蓉国”脍炙人口，或许湖南因之获芙蓉国之美称。诗人以“芙蓉国里尽朝晖”作结，既表达了对故乡的美好祝愿，也表明了对神州大地的热情赞美，更体现了对盛世中华自立于世界民族之林的美丽憧憬和坚定信心。

金猴玉宇

——《七律·和郭沫若同志》

“云山万重路遥远，涧壑千丈心胆寒。取经不辞跋涉苦，四望何处有人烟。”一段高亢悠长的绍剧唱腔过后，由六龄童章宗义饰演的孙悟空先是一路前空翻后一个干净利索的亮相，随即又是一段令人眼花缭乱的金箍棒舞，那舞端的是出神入化，令人称奇叫绝，正当观众如痴如醉掌声如雷时，冷不丁戛然收束，干嘣拉脆，等到观众从沉醉中清醒，这齐天大圣开始手搭凉篷朝观众席观望。这一观不打紧，六龄童的火眼金睛大放异彩奇光。为什么，那前排坐着的笑逐颜开、满面春风的人，不正是伟大领袖毛主席吗？

是的，是毛泽东，他身边还坐着刘少奇和董必武。历史记住了这一天，浙江省绍剧团的团史上，这是一个流光溢彩的日子——1961 年 10 月 10 日。地点——中南海怀仁堂剧场，演出剧目——《孙悟空三打白骨精》。

当代中青年说起六小龄童也许众所周知，如果将艺名中的“小”字拿掉，就不一定知道是谁了。“六小龄童”是“六龄童”的儿子。六龄童章宗义，是鲁迅的同乡。他六岁登台参加社戏演出，粉丝众多，是当时名噪绍兴的“小鲜肉”，由于练功时受伤且遭遇“倒嗓”，演当红小生的梦想破灭。正如西方常说的一句话，如果你的门都被关死了，上帝会给你打开一扇窗。“倒嗓”不要紧，改行唱武生，走了“梁山伯”，飞出“孙悟空”。他拜猴为师，勤学苦练，终成一代绍剧大师，“猴”界泰斗，还顺手牵猴式带出了一群聪颖过人、古怪精灵的小猴王，其中尤以电视连续剧《西游记》中孙悟空扮演者六小龄童章金莱最为出类拔萃。

同台演出的白骨精由绍剧名旦26岁的筱艳秋饰演，“白骨精”不仅生得花容月貌、唇红齿白，确有沉鱼落雁、闭月羞花之颜值，吴承恩写到白骨精的美貌可谓妙笔生花：冰肌藏玉骨，衫领露酥胸。柳眉积翠黛，杏眼闪银星。月样容仪俏，天然性格清。体似燕藏柳，声如莺啭林。尽管其赚足了猪八戒之流的回头率，但孙悟空一见就洞烛其奸，经三次艰苦卓绝的折腾，终于将其欲食唐僧之肉的阴谋彻底粉碎，抡起千钧棒将妖孽打成一堆白骨。

八天后，郭沫若在北京民族文化宫观看了这部绍剧。

众所周知，具有东方文豪美称的郭沫若不仅是著名历史学家、考古学家，也是著名作家、诗人。他创作的《屈原》《虎符》《高渐离》《棠棣之花》《蔡文姬》等历史剧大气恢宏、蔚为壮观。于是，剧团负责人诚恳地请郭沫若提出批评意见。

有道是：“有一千个观众，就有一千个哈姆莱特。”由于文化程度、艺术修养、思想观念、审美情操的差异，不同的观众对同一部作品会有不同的理解和感受。

郭沫若把绍剧《孙悟空三打白骨精》的观感写成诗赠给虚心求教的

绍剧艺术家。

七律·看《孙悟空三打白骨精》

人妖颠倒是非淆，对敌慈悲对友刁。
咒念金箍闻万遍，精逃白骨累三遭。
千刀当剐唐僧肉，一拔何亏大圣毛。
教育及时堪赞赏，猪犹智慧胜愚曹。

郭诗在报刊发表后，毛泽东反复研读，感慨系之。毛泽东和郭沫若互为咏与和的诗友，又是评与论的方家，既有惺惺相惜之襟怀，又具直言相诤之爽快，更有从善如流之雅量。

11 月 7 日，毛泽东以言此意彼的大智慧，借诗友郭沫若的大格局，用洞察五洲风云的大视野，书面对“修正主义”妖雾而奋起千钧棒痛而打之的大情怀，乘兴挥毫，一首别开生面的七律精彩亮相。当然，诗友之间的应和与商榷，也是这首诗题中应有之义。

七律·和郭沫若同志

一从大地起风雷，便有精生白骨堆。
僧是愚氓犹可训，妖为鬼蜮必成灾。
金猴奋起千钧棒，玉宇澄清万里埃。
今日欢呼孙大圣，只缘妖雾又重来。

借绍剧“三打”，痛斥当时苏共中央挑战国际共产主义，向美帝国主义伸出橄榄枝，对中国炮击金门等内政问题进行粗暴干预的行为。毛泽东在观看绍剧《孙悟空三打白骨精》时，透过舞台上的妖风毒雾，看到了“修正主义”的险恶狰狞，他多么希望全世界社会主义阵营的同志和战友都有一双孙悟空一样的火眼金睛和金箍棒。他不赞成郭沫若诗中对唐僧的谴责，他认为不应“千刀万剐”而应重在教育，唐僧的错误源于愚钝，属智商问题，还是应作人民内部矛盾来处理，而白骨精却是明显的敌我矛盾，别看她颜值爆表，花枝招展，骨子里却毒如蛇蝎，狠如豺狼。当今国际形势风云激荡，香风毒雾扑面而来，作为真正的马克思主义者应像孙悟空一样头脑清醒，立场坚定，爱憎分明，作敢于斗争善于斗争的共产主义战士。

这不是一篇单纯的“观剧有感”，也不是简单的应和切磋之作，可以说这是一篇向苏联“修正主义”集团下达的有韵的宣战檄文，也是一篇告全国人民乃至告世界人民的“反修防修”的决心书。中苏两国在大变化大改组的国际政治格局中所处地位不同，战略构想有异，苏联的大国沙文主义无视我国合法利益，还公然限制我国主权。邓小平曾说，“中苏关系恶化，真正的实质问题是不平等，中国人感到受屈辱”。1963年7月14日，苏共中央《给苏联各级党组织和全体共产党员的公开信》对中共中央的《25条建议信》进行了全面回击，并对中共和中共领导人指名道姓地予以攻击，把中苏矛盾推向白热化。毛泽东从1963年9月6日至1964年7月14日主持撰写了9篇评论苏共中央公开信。正如毛泽东所说，从此我们就像孙悟空大闹天宫，我们抛弃了天条，必须走自己的革命道路。

回望历史上的国际风云，探访毛泽东的心路历程，我们有理由判断，“三打”和“九评”有一定的必然联系。

1962年1月6日，郭沫若看到毛泽东的《七律·和郭沫若同志》，脑洞大开，心悦诚服，于是又步其原韵，再展心迹：

七律·再赞《孙悟空三打白骨精》

赖有晴空霹雳雷，不教白骨聚成堆。
九天四海澄迷雾，八十一番弭大灾。

僧受折磨知悔恨，猪期振奋报涓埃。
金睛火眼无容赦，哪怕妖精亿度来。

自然，这首七律很快就出现在菊香书屋的案头。毛泽东饶有兴致地诵读一遍后十分赞赏：“和诗很好！这次不提千刀万剐唐僧肉了，对中间派采取统一战线政策，这就对了！”

两位站在东方文化高地的人物，坦诚相待，肝胆相照，用诗词唱和的形式，对天下大势作了清醒地分析，对祖国和民族的辉煌未来充满信心。郭沫若从此对毛泽东对国际风云的洞察力和掌控力甚是佩服，对毛泽东诗词的宏大格局和超凡胆魄领会更为深透了。

1962 年，适逢毛泽东《在延安文艺座谈会上的讲话》发表 20 周年，《人民文学》5 月号经毛泽东同意，发表了他写于战争年代的六首词，即《清平乐·蒋桂战争》《采桑子·重阳》《减字花木兰·广昌路上》《蝶恋花·从汀州向长沙》以及写反第一次、二次大“围剿”的两首《渔家傲》。毛泽东为此写了极为自谦的短注。《人民文学》编辑部请郭沫若撰文解读毛泽东的词六首。从此，郭沫若就乐此不疲地当起毛泽东诗词的权威解读人，如果说郭沫若是宣讲毛泽东诗词的专职教授，那么他的助教就是著名诗人臧克家。

毛泽东曾诙谐地称自己身上既有“虎气”，也有“猴气”，十分赞赏孙悟空大闹天宫的大无畏精神，毛泽东对曾演过孙悟空的六龄童等绍剧艺术家也挂怀于心。1971 年视察杭州时，毛泽东问：“六龄童还好吗？”当得知其正在作为“黑五类”遭受打击时，他半开玩笑半认真地说：“这么说，孙悟空还压在五行山下啰！”随即，章宗义等一批蒙冤受难的艺术家重获应有的自由和尊严。

国难问谁

——《七律·吊罗荣桓同志》

1955 年 9 月 27 日的北京，秋高气爽，丹桂飘香。中华人民共和国元帅和中国人民解放军将官军衔授衔典礼在中南海怀仁堂举行。由毛泽东主席向朱德等 10 人授予元帅军衔，周恩来总理授予粟裕等 10 人中国人民解放军大将军衔。

身材颀长而略显清瘦，身着挺括威武元帅服的罗荣桓元帅，此刻百感交集、热泪盈眶。当毛主席走到他面前，将中华人民共和国元帅军衔的命令状颁发给他的时候，这位身经百战且儒雅健谈的元帅激动得喉头哽咽，心中有千言万语此刻却无法表达。

也许，罗荣桓想起了第一次看到毛泽东的情景。那是 28 年前的一天，他作为秋收起义部队中国工农革命军第一师第一团特务连的党代表，在江西铜鼓排埠和湖南浏阳孙家塅之间的征战路上，他看到了面临起义部队分别在平江长寿街和浏阳东门市受挫，但神情依然坚毅、意气依然高昂的英俊伟岸的毛委员。罗荣桓是湖南衡山人，他的故乡离韶山不过百多公里，毛泽东的英名早已如雷贯耳。他受湖北省委派遣在通城组织农民自卫军，与崇阳县农民自卫军会合后智取通城，活捉团防局长刘秀波，成立了鄂南农民自卫军。作为党代表，罗荣桓与总指挥王武扬一道，率领这支上千人的农民武装编入秋收起义第一师第一团。从此，他跟随毛泽东战芦溪，打莲花，进三湾，上井冈。

也许，罗荣桓想起了井冈山斗争的日日夜夜。1927 年 10 月 22 日，在江西遂川县大汾村，作为特务连党代表，罗荣桓主持了新党员宣誓仪式，毛泽东庄严地举起右手，带着这 8 位新党员宣讲誓词："牺牲个人、严守秘密、阶级斗争、努力革命、服从党纪、永不叛党。"一盏油灯照亮了整个会场，也照亮了井冈山的道路。罗荣桓觉得，此时此刻在大礼堂流光溢彩的将星帅衔上，不正是闪耀着 28 年前那盏油灯的熠熠光芒吗?

罗荣桓也许还想起了井冈山的几次反"围剿"，想起了古田会议，想起了毛泽东的顺境逆境，想起了根据地的花开花落……

此刻的毛泽东的心头，也许同样翻江倒海，往事历历。

也许他想起了 1930 年 6 月红军在福建汀州整编组建第一军团时，林彪担任第四军军长。林彪颇有军事才干，擅于出其不意打伏击，但个性强、难共事。这次配备红四军政治委员，毛泽东慧眼识珠，点名由罗荣桓担任，先干代理政委，两个月后正式任命。罗荣桓待人宽厚，顾全大局，情商与智商同高，胆量与气量同大。然而一旦遇原则问题却毫不让步。那次李立三指示"会师武汉，饮马长江"，毛泽东主张放弃攻打大城市，转到赣江以东广大赤色地区作战，部队为此争论激烈，罗荣桓带头表态支持毛泽东的实事求是的观点，避免了战略上失误。

最让毛泽东难忘的，是辽沈战役中毛泽东、朱德、周恩来明确指示中国人民解放军第四野战军军长林彪、政治委员罗荣桓、参谋长刘亚楼，先打锦州，以割断东北卫立煌集团与华北傅作义集团的联系，形成关门打狗之势，掌握全役主动权。然而林彪却执意要打长春。自古有“将在外，君命有所不受”的托词，如果任凭林彪一意孤行，辽沈之役势必给平津之役带来极恶劣的负面影响，全国战局将全面陷入被动。

危急时刻，罗荣桓会同刘亚楼坚定地维护毛泽东和党中央的决策，苦口婆心地与林彪分析敌情，陈说利害，终于说服林彪，成功地攻克锦州，确保了辽沈战役全胜。

毛泽东还有一件事此刻不会忘怀，那就是罗荣桓在前不久向他和中央军委写过两封信，内容是说自己不配授元帅军衔，要求降帅为将。两封信其心也耿耿，其情也切切，第一封没批，他再写一封。这次授衔，是我军首次，意义重大，评衔过程中，也有一些功勋卓著的同志认为定衔有所不公，有的还痛哭流涕。毛泽东为此还说过“男儿有泪不轻弹，只是未到伤心处”，动员这些同志顾全大局，发扬风格，正确对待，不要扯皮。不过一向服从组织指挥的罗荣桓这次也扯皮了，人家扯皮是嫌军衔低了，你扯皮却是嫌军衔高了，真是“岂有此理”……

其实这次评衔授衔中有很多佳话美谈，感人肺腑。首先是毛泽东拒受大元帅衔，接着是周恩来、刘少奇、邓小平辞元帅衔，另外除了罗荣桓要求让出元帅衔外，还有粟裕让却元帅衔，许光达请求由大将衔降为上将衔。

《胜利进行曲》的旋律，还在大礼堂内外流淌。说时迟，那时快，这些共和国开国将帅，哪一位此刻不是心潮激荡？罗荣桓元帅此刻还想到了什么？我们不得而知，但是我们知道，罗荣桓元帅在后来的日子里，不忘革命者的初心，不负毛泽东的苦心，不改对党和军队的忠心，在政治建军方面作出了巨大贡献。

毛泽东至少曾两次与人谈话时，陈述了对罗荣桓的印象：“我倒霉的时候，罗荣桓都是跟我一起倒霉。罗荣桓的品格：无私利、不专断、抓大事、敢用人，提得起、看得破、算得到、做得完、撇得开、放得下。同我一辈子共事的人，只有罗荣桓。”尤其是对罗荣桓开辟山东抗日根据地，领导山东抗战的功绩予以高度评价。

1963 年 12 月 15 日，长期积劳成疾的罗荣桓病危。在病床上，他拉着和他一起走过雪山草地的妻子林月琴的手说：“我死后，分给我的房子不要再住了，搬到一般的房子去，不要特殊。”同时，他对几个子女说：“爸爸没给你们留下什么遗产，就留给你们一句话，坚信共产主义这一伟大真理，永远干革命!”

1963 年 12 月 16 日，罗荣桓因病逝世，享年 61 岁。毛泽东痛失良“帅”，实在难以接受这个残酷事实。当时，在中南海颐年堂会议室，毛泽东召集会议集体听取聂荣臻等关于十年科学技术规划的汇报。毛泽东在会前提议全体肃立，为罗荣桓元帅默哀，继而用凝重和痛惜的语调说：“罗荣桓同志很有原则性，对敌人狠，对同志有意见，背后少说，当面多说，不背地议论人，一生始终如一。一个人几十年如一日不容易，原则性强，对党忠诚。对党的团结起了很大的作用。”

12 月 19 日，毛泽东、刘少奇、朱德、董必武、邓小平等来到医院，向罗荣桓遗体告别。接连几天，毛泽东沉默不语，心情沉重。一天晚上，毛泽东服了较多剂量的安眠药仍不能成眠，干脆开灯躺在床上写着什么。他身边的医护人员劝他睡觉，他不仅不去睡觉，反而披衣下床，铺开宣纸，在连续猛吸几支烟后提起毛笔一挥而就：

七律·吊罗荣桓同志

记得当年草上飞，红军队里每相违。
长征不是难堪日，战锦方为大问题。
斥鷃每闻欺大鸟，昆鸡长笑老鹰非。
君今不幸离人世，国有疑难可问谁？

皓首穷经

——《贺新郎·读史》《七绝·刘蕡》《七绝·贾谊》《七律·咏贾谊》

1965年秋，中南海丰泽园外，菊蕊吐金，丹桂飘香。不似春光，胜似春光。

从丰泽园大门进入颐年堂东走廊，可进入一个静谧端庄的小四合院，院门楹联是康熙手迹：“庭松不改青葱色，盆菊仍靠清净香。”

这就是毛泽东日理万机的办公室、卧室兼书房。据精确统计，毛泽东一生藏书96473册。他博览群书，手不释卷。而他最爱读的书有两类，一是马列著作，一是历史书籍。

这一天，他指着书桌上那部已破损不堪的《资治通鉴》，对他身边的工作人员说：“你猜猜，这部书我读了多少遍？”

小青年抓耳挠腮：“猜不出来。三遍吧？”

“为什么是三遍？”

“您送给许世友一部《红楼梦》，您要求他看三遍嘛！”

“那不一样。告诉你，这部《资治通鉴》，我读了 17 遍了。恐怕这是最后一遍了，不是不想读，是没有那个时间啰！”

毛泽东为什么对历史书籍那么情有独钟呢？

大唐气象，当以贞观为盛。贞观之治，与唐太宗的从善如流，魏征的直言敢谏有关。贞观十七年（643），魏征病亡，唐太宗痛泣曰：“夫，以铜为镜，可以正衣冠；以史为镜，可以知兴替；以人为镜，可以明得失。魏征没，朕亡一镜矣！”

英国文艺复兴时期散文家、哲学家弗朗西斯·培根说：“读史使人明智，读诗使人灵秀，数学使人周密，科学使人深刻，伦理使人庄重，逻辑修辞使人善辩。凡有所学，皆成性格。”

大凡怀大理想，持大格局，有大作为者，无不重视学习历史。古今中外，概莫能外。

毛泽东就是一位自幼攻读经史，一生研究历史，精通中外历史的史学家，也是一位科学运用历史知识启发民智，武装大众头脑，带领人民群众推动历史不断前进，并用毕生精力领导中国人民创造了新的历史的革命家、奋斗者、拓荒人，是一位博览群书、学富五车、纵横捭阖、博古通今的文史大家。早在 1920 年 12 月 1 日，毛泽东在致蔡和森等的书信中分析袁世凯为什么上演称帝闹剧时说：“系不读史之故。”

毛泽东读史可谓如饥似渴，皓首穷经。1952 年，毛泽东获得一部大字木刻本《二十四史》，他如获至宝，从此手不释卷，潜心苦读。1975 年，他因双眼患白内障无法阅读，就请工作人员为他朗读，后来又坚持将一只眼的白内障手术摘除，刚刚重见光明的他又如一个饥肠辘辘者扑向面包一般，捧读《二十四史》及范文澜编《中国通史》。他曾说，要全面了解中国几千年的历史，不可不读《二十四史》，一部《二十四史》大半是假的，但是，如果因为大半是假的就不读了，那就是形而上学。

不读，靠什么来了解历史！

生命不息，读史不止。一篇读罢头飞雪，不信青史尽成灰。经史子集、诸子百家，兼收并蓄、广采博闻。同时，毛泽东善于将钻故纸堆与读无字书相结合，独立思考，不人云亦云。古为今用，忌食古不化。

浩瀚中华文明史，千古风流入眼来。毛泽东读史重在“读人”，十分注重历史人物的生平遭遇。

“老粗出人物，能干的皇帝大多老粗出身。刘邦打败项羽，是因为刘邦和贵族出生的项羽不同，熟悉社会生活，了解人民的心理。”毛泽东曾对他身边的工作人员如是说。

1958 年，毛泽东捧《旧唐书》读到刘蕡的生平故事，刘蕡在太和二年（828）“策试贤良”时，在“策论”中秉笔直书，切中时弊，直言贾祸，屡遭诬陷，直至客死楚地。李商隐曾赋诗五首吊刘蕡。毛泽东阅后掩卷沉思，深感痛惜，赋七绝一首，为大唐的孤胆忠魂大鸣不平：

七绝·刘蕡

千载长天起大云，中唐俊伟有刘蕡。
孤鸿铩羽悲鸣镝，万马齐喑叫一声。

这是穿越千年的警世之鸣，醒世之声！

司马迁在《史记》里，将屈原和贾谊两位不同朝代的名人同置一题而记之，是一种跨越时空的写法。他用了下面一段文字以承上启下：

自屈原沉汨罗后百有余年，汉有贾生，为长沙王太傅，过湘水，投书以吊屈原。

贾谊，汉代名士，20 岁时河南守吴公推荐，被汉文帝召为博士。由于其见解高于诸老先生，当年擢升为太中大夫，紧接着经文帝亲自考察，欲授公卿之位时，老臣周勃等群起攻之，还没等公示就被取消资格，贬为长沙王太傅。贾谊赴任途中去汨罗江畔，一是凭吊心中的偶像屈原，二是借汨罗江水浇胸中块垒，并写出美文《吊屈原赋》。两年后，贾谊担任汉文帝四子梁怀王刘揖的太傅，开始他的幼教生涯，不料刘揖骑马不慎摔死，贾谊翌年在忧郁中结束了33岁的尴尬人生。

毛泽东为这颗光彩夺目的政坛新星多舛命运而扼腕痛惜，对陷害忠良、狼狈为奸的丑行十分愤慨，于是将痛惜与愤慨诉诸笔墨，一首七绝，万分不甘：

七绝·贾谊

贾生才调世无伦，哭泣情怀吊屈文。
梁王坠马寻常事，何用哀伤付一生。

七绝吟过，意犹未尽！天妒英才，国失忠良，岂可一个“惜”字了得？那些致贾谊于窘境乃至死地的奸佞小人难道不该接受道德审判吗？于是，《七律·咏贾谊》接踵而来。

七律·咏贾谊

少年倜傥廊庙才，壮志未酬事堪哀。
胸罗文章兵百万，胆照华国树千台。
雄英无计倾圣主，高节终竟受疑猜。
千古同惜长沙傅，空白汨罗步尘埃。

屈原一生追求美政理想，哀民生多艰，上下求索，九死未悔，有心效力，无力回天，只能用惊险一跳呼唤真理，拥抱永恒。贾谊与屈原不同朝代，但同怀爱国之情，同有遭谤之恨。前者自沉，后者自伤，且都折戟湖湘，连同唐人李蕡也是一贬再贬，直至澧州员外司户，客死楚地。澧州为湖南常德属地。诗悼三星均在毛泽东故乡湖南陨落，是巧合？还是别有缘由？

1964年春天，毛泽东完成了站在线装书垒砌的精神高地和思想圣地上，对中国五千年文明史的深层思考，一首全景式回瞻华夏悠久历史和灿烂文明发展历程，深刻探究历史发展规律的读史咏史扛鼎之作《贺新郎·读史》闪亮登场：

贺新郎·读史

一九六四年春

人猿相揖别。只几个石头磨过，小儿时节。铜铁炉中翻火焰，为问何时猜得？不过几千寒热。人世难逢开口笑，上疆场彼此弯弓月。流遍了，郊原血。　　一篇读罢头飞雪，但记得斑斑点点，几行陈迹。五帝三皇神圣事，骗了无涯过客。有多少风流人物？盗跖庄屩流誉后，更陈王奋起挥黄钺。歌未竟，东方白。

如果有谁不知何为积厚流光，不知何为删繁就简，不知何为洞若观火，不知何为独具慧眼，请读几遍毛泽东《贺新郎·读史》。

“人猿相揖别。只几个石头磨过”，毛泽东从人类起源起笔，将漫长的人类进化阶段用“几个石头磨过”来表现，举重若轻。“人猿相揖别”又是何等奇妙的比喻和借代？在劳动中创造工具，继而完成手足的分工，旧石器时代和新石器时代，即原始社会的漫长演进，被诗人一句“只几个石头磨过”，行文何其潇洒豪迈！

诗人的双眼盯住了那混沌世界的一团灼灼燃烧的文明之火，那是青铜铸鼎的炉火，那是铁铸锄头的火。原始社会、奴隶社会的概念，有了石头，有了炉火，就不再抽象而笼统，而是那么直观和生动，那么宏大而壮丽。

如果说上阕前两个意象分别是石、火，那么第三个意象就是“郊原血”的“血”了。惨烈的杀戮，血性的掠夺，部落之间干戈不息，奴隶的鲜血变为奴隶主杯中的琼浆。

史海遨游，难探其底。史山探宝，难获其珍。“一篇读罢头飞雪”，可见读史之艰巨，读懂史更非易事。读到如此颠倒人类社会文明史的篇章，不禁白发倒竖，义愤满腔！

毛泽东用马克思的唯物史观为内核，形象思维为创作模式，用诗的语言、意象，诠释了科学读史的秘笈。作者以独有的英雄驱虎豹的英雄气概和与封建传统观念叫板的叛逆精神，大胆提出“五帝三皇”神圣事，骗了无涯过客。这是毛泽东39年前“问苍茫大地”的拓展与延伸，这是与传统史学公开质疑和拷问。他认为《二十四史》均是由当朝或后朝统治者编写的，都是直接为统治者歌功颂德的。甚至三皇五帝是否真实存在也当存疑。典籍上的风流人物，可信度也要打折。历史是人民创造和推动的！

在发黄的故纸堆砌的山丘里，在断简残椟和线装书上字行的缝隙中，毛泽东的目光被《庄子·盗跖》锁定了。“盗跖从卒九千人，横行天下，侵暴诸侯。”他饶有兴致地仰视着这位声名显赫，像日月一样，与舜禹一起流传久远的春秋后期的起义军首领，义师九千可横扫诸侯，干戈所指，大国不敢打开城门，小国守军龟缩城内，噤若寒蝉。

同时被毛泽东视为风流人物的，是战国时期楚国将领庄蹻。庄蹻奉命南征建立滇国，适逢秦国攻打楚国，于是在滇称王，成为中国内地第一个开发云南边疆的英雄。

毛泽东还把赞赏的眼光投向两千多年前的大泽乡，投向那支被征兵去戍守渔阳的队伍和那场滂沱大雨。因恶劣天气导致洪水阻隔，无法按期赶到目的地，按秦朝酷律九千之众面临一律处斩。两位出生卑微的屯长毅然率众揭竿起义，挥黄钺反戈一击……

真正的铜墙铁壁是什么？是人民。人民，只有人民，才是创造世界历史的动力。

《二十四史》就应该颠倒过来读，把已被历代统治阶段颠倒过的历史，再颠倒过来。让我们用马克思主义的唯物史观去读历史、分析历史、理解历史，让我们用心灵去贴近大地，去倾听历史创造者——人民的呐喊和歌唱。歌声未竟，东方既白。

推翻历史三千载，自铸雄奇瑰丽词。柳亚子对毛泽东诗词艺术的评价，是无数读者的共同心声！

飞雪迎春

——《卜算子·咏梅》《七律·冬云》

梅花，圣洁高贵的生命图腾。

花中四君子，梅花为魁。岁寒三友，梅为其一。它不与百花争艳，凭一身傲骨，万缕清芬，绽放于滴水成冰的雪野冰天，燃烧着生命的坚韧，张扬着气节的高洁。

毛泽东一生酷爱梅花，也酷爱雪景。踏雪寻梅，赏心悦目。1918 年冬天，北京故宫护城河旁那一抹在冰雪中低调而奢华地盛开的梅花，点燃了他和杨开慧的圣洁初恋。

在赣南，在闽西，在敌军围困万千重的反"围剿"的日子里，在落选"前委书记"后被人认为是他人生最低谷的岁月，他只要看见红梅在雪中绽放，总是潜心观赏，沉醉其中。红梅凌霜傲雪的姿态和风骨，向他传递的不是孤独、寂寞、悲苦和无助，而是热烈、刚毅、信心和力量。

从中华文明的精神宝库中寻找力量和智慧，来应对现实的困难和问题，是毛泽东的成功经验和良好习惯。

毛泽东在五四时期，也就是我们这个一度沉睡的民族开始觉醒的年代，在杨昌济和李大钊先生的扶助下，进北京大学图书馆工作。在这里他不仅以面授的方式从李大钊、陈独秀、蔡元培等大师那里接受了新文化运动带来的强大能量，也乘机饱读古今中外名著佳作，为一位大国领袖的知识结构搭建了最初的框架。

毛泽东在回忆那段日子时常说，“在公园里和故宫广场上，我却看到了北方的早春。当北海仍然结着冰的时候，我看到白梅花开。我看到北海的垂柳，枝头悬挂着晶莹的冰柱，因而想起唐朝诗人岑参咏雪后披上冬装树木的诗句：‘千树万树梨花开。’北京数不尽的树木引起了我的惊叹和赞美”。

北大图书馆这段每月 8 元大洋的日子，对毛泽东来说应为精神上最为奢侈的岁月。终身博览群书、手不释卷的常态与那段日子似乎有关。菊香书屋那间超宽的木床上，毛泽东与书同眠。在四壁呈包围态势的书橱里，汗牛充栋的线装书中垂下的白纸条上，凝聚着书屋主人多少心血和智慧。毛泽东走遍祖国大地，总有一只沉重的书箱跟随。1961 年 11 月 6 日，毛泽东吩咐秘书田家英帮他寻找有关咏梅的诗文，并指名要找宋代词人林逋的作品。

于是，毛泽东的案头一时清香四溢，梅花怒放。一首首咏梅佳作，争奇斗艳。

唐代罗邺之《梅花》：“繁如瑞雪压枝开，越岭吴溪免用栽。却是五侯家未识，春风不放过江来。”

宋代王安石之《梅花》：“墙角数枝梅，凌寒独自开。遥知不是雪，为有暗香来。”

宋代林逋之《山园小梅》：“众芳摇落独暄妍，占尽风情向小园。疏影横斜水清浅，暗香浮动月黄昏……”

宁代卢梅坡之《雪梅》：“梅雪争春未肯降，骚人搁笔费评章。梅须逊雪三分白，雪却输梅一段香。”

毛泽东在梅之芬芳中诗意徜徉，在唐风宋韵中尽情审美。历代诗人笔下的梅花神清骨竦、高洁深沉、庄重超逸、卓尔不群。他欣赏如火焰般燃烧在滚滚寒流中的红梅，也钟爱元代诗人兼画家王冕笔下的“墨梅”，那是一种超凡脱俗的气节，那是一缕穿透岁月的花魂，那是一种千古不朽的精神：“不要人夸颜色好，只留清气满乾坤。”

在众多的咏梅诗中，也许最触动他心弦的是陆游的《卜算子·咏梅》：“驿外断桥边，寂寞开无主。已是黄昏独自愁，更著风和雨。
无意苦争春，一任群芳妒。零落成泥碾作尘，只有香如故。”

陆游是宋代著名爱国诗人，他的“王师北定中原日，家祭无忘告乃翁”“一身报国有万死，双鬓向人无再青”“逆胡未平心未平，孤剑床头铿有声”“位卑未敢忘忧国，事定犹须待阖棺”等豪言壮语，激励着历代中华儿女壮怀激烈，慷慨报国。

陆游的《卜算子·咏梅》与上述诗句的价值取向略有差异，面对那株荒郊断桥旁孑然而立、黯然开放的梅花，诗人也许想起了自己因坚决主张抗金而遭致那些“主和派”的无情排挤和打击，目睹山河破碎然报国无门。投笔从戎后又遭机构调整幕府解散。好歹熬了个礼部郎中兼实录院检讨官，不久又遭“嘲咏风月”之谤被开除公职。

然而体制外的陆游仍然以梅花之清高孤傲之气节自励，以物寓情，抒发对封建社会的愤懑，面对人生的坎坷、际遇的不平和朝廷的黑暗，诗人能做到的也只有在凄风苦雨中独善其身，默默守志，逆来顺受了。

毛泽东一生跌宕起伏，遭谤被诬曾是家常便饭，且不说在民主革命时期他所遭遇的艰难险阻，即使在社会主义建设阶段也并非孟郊一般“春风得意马蹄疾，一日看尽长安花”。回望历史，我们总是常常看见毛泽东逆风而行的伟岸身影，常常看见中华民族逆水行舟的挺拔风帆。20世纪60年代，毛泽东面对来自西伯利亚方向的逆风，率领他的战无不胜、攻无不克的强大军团，以大无畏的精神状态，顶着逆风，高歌猛进。这“高歌”中最响亮的一首，就是毛泽东的《卜算子·咏梅》。

卜算子·咏梅

一九六一年十二月

读陆游咏梅词，反其意而用之。

风雨送春归，飞雪迎春到。已是悬崖百丈冰，犹有花枝俏。　俏也不争春，只把春来报。待到山花烂漫时，她在丛中笑。

一“咏”歌罢，举国高唱。毛泽东诗词专属的高、大、上，梅花傲雪凌霜的精、气、神及其传递出来的真、善、美，给了三年困难时期的人们万众一心、共渡难关的强大的精神力量，也给了用大国沙文主义向我国施压，企图从意识形态和国家主权等方面向我横加干涉、包藏祸心的反华势力迎头痛击。

1962年12月26日，是毛泽东69岁生日。按照湖南风俗，男性寿庆取虚岁，也就是说，男性一般提前一年祝寿。毛泽东历来不允许他人为自己祝寿，但每每在自己的生日纪念日，毛泽东应该是暗暗感恩父母、感慨人生、百感交集、心潮难平的时候，更是面临多种压力和挑战意气风发、铿锵逆行、愈战愈勇、愈挫愈奋的时候。不信，请读他在这一天留下的心灵轨迹：

七律·冬云

一九六二年十二月二十六日

雪压冬云白絮飞，万花纷谢一时稀。

高天滚滚寒流急，大地微微暖气吹。
独有英雄驱虎豹，更无豪杰怕熊罴。
梅花欢喜漫天雪，冻死苍蝇未足奇。

这首诗前四句可谓沉郁有加，而后四句则豪放坚毅。全诗寥寥八句，神游九州，气贯八荒，意蕴厚重，力透纸背。

1935年9月，毛泽东在《念奴娇·昆仑》中发出“环球同此凉热”的呼喊，标志着诗人已正式在诗歌领域挺进国际题材。也就是说自兹起一个用诗词纵论国际风云的伟大歌者宣告出现。之后中国作为第二次世界大战的亚洲主战场，在这个拯救民族危亡的紧要关头，毛泽东很少在纸上写诗，而是将领导和激励全国人民抗日救亡的高昂战歌和宏伟史诗，写在中华大地的炮火硝烟里，写在激荡狂野的五洲风雷中。

历史的车轮驶入20世纪60年代，国际上风云变幻更为迅猛，超级大国的博弈更为激烈，而经历了严峻考验的中国共产党面临来自以美国为首的西方敌对势力和已经偏离马克思主义轨道的苏联及其被裹挟被怂恿的所谓“社会主义阵营”形成的对中国施以经济上扼制和政治上反对的“修正主义”势力的双重挑战。

对于前者，毛泽东早就视其为“纸老虎”，自有一套斗争方略。对于后者，毛泽东表现出一个无产阶级革命导师，忠诚的马克思主义者方有的冷静、睿智、坚毅和勇猛。20世纪60年代，毛泽东的诗作大多与“反帝反修”有关。客观分析，曾几何时，毛泽东所代表的中国共产党在国际社会所处地位是十分孤独的。由于苏联的突然翻脸，又是撕毁协议又是撤走专家又是逼还债务，对我经济实施严酷制裁，加之我国遭遇自然灾害和一定程度的“左”倾冒进危害，国民经济面临极大困难。苏联还唆使40多个中小国家的共产党、工人党在不明真相的情况下群体性起哄，发表文章攻击中国。“已是悬崖百丈冰”“雪压冬云白絮飞，万花纷谢一时稀”等句，都是借物寓情，描述当时“反华大合唱”之猖獗，一时大有黑云压城城欲摧之势。

真正的共产主义战士是迎风斗雪的红梅，是驱虎豹熊罴的英雄豪杰。毛泽东以笔为枪，直指“修正主义”代表人物以及他们所代表的“主义”。虚心竹有低头叶，傲骨梅无仰面花。中国共产党和中国人民决不会屈服于任何反华势力的进攻和破坏，就像愈是苦寒愈是清香扑鼻，看似孤独心有山花烂漫。倒是那随风逐臭令人不齿的苍蝇，在“百丈冰”前必将冻死，而傲雪红梅将如火焰串串点燃大地的微微暖气，笑傲高天的滚滚寒流。

四海云水

——《满江红·和郭沫若同志》

针对苏联的对华政策和源于苏联策划组织的“反华合唱团”的鼓噪，毛泽东在1961年12月和1962年12月26日分别创作了《卜算子·咏梅》《七律·冬云》，以政治家的胆略和诗人的激情予以冷嘲热讽，当头棒喝，全国人民拍手称快。

就在《七律·冬云》问世第六天，毛泽东在广州从《光明日报》上读到了郭沫若的《满江红·一九六三年元旦抒怀》：

沧海横流，方显出英雄本色。人六亿，加强团结，坚持原则。天垮下来擎得起，世披靡矣扶之直。听雄鸡一唱遍寰中，东方白。　　太阳出，冰山滴；真金在，岂销铄？有雄文四卷，为民立极。桀犬吠尧堪笑止，泥牛入海无消息。迎东风革命展红旗，乾坤赤。

客观评价，郭词不愧文豪手笔，气势不谓不宏大，调子不谓不高昂，作者满腔热情地歌颂新中国的强大，歌颂毛泽东主席的英明，歌颂中国共产党领导下的全国人民不畏强暴团结奋斗的英雄本色和民族精神。然而郭词将反华集团的势力和气焰述之过重，“天垮下来”“沧海横流”“世披靡矣”等句有点言过其实。这是诗人个体对国际风云判断的分寸问题，本来无可厚非，更何况全词主调高昂、取向积极，然而既然在党中央直接主办的《光明日报》上发表，作者之身份达到如此之重量级，最好能有更权威更精准的诗作来引导舆论，以正视听，激励全国人民坚定信心“反修防修”。

也许正是基于上述原因，距郭词发表八天之后，毛泽东《满江红·和郭沫若同志》如一声春雪，鸣响在历史的天空。

满江红·和郭沫若同志

一九六三年一月九日

小小寰球，有几个苍蝇碰壁。嗡嗡叫，几声凄厉，几声抽泣。蚂蚁缘槐夸大国，蚍蜉撼树谈何易。正西风落叶下长安，飞鸣镝。　　多少事，从来急；天地转，光阴迫。一万年太久，只争朝夕。四海翻腾云水怒，五洲震荡风雷激。要扫除一切害人虫，全无敌。

毛泽东以东方巨人的魁伟和自信，以居高临下、蔑视群丑的胆魄和傲气，以托四海风云于掌心的淡定和豪迈，用极富嘲讽的口气，将几个碰壁的“苍蝇”拈将出来，并用“嗡嗡叫”三字来比喻“反华大合唱”的鼓噪之声，用“几声凄厉，几声抽泣”揭示出其色厉内荏、内外交困、日暮途穷的实质。然后举重若轻地引经据典。第一个典出唐李公佐《南柯太守传》，说的是淳于棼醉后梦见自己被“大槐安国”招为驸马，着了红袍又着官袍，当上了南柯郡太守，主持一个郡的全面工作。正要发表慷慨激昂的就职演说时，突然醒来，巨大的落差使万分郁闷、心烦意乱的淳于棼围着自己的破宅游走，发现屋后一个好大的白蚁巢穴，蚁穴里面居然还像王城一样结构复杂，与刚才梦境中的“槐安大国”惊人相似。明代戏剧家汤显祖曾以此作《南柯记》。毛泽东将那个虚胖型的超级大国比作南柯一梦的发生地“槐安大国”，实乃匠心独运，妙趣无穷。

接着，毛泽东又信手拈来韩愈《调张藉》中的“蚍蜉撼大树，可笑不自量”的意象和贾岛《忆上吴处士》中的“秋风生渭水，落叶下长安”中的意境，又借来汉代匈奴冒顿单于用来发布号令的响箭，将一个螳臂当车的小丑刻画得惟妙惟肖，将我泱泱中华凛然正气和浩荡军威展示得痛快淋漓。毛泽东早就说过帝国主义和一切反动派都是纸老虎，“修正主义”和一切反华势力在强大无比的新中国面前也不过是宵小之辈，不足为虑！

上阕的写法多用隐喻、借代，冷嘲热讽，谈笑自如，嬉笑怒骂皆成文章。下阕的创作手法发生了颠覆性的变化。如果说上阕是谈笑间樯橹灰飞烟灭的潇洒，而下阕却是威武端庄，正气凛然。遣词造句也干脆利落，掷地有声。“多少事，从来急；天地转，光阴迫。一万年太久，只争朝夕。”毛泽东善将短句的明快节奏，明确的含意，用如歌的行板，辅之以和谐美妙的声韵，锤炼出有关珍爱光阴、加快发展的格言警句式的诗句。面对乌鸦鼓噪、蚍蜉撼树，毛泽东不屑一顾，但是，藐视敌人不是自我麻醉，不畏强暴更须奋发图强！他闹他的，我干我的。一般的干还不行，必须争分夺秒，突飞猛进。挑战对手，更要挑战自我，挑战极限，挑战不可能！“急”“迫”二字，我们在“雪里行军情更迫”等诗句中领略过其重要。兵贵神速！用兵如神的毛泽东是深得其真谛的。无论是反击这些反华群丑，还是国内的社会主义建设，都要主动出击，抢夺先机。

在词的最后部分，作者站在时代的制高点上，纵观天下大势，洞察帝国主义、“修正主义”相同的阴谋和不同的表现；纳四海风云于胸间，遣五洲风雷上笔端，为捍卫马克思列宁主义，为国际共产主义运动的健康发展，为一切深受帝国主义、“修正主义”压迫和奴役的国家和民族的独立和解放，毛泽东以气吞山河的胆略气魄，以经天纬地的睿智和才情，仰天一啸，纵情一挥，写出了一位力挽狂澜的无产阶级革命导师伟大壮烈的心声和宏愿，亮出了一位杰出的政治家诗人石破天惊的呐喊：“四海翻腾云水怒，五洲震荡风雷激。要扫除一切害人虫，全无敌。”

1964 年 1 月 27 日，外文书籍出版局组织翻译出版《毛泽东诗词》（英译本，1963 年版）的英语翻译人员，就英译本中一些具体诗句或词汇请毛泽东做些解释。在谈到《满江红·和郭沫若同志》时，他有三处解答。

一是“蚂蚁缘槐夸大国”中的大槐安国出自汤显祖《南柯记》。这说明毛泽东不仅对先秦诸子散文、楚辞、汉赋、唐诗、宋词、元曲有浓厚兴趣和深厚功底，对明代的戏剧也颇有研究，汤显祖作为“东方莎翁”著有“临川四梦”即《还魂记》《紫钗记》《南柯记》《邯郸记》。《南柯记》的故事用于 20 世纪 60 年代的反华小丑，可谓恰如其分。

毛泽东所作第二点解释是：“正西风落叶下长安，飞鸣镝”中的“飞鸣镝”是指我们的进攻。他还说，形势变化很快，那时是“百丈冰”，而现在正是“四海翻腾云水怒，五洲震荡风雷激”了。从去年起，我们进攻，九月开始写文章，一评苏共中央的公开信。

毛泽东讲的“去年”指 1963 年，此时苏共中央直接向我宣战，毛泽东组织写作班子开始反驳，连续写出九篇公开信，驳得苏共当局理屈词穷、窘态百出。

毛泽东向翻译人员解释此词的第三处是“天地转，光阴迫。一万年太久，只争朝夕”。你要慢，我就要快，反其道而行之。你想活一万年？没有那么长。我要马上见高低，争个明白，不容许搪塞。但其实时间在我们这边。“只争朝夕”，我们也没有那么急。

半个多世纪过去了，中苏之间的争端，先是以珍宝岛保卫战的全胜宣告了正义在我手中，继而又以东欧的解体再次宣告赫鲁晓夫、勃列日涅夫的反华战略的失败。历史公正地证明了毛泽东科学预见的神话般的正确，毛泽东在风云激荡的国际论战中昆仑般的沉稳、泰山般的笃定。

笑傲霓虹

——《杂言诗·好八连》

解放初期的一个夜晚，上海南京路灯火辉煌，具有东西方不同特点的建筑物在霓虹灯的辉映下流光溢彩。

一座都市中的花园里正在举行游园活动，刚刚享受和平和安详的市民，摩肩接踵纷至沓来。

然而，潜伏在大上海的国民党反动派的特务老K虽然刚刚落网，但他手下的女特务曲曼丽还在利用她的色相和妖艳实施那个罪恶的计划。

曲曼丽的头脑简单的“男友”罗克文搂着她的水蛇腰，一步三摇地朝花店走去。“阿拉最喜欢白玫瑰!”于是罗克文主动去付款，曲曼丽飞快地将定时炸弹投入花束中。

八连的排长陈喜和曲曼丽相识，他以执勤战士的身份，向曲曼丽和罗克文敬礼。曲曼丽说：“今晚的节目很精彩，陈排长你不来看么?”

“好的，我会来的。”

演出正式开始，罗克文的表妹林媛媛在台上引吭高歌，曼妙的歌声在花团锦簇、人潮涌动的公园飘荡。一曲终了，余音不绝。林媛媛在掌声和喝彩声中婷婷袅袅地走下舞台，曲曼丽一把拉着她走向罗克文，罗克文捧着那束白玫瑰送给林媛媛，观众众星捧月般涌了过来，而曲曼丽却悄悄地溜出了人群。

也许曲曼丽正在精准地计算时间，60 秒——30 秒——20 秒……她为之盼望的那一刻马上就要到了，只等那一声巨响公园就会血流成河，她的阴谋就会得逞。

她心里的秒表在夸张地响着，放眼望去，突然发现陈喜等战士朝那边冲刺过去，大声地疏散人群。那束本应该由林媛媛捧着的白玫瑰，已经被解放军战士童阿男抓在手里，童阿男正撒开步子飞快地奔向无人的区域，奋力将花束投掷出去。

“轰隆”一声闷响，定时炸弹在空旷地带爆炸，而曲曼丽为防止败露，穷凶极恶地朝如梦初醒的罗克文开枪后钻入人群。

罗获救，曲落网。霓虹灯下的哨兵，南京路上的好八连为人民再立新功。

这是上海天马电影制片厂出品的彩色故事片《霓虹灯下的哨兵》中的故事情节，而电影是根据沈西蒙等创作的同名话剧摄制的，而话剧又是根据发生在上海南京路上的中国人民解放军上海警备区特务团三营第八连的真实故事改编而成。影片中由陶玉铃饰演的春妮成为几代人心中的经典形象。

1949 年 5 月 27 日，解放上海的炮声终于停息，国民党守城部长挂起白旗，旧上海回到人民手中，陈毅担任解放后的第一任上海市长。他用将帅的坚韧应对复杂多变的局面，和上海人民一道攻关克难，沉着应“考”。

国民党掳光了金库中的黄金白银，将一个“六毒”俱全的“上海瘫”甩给了新生的红色政权。“六毒”者，匪、特、黑、黄、赌、毒也。

上海南京路位于黄埔区，东起外滩，西接西藏中路，繁华至极，中外蜚声。众所周知，解放前的上海十里洋场，鱼龙混杂，灯红酒绿，纸醉金迷。人称“东方浪漫之都”“冒险家的乐园”。周璇一曲《夜上海》唱得多少纨绔子弟意乱情迷，迷得多少他乡之客醉生梦死。1937 年 8 月 13 日，“淞沪会战”爆发，日本侵略者恨不能一夜之间将大上海化为灰烬。在苏州河北岸的四行仓库，谢晋元部八百壮士正用血肉之躯迎战炮火，以捍卫中华民族尊严。而离四行仓库不远的南京路依然歌舞升平，“隔江犹唱”。这里的人肤色各异，表情冷漠，“不知有汉，无论魏晋”。

就在国民党反动派仓皇逃亡时，不少残兵败将还在南京路一带为自己唱响挽歌，他们用最后一听啤酒浇着发烫的咽喉，让沙哑的嗓音极不负责任地在霓虹灯下游走：“大上海是什么？是大染坊。南京路是什么？是大染缸。共军来吧！我要看着你们红着进来，黑着出去！”

中国人民解放军来了，他们有的是深夜进城的，他们没进店铺，没入民宅，没踏入楼堂馆所，也就是说，没走进任何一间有盖顶的建筑物。

浴血奋战、连续作战的疲惫，如大山一般向解放军战士们袭来。他们悄悄地倚靠着街道旁的屋檐，平躺在路旁石阶上，以城市露天宿营的方式，悄无声息地睡下；以步调一致的节奏，集体进入梦乡。

当黄浦江上第一缕晨曦撩开黎明前的乌云，当第一辆汽车驶入清晨的南京路，当无数窗帘拉开露出无数双诧异的眼睛，人们找到了八百万美式精良装备的“国军”兵败如山倒的原因。人民解放军不愧为正义之师、仁义之师、文明之师！

驻守南京路的中国人民解放军上海警备区特务团三营第八连的前身

为华东军区特务团四大队辎重连。这个连队经历了淮海战役的洗礼，横渡长江的帆船上留下过他的身影，解放大上海的炮火中有他的钢铁意志和钢铁辎重提供的强大能源。

这支在山东组建的连队，队员几乎都是山东大汉，大都身材魁梧，身手不凡，且性情豪爽，忠诚侠义。挺进上海，没有了常态化的炮火硝烟，不少战士顿觉英雄无用武之地，成天围着南京路巡逻、执勤，枪膛里还空空如也，哪有真刀真枪厮杀那么过瘾？

这里是另一种战场。这里依然有国民党反动派潜伏的特务，电影《霓虹灯下的哨兵》里的老K、曲曼丽，都有真实的生活原型。他们昼伏夜出，无恶不作，八连与他们斗智斗勇，其惊险程度丝毫不让电影情节。

这里更是一个考场。八连的战士们进城就是“赶考”。八连的战士们都知道，“赶考”这个词，是毛泽东在从西柏坡进北京城的路上说的。他们说，毛主席也发给我们一张考卷，我们不能交白卷，我们要得满分。

八连是唱着《三大纪律八项注意》开始每一天的执勤、警备、巡逻工作的。歌声铿锵，步伐铿锵！铁血男儿，血气方刚，满目珠光宝气，依然坐怀不乱。时有浪声盈耳，依然守身如钢。靠的是什么？是铁的纪律的约束，是铁的军歌的警示。

当然，时间长了，也有少数战士有点迷失。正像电影《霓虹灯下的哨兵》中所展示的，陈喜的那双粗布袜子，那双伴随他冲锋陷阵、踏遍坎坷的袜子，那双由他温柔贤惠的妻子春妮亲手缝制的袜子，在七彩缤纷的霓虹灯下，看起来太土了，他徒生嫌弃，顺手对窗外一丢。他就这么轻率地一扬手，丢掉的岂止是一双布袜？

面对流光溢彩的霓虹灯，有些战士产生了攒足银子到国际饭店挥霍一次的欲念。还有些战士已不甘于战友为自己剃的板寸头，而是先到高档理发店捯饬一个时髦发型，再去豪华照相馆照一张容光焕发的照片。如此一来，津贴出现了赤字……

尽管这些问题只出现在个别战士身上，但也没逃过连长、指战员敏锐的目光。他们很少用疾风暴雨式的方法简单粗暴地批评指责，而是润物无声地言传身教。同时，他们善于从战士中发现勤俭节约、防腐拒变的典型，用榜样的力量来引导人。

1959 年，略懂木工手艺的战士吴岳生发现营房的桌椅出现了破损，楼梯的踏板也被踏松，栏杆也有缺失，于是他用自己的津贴去购买铁锤、铁锯和小斧子，从储存杂物的角落里找到一些废弃的木料，叮叮当当一阵忙乎，楼梯修好了，缺胳膊少腿的桌椅也"四肢"健全了。过了几个月，他又用积攒的小钱增置了小工具，还钉了口小工具箱。从此，全连有了义务小木工。吴岳生光荣退伍时，将这口工具箱连同勤俭节约的好作风留在了八连。

战士李祖根接过了工具箱。心灵手巧、乐于助人的李祖根除了义务修补家具，还增加一项义务服务——为战友们补军鞋。新战士葛传义对李祖根的多才多艺钦羡不已，二人成为师徒。

八连还有一个理发箱，发剪咔嚓咔嚓欢叫着，宿舍里欢声笑语流淌着，小伙子们互为理发师，练出了群体性的好手艺，铸就了亲如手足的战友情。

补鞋工具箱、理发工具箱和木工工具箱，成为南京路上好八连代代相传的传家宝。战士们利用节假日带着箱子走上街头，义务为市民补鞋、理发、修家具。

1956 年的一个清晨，八连战士徐淑潮弯腰捡起一枚硬币交给班长，班长顺手交给正领着大家出早操的连指导员刘仁福。刘指导员举起这枚硬币对着全连战士，也对着侧耳倾听的一江春水朗声说："一分钱是微不足道的，但是如果捡起来交公，你就保持了八连的本色，也就是保持了我们人民军队的本色!”

上海的秋雨是缠绵的，有时也是冷酷的。这一夜雨打外滩，寒气袭人。正在持枪站岗的哨兵陶元歧如一尊铁铸的雕塑屹立在哨位上，任凭滂沱大雨劈头盖脸淋湿全身。查岗的连指导员刘仁福看在眼里，疼在心头。“这里不是有个屋檐吗？为什么不去屋檐下避雨?”“报告指导员，站在屋檐下，视线扫不到观察的目标。”

战士头顶的霓虹灯红着脸，侧耳倾听战士朴素的话语。

南京路上好八连身居闹市，一尘不染，热爱人民，助人为乐，勤俭节约，克己奉公的精神，通过党报和军报的传播，在全国军民中产生了强烈的反响。1963 年 4 月 25 日，国防部授予了他们“南京路上好八连”荣誉称号。毛泽东在纪念中国人民解放军建军 36 周年之际，写下了这首雅俗共赏、脍炙人口的赞美诗：

杂言诗·八连颂

一九六三年八月一日

好八连，天下传。为什么？意志坚。为人民，几十年。拒腐蚀，永不沾。因此叫，好八连。解放军，要学习。全军民，要自立。不怕压，不怕迫。不怕刀，不怕戟。不怕鬼，不怕魅。不怕帝，不怕贼。奇儿女，如松柏。上参天，傲霜雪。纪律好，如坚壁。军事好，如霹雳。政治好，称第一。思想好，能分析。分析好，大有益。益在哪？团结力。军民团结如一人，试看天下谁能敌。

这是毛泽东诗词中罕见的一首新体诗。毛泽东说过，“在民歌和古典诗歌基础上发展新诗”。毛泽东也许就是通过这一首具有民歌风味的新体诗，来践行“从民歌中吸取养料的形式，发展为一套吸引广大读者的新体诗歌”的主张的。

这首诗也被有的诗评家认为是一首古杂言诗，古杂言诗不受音韵和平仄限制，每句字数也无统一规范。

然而，毛泽东的这首诗并非随心所欲、毫无章法，还是大俗大雅，俗中见雅，看似平实，实则奇异。

“好八连，天下传。为什么？意志坚。”好八连好在哪里？好在一尘不染，好在艰苦朴素，好在爱民助民，而这一切源于坚定的共产主义信仰，坚定的革命意志。开宗明义，一语中的，岂不是平中见奇？

“为人民，几十年。拒腐蚀，永不沾。”前两个三字句表明了人民军队为人民的服务宗旨，后两个三字句成为包括人民军队在内的全社会反腐倡廉的永恒金句，表现出无限的生命力。

接下来有一组“不”字句，“不怕压，不怕迫。不怕刀，不怕戟。不怕鬼，不怕魅。不怕帝，不怕贼”。这一组诗句的意蕴，围绕“要自立”三字，激励全党全军以好八连为榜样，以昂扬的姿态自立于世界东方。二十世纪六十年代初期，国际上风云变幻，苏联与我国翻脸，撤走专家，在一定范围内鼓噪反华，我国遭遇自然灾害，苏联趁人之危无情逼债。一时间“雪压冬云白絮飞”“高天滚滚寒流急”。毛泽东借倡导好八连坚定的立场和迎冰傲霜的风骨，鼓励人民自强自立，以不怕压迫、不怕刀戟、不怕鬼魅的大无畏精神，坚定地反对帝国主义和“修正主义”对我国的军事威胁和经济制裁，让我们如迎风斗雪的劲松自立于世界民族之林。

继而诗人号召全军以南京路上好八连为榜样，做到纪律好、军事好、政治好、思想好、分析好。为强军建设提出具体要求，强调党指挥枪、政治建军的重要性。最后由“分析好，大有益。益在哪？团结力”引出两句斩钉截铁，铿锵响亮的两个七字句：“军民团结如一人，试看天下谁能敌？”将全诗思想价值和意蕴境界推向高潮。句式字数经前面规则的三字句的步步推进，突然增至每句七字，不仅无突兀之感，反而令人觉得势在必然，水到渠成，如跳高运动员以长长的助跑积蓄和暴发力量，最后奋然跃起，凌空一搏，将文采之艳与思想之花在半空精彩绽放！

这是内容和形式的高度统一。这是平淡向雄奇的完美跨越。

在中华民族伟大复兴的征途中，不管是面对国内外敌对势力的阻挠，还是遭遇何种暂时困难，南京路上好八连所代表的人民军队，永远是共和国的忠诚卫士，艰苦奋斗永远是完美的优良传统，军民团结永远是坚不可摧的钢铁长城。

弹指一挥

——《水调歌头·重上井冈山》《念奴娇·井冈山》

1965年5月22日傍晚，黄洋界上，一阵凉爽的山风穿过海拔1343米的雄关险峰，卷起山上山下摇天撼地的滚滚松涛，舒展界里界外汹涌澎湃的浩浩云波。正在那雄踞松涛掠过云波飞渡的哨口之上，一个伟岸而挺拔的身影在行进，那稳健而又快捷的步伐，踏过坎坷，越过崎岖，向前，向前，向前。

他就是毛泽东。38年前，他率领秋收起义的队伍，就是迈着这般坚毅铿锵的步伐，从浏阳文家市出发一路征战挺进井冈山的。

“这就是黄洋界！”毛泽东对赶上来的随行人员说。不等人们答话，他径直奔向山顶，放眼巍巍群山，扫视峋嶙峭壁，他仿佛回到38年前的血火井冈，眼前满是旌旗硝烟，耳畔响起鼓角炮声。萧萧山风扬起他的头发，也撩起了这位当年的红军统帅的浪漫与豪兴。他对正在朗读刻在一座木质纪念碑上的《西江月·井冈山》的湖南省委第一书记张平化等人说，“那次黄洋界保卫战我不在山上，湘赣之敌趁我军在赣西南欲归未归之际进攻井冈山，我守军不足一营，好险哦！”毛泽东绘声绘色讲述了战况后说：“人们都说前两发炮弹受潮，第三发没有受潮，所以‘炮声隆’，其实也受潮了，只是打前两发时，使炮膛加热，为打响第三发提供了条件，前两发的功劳不能抹杀哟！这就是事物的辩证法。”

巨人视野，伟人气魄，哲人思维，诗人情怀，随着飒然而过的山风，挥洒在茫茫云海之上，巍巍群山之中。

“汪东兴同志，你是打过仗的，请你代我去前面两百米内侦察侦察，当年我们挖的战壕还在吗？”

“是！”时任中共中央办公厅副主任兼公安部副部长的汪东兴领命而去。待他完成任务回来准备汇报时，毛泽东正在兴致勃勃地哼唱37年前井冈山一度流行的套改京剧《空城计》腔韵，根据黄洋界保卫战改编的《空山计》：“我站在黄洋界上观山景，耳听得山下人马乱纷纷，举目抬头来观看，原来是蒋贼发来的兵。一来是，农民斗争经验少，二来是二十八团离开了永新。你既得宁冈茅坪多侥幸，为何又来侵占我的五井？……”

声情并茂，字正腔圆，毛泽东用幽然轻松的演唱，再现了黄洋界保卫战前严阵以待、众志成城，胜券在握、岿然不动的情景。

毛泽东这次重上井冈山，是利用巡视湘鄂的机会特意安排的重要行程。5月21日上午，毛泽东从长沙出发，坐着中共湖南省委办公厅小车队青年司机赵毅雍驾驶的银灰色吉姆轿车，先是赴长沙火车东站悄悄上了专列。两小时后，还是小赵的轿车在醴陵县城郊的阳三石车站，接从专列上下来的毛主席。

车轮滚滚，夏风飒飒。一条银练般的河流从两山之峡蜿蜒而出，拦住了车队的去路。这是湘江的支流洣水。正是这条碧波荡漾的洣水，养育了左权、耿飚、李立三、陈明仁等革命家和开国将军。在毛泽东眼里，默默无闻的河水也流淌着无湘不成军的倔强与豪放。

这是龙江书院吗？这是龙江桥吗？1928 年 4 月那场震惊中外的朱毛大会师，就在龙江桥头的沙洲上举行。大会司仪是何长工。幸亏是他，换个矮个子，会被人海淹没。何长工是毛泽东派下山寻找朱德部队的联络人，朱德呢，则派出毛泽东的弟弟毛泽覃前往井冈山联系毛泽东。

吉姆车稍稍放缓了速度，车轮也似乎缠上了红色的思念和乡愁。龙江桥头沙洲之上朱毛会师的欢呼声、鞭炮声、锣鼓声，还有那“哎呀嘞”起头的江西民歌声，跨越了 37 个春夏秋冬，一股脑扑向毛泽东早已激情澎湃的心头。下午 4 时，车抵茅坪。谢氏慎公祠的飞檐扬起臂膀在向当年足疾未愈却气冲霄汉的毛委员招手相邀。当年在这里召开的苏维埃湘赣边界第一次代表大会，毛泽东一口气讲了半个多小时，没有麦克风，只有东南风。讲得红军指战员和农会干部摩拳擦掌，那股打土豪分田地干革命当红军的心气，仿佛划根火柴就能点燃。

银灰色吉姆始终没有停下，车轮情意绵绵地摩擦着这块 38 年前印满毛泽东足迹的红土地，绕那座八角楼缓缓行驶一周，让毛泽东用 360 度全景视角，扫视这座曾经诞生了《中国的红色政权为什么能够存在》的造型独特极富东方美学意韵的阁楼。他记得在陕北窑洞里，美国记者斯诺给他拍的一张头戴军帽的照片，那顶军帽又称八角帽，是秋收起义时平江工农义勇队队长余贲民为他设计的，试戴时就在八角楼。八角帽造型设计中是否有八角楼的寓意，毛泽东真想问一问余贲民，但是余贲民已于 1933 年为掩护战友倒在万载的红土地上了。

轿车继续沿着盘山公路向着井冈山的主峰攀登，毛泽东打开车窗，享受着山风吹拂的凉爽。窗外是一幅巨大的立体式山水画卷，抬头望，群峰高耸，云缠雾绕，若隐若现的山峰宛若仙山。近处是葱茏而略带几分苍老的原始次森林。各种树木或参天而立，或混交成阵，碗口粗的古藤如绿色长龙在林中奔突游走，使人想起当地的山歌：“大井的青藤不要命，飞过峡谷勾你的魂！”

轿车拐过一道山梁，一道银白色的飞瀑从悬崖中倾泻而下，溅起崖底水塘之上一片空濛，似雾似雨又似风。再翻过一道坡，只见满目姹紫嫣红，落英缤纷，满耳莺啼燕啭，此起彼落。再往上看，是宛若挂在峭壁之上的盘山公路，伸向云深不知处，虚无缥缈中。

时近傍晚，车队终于登上五百里井冈的红色制高点——黄洋界。

在黄洋界，毛泽东豪情迸发，谈锋甚健。这时候暮霭已至，在汪东兴催促下，在这里足足逗留了45分钟的毛泽东才余兴未尽地上车，依依不舍地离开黄洋界。五里排到了，毛泽东若有所思地打开车窗张望，那株拔地参天的黄槲树仿佛也伸出虬枝向他招手，当年他和朱德都以普通一兵的姿态从山外挑运军粮，在黄槲树下歇过凉，这株饱经沧桑的大树，是红军官兵一致传统的见证者。

在下山途中，银灰色轿车水箱“开锅了”，轿车只好停了下来，汪东兴安排毛泽东换坐一辆车，毛泽东对小赵说：“没关系，我还是坐你的车，让它休息一会儿，凉快凉快再开。”小赵说：“这里前不着村后不着店，弄不到冷水，车子无法降温。”毛泽东说：“这好办，他们不是为我备了一小桶凉开水吗？我不渴，就用它给车子喝吧。”

水到“病”除，轿车安全抵达井冈山的心脏——茨坪。这个38年前仅十来户居民的深山小村落，此时用星罗棋布的建筑和灯火辉煌的繁荣迎接毛泽东的到来。

“茨坪有电灯了！”毛泽东兴奋不已。半个多世纪的浴血奋战，不就是为了帮助全中国劳苦大众驱逐黑暗奔向光明吗？现实的千家灯火，诗意的光明世界，全呈现在眼前了。

在简陋的招待所，毛泽东看着住所周围的茂林修竹，听着镇上大喇叭播放的江西风味浓烈的红军歌曲，毛泽东感慨不已。他对身边工作人员说：“1927 年 9 月，我们从浏阳经芦溪、莲花、永新、宁冈上井冈山，敌人重兵围追堵截，秋收起义总指挥卢德铭等就牺牲在征途上，千多公里路我们边打仗边行军走了大半个月，而今从长沙到茨坪只用了两天，真是乾坤大挪移，日月换新天啰！”

晚餐前，汪东兴出于职业和岗位的敏感，来了个先行侦察，这一侦察果然发现了问题，原来当地干部受感情和礼节的驱使，准备了茅台酒和较丰盛的菜肴，准备为毛主席接风，幸亏汪东兴及时发现，严肃制止：“你们别惹毛主席生气了，我们太了解他了，就四菜一汤，主要是青菜、辣椒，快快快，把酒拿下去，用本地茶叶泡几杯茶来；还有这些超标的菜，统统端走。”毛泽东对四菜一汤十分满意。当地干部请求“要不要弄点主席想吃的”。“红米，当年我们吃过的红米饭，这是我最想吃的！”毛泽东兴奋地点菜，“还有南瓜，也是好东西！”后来有位老赤卫队员，送来几颗竹笋，毛泽东大快朵颐。

在井冈山的 7 个昼夜，毛泽东接见了 3000 多名老红军、老赤卫队员和普通群众，拜访和接见红军将领、烈士袁文才、王佐的亲属。当袁文才的遗孀谢梅香远远走来时，毛泽东快步迎上去和她紧紧地握手。徜徉在昔日居住过的旧址内外，行走在红军和赤卫队员的练兵场上，38 年前的大刀长矛在毛泽东眼前飞舞，朱砂冲的震耳的军号和喊杀声，小井红军医院全体被屠杀的红军伤病员慷慨就义前“英特纳雄耐尔就一定要实现”的悲壮歌声和惨烈枪声，声声入耳。井冈山是工农武装割据的伟大起点，是中国革命的重要里程碑。井冈山的人民用红米饭南瓜汤养育了工农红军，用生命和心血点燃了星星之火。38 年过去，弹指一挥间。如今你已旧貌换新颜，处处林木葱茏，田垄五谷丰登，公路连起山外世界，山内百姓也享用了现代科技文明成果。然而这一切仍然还不是革命的终极目标，通向云端的公路，不是在启发我们，要继承井冈山的革命精神，攀登更高的山峰吗？黄洋界的炮声不是在警示我们，战斗还没有结束，炮膛不能生锈，炮弹要防止回潮吗？看五井，想五洲，革命者生命不息奋斗不止，弘扬井冈山精神，坚守永恒初心，才是重上井冈山的意义所在。

抚今追昔，百感交集。展纸挥毫，文思如潮。一首《水调歌头·重上井冈山》和一首《念奴娇·井冈山》相继问世，积蓄38年的岩浆般的诗情，终于冲破了“地壳”直抵“火山口”，冲天一喷，酣畅淋漓！仰天连叹，双璧生辉：

水调歌头·重上井冈山

一九六五年五月

久有凌云志，重上井冈山。千里来寻故地，旧貌变新颜。到处莺歌燕舞，更有潺潺流水，高路入云端。过了黄洋界，险处不须看。　风雷动，旌旗奋，是人寰。三十八年过去，弹指一挥间。可上九天揽月，可下五洋捉鳖，谈笑凯歌还。世上无难事，只要肯登攀。

念奴娇·井冈山

一九六五年五月

参天万木，千百里，飞上南天奇岳。故地重来何所见，多了楼台亭阁。五井碑前，黄洋界上，车子飞如跃。江山如画，古代曾云海绿。　弹指三十八年，人间变了，似天渊翻覆。犹记当时烽火里，九死一生如昨。独有豪情，天际悬明月，风雷磅礴。一声鸡唱，万怪烟消云落。

君向何方

——《念奴娇·鸟儿问答》

毛泽东在报刊公开发表的最后一首诗词是什么？

毛泽东诗词雄奇瑰丽、豪放沉郁、浪漫多姿，但是他写过寓言诗吗？

毛泽东诗词典雅高贵，圣洁无暇。然而，他使用过大俗的语言词汇吗？如果有，又是为何故？

上述三问，一词作答，那就是毛泽东写于1965年秋的《念奴娇·鸟儿问答》。

20世纪60年代，美、苏两个超级大国向别国实施核威胁。赫鲁晓夫更是将原本帮助我国研制原子弹和氢弹的专家全部撤走，图纸全部带回，连演草纸都不留一张。他幼稚地认为，对于原子弹来说，中国人民解放军永远只是一支遵循十六字方针“打圈圈”的游击队，而苏联呢，只要把原子弹运抵乌苏里江北岸，就可吓得毛泽东和朱德大气不敢出。

赫鲁晓夫还有一个见不得阳光的计划，就是欲在1965年6月召开一次各国共产党会议，会上他将宣布将中共开除出“社会主义阵营”。这个计划，是对付中国的一颗“政治原子弹”。

赫鲁晓夫对待比苏联更为强大的美国极尽阿谀奉迎、讨好卖乖之能事。1964年4月1日，赫鲁晓夫在匈牙利大放厥词，把共产主义描绘为“一盘土豆烧牛肉的好菜”。约翰逊对赫鲁晓夫的奇谈怪论给予了口头表扬。1963年8月5日，苏、美、英三国在莫斯科签订了《禁止在大气层、外层空间和水下进行核武器试验条约》，用一纸冠冕堂皇的三家条约，以只许州官放火，不许百姓点灯的强盗逻辑，维护他们的核垄断，拒不接受各国提出的销毁核武器的正义呼声。

赫鲁晓夫和约翰逊们万万没有想到，中共和中国人民是吓不倒诈不退的。陈毅曾用四川话说过：“龟儿子，你看到，中国人就是没得裤子穿，也得造出自己的原子弹。”

1964年10月14日，苏共中央作出决定，选举勃列日涅夫为苏共中央第一书记，赫鲁晓夫在本人缺席的情况下被扫地出门，第二天又被撸掉部长会议主席职务。他的那颗将中共开除出“社会主义阵营”的政治原子弹也成了哑弹一枚。

又过了一天，也就是1964年10月16日，中国罗布泊上空升起蘑菇云，巨大的核能量震得白宫、五角大楼和克里姆林宫微微颤抖，刚上位两天的勃列日涅夫不寒而栗。

1963年7月14日，苏共中央公开发表《给苏联各级党组织和全体共产党员的公开信》，从此赫鲁晓夫集团干脆撩开了罩在脸上的遮羞布，对我发起公开论战。来而不往非礼也，毛泽东主持撰写了九篇评论苏共公开信的文章，点名道姓地批判赫鲁晓夫的修正主义。一时间，一场没有硝烟的战争持续上演。毛泽东不仅打起仗来用兵如神，打起笔墨官司、指挥国际论争也是掌上千秋史、胸中百万兵，弹无虚发字字见血。在第九评《关于赫鲁晓夫的假共产主义及其在世界历史上的教训》中，毛泽东写下这段被历史证明了的预见：

> ……经过一系列的变动，苏联特权阶层控制苏联党政和其他重要部门……这个特权阶层侵吞苏联人民的劳动成果，占有远比苏联一般工人和农民高几十倍甚至上百倍的收入……这个特权阶层，思想上已经完全蜕化，完全背离布尔什维克党的革命传统，抛弃了苏联工人阶级的远大理想。他们反对马克思列宁主义，反对社会主义。他们自己背叛革命，还不准别人革命。

就在九评发表28年后的1991年12月25日，戈尔巴乔夫发表电视讲话宣布苏联解体。苏联解体的原因是多方面的，但其中很重要的一条是“源于其自身的统治精英对个人利益的追逐”（美国经济学家大卫·科兹语）。

历史是最公正的裁判！

让我们还是回到1965年秋这个特殊的历史阶段，看毛泽东怎样运用诗词写作谈笑自如地纵论国际风云，令对手原形毕露，令反对大国沙文主义、霸权主义，爱好和平、渴望发展的人民拍手称快的。

念奴娇·鸟儿问答

一九六五年秋

鲲鹏展翅，九万里，翻动扶摇羊角。背负青天朝下看，都是人间城郭。炮火连天，弹痕遍地，吓倒蓬间雀。怎么得了，哎呀我要飞跃。　　借问君去何方，雀儿答道：有仙山琼阁。不见前年秋月朗，订了三家条约。还有吃的，土豆烧熟了，再加牛肉。不须放屁！试看天地翻覆。

72岁的毛泽东，面对纷繁复杂、波谲云诡、风雷激荡的国际形势，面对以苏联为首的打着社会主义阵营旗号丧心病狂的反华势力，毛泽东毫无惧色，一如傲雪凌霜的报春红梅，又如大闹天宫的“齐天大圣”，竟以聊发少年狂的未泯童心，写了也许是平生第一首也可能是唯一的一首寓言体词。

毛泽东从《庄子·逍遥游》中请出体型宏大一飞冲天的鲲鹏。这是他第二次用“鲲鹏”的典故了。第一次是写于1930年7月的《蝶恋花·从汀州到长沙》。那次入诗的鲲鹏是指国民党反动派的反革命武装，而这次的鲲鹏是正义之化身。在《念奴娇·鸟儿问答》里，诗人让鲲鹏展翅翱翔九天，在万米高空俯视人间。它看到人间炮火连天，弹痕遍地，找不到一片安定的绿洲。在炮火硝烟中，一只草蓬中的小雀吓得魂不附体，发出可怜巴巴的哀鸣：“哎呀，怎么得了，我要飞跃。”

这是天上人间的对话，这是宏大与渺小的问答，这是崇高与卑微的交流。纵观唐诗宋词，何曾有过童话意境说天下大事、寓言结构展国际风云的先例？赫鲁晓夫及其继承者勃列日涅夫为了一己私利畏“美”如虎，仰“美”鼻息，甚至认贼作父，朋比为奸，不惜背叛马克思主义、背叛社会主义阵营，如此德行，如此胆怯，与蓬间小雀何异？

下阕首句“借问君去何方”，雀答欲去仙山琼阁。赫氏勃氏所迷恋的仙山琼阁，无非是与虎谋皮的虚幻画饼。那各自心怀鬼胎以为可用来瞒天过海欺骗世界各国的“三家条约”，未必就是“蓬间雀”的防弹服、保险箱。背着社会主义阵营的盟友去与人订立卖身契约，而这个契约必是以出卖盟友天赋权利的罪证。

多行不义必自毙，别自以为高明，自以为得计，伟大的共产主义被你说成是一盘土豆烧牛肉，亏你也说得出口！够了！够了！不要再肆无忌惮地大放氨气了，瞪大你的雀眼看看当今之天下，社会主义阵营愈来愈强大，以解放全人类为初心的各国共产党人，终将高举马列主义旗帜，坚韧不拔，高歌猛进。

严肃重大的主题，风趣诙谐地表现。看似玩世不恭，实为寓庄于谐。鲲鹏的宏大体魄与凛然正气，同蓬间雀的其貌不扬与小肚鸡肠形成巨大反差。诗人举重若轻，大智若愚，甚至还将大俗之言公然入诗，用以反衬蓬间雀格局之低、品质之劣。运用之妙，存乎一心。一首一本正经的涉及国际事务的政治抒情诗，写得如此另类独特、妙趣横生，展示的不仅是诗人剑走偏锋的才华和智慧，更有诗人精神世界的强大与丰富。鲲鹏展翅九万里的磅礴与雄浑带给读者的崇高与壮美，含蓄而隽永。

后　记

中国的古体诗词浩如烟海，历代著名诗人词家灿若群星。然而，在现当代诗人诗作中，敢与唐宋名家相比者凤毛麟角也。众多当代诗评家认为毛泽东诗词在立意谋篇、胸襟格局、笔力气势、文采意蕴上不仅大多可与古人比肩，其中某些篇章还已有所超越，如《沁园春·雪》《卜算子·咏梅》等。读毛泽东诗词，常令我联想起清人赵翼“江山代有人才出，各领风骚数百年”的名句。

赵翼的论断关键词在“代”，即时代。是特殊的时代催生了毛泽东的澎湃诗情，是伟大的时代成就了毛泽东诗词的超凡脱俗、壮美崇高。无论是诞生于“茫茫长夜赤县天”的峥嵘岁月，还是诞生于“一唱雄鸡天下白”的光辉岁月，毛泽东诗笔所指的主题永远是人民。正是这一点，决定了毛泽东诗词格局之高、气魄之宏、境界之伟。他曾立于天安门城楼，摘下帽子向群众致意时呼喊“人民万岁”。这四个字就是毛泽东诗词的主题。

本书试图通过一系列生动鲜活的故事和当时所处的历史背景、时代氛围、自然环境，来追寻伟大诗人进行每篇诗词创作时的思想状况、心灵轨迹、构思依据，使读者尽可能多一些地感受诗人叩问苍茫大地谁主沉浮的经天纬地、扭转乾坤的胆略气魄，体验诗人“万水千山只等闲”“天翻地覆慨而慷”的激烈壮怀，回味诗人“要扫除一切害人虫，全无敌”的豪情壮志，让原本就威武雄壮、惊心动魄的诗情画意，在生动鲜活的历史背景、自然环境中更为生动地呈现。

为了实现上述宏愿，我追随伟人足迹，立橘子洲头听湘水回响，观韶峰日出看稻菽金浪，揽黄洋界云海忆隆隆炮声，赴遵义朝圣追如血残阳，感金沙水暖望天高云淡，登黄土高原看原驰蜡象，看一桥飞架观神女无恙，访跃上葱茏寻暮色苍茫……访老红军、老赤卫队员、老土改根子，听湘赣红歌、学陕北信天游、唱嘹亮军歌。采集了大量一手资料，形成了生动传神的记忆蒙太奇。

但是，一己之力是根本无法完成这个重大艰巨的课题的。在构思和写作过程中，我学习、查阅和参考了大量有关党史资料、历史文献，在此，谨对这些文献资料的作者表示衷心的感谢！

在写作过程中，我得到了湘潭大学出版社的大力支持，副社长蒋海文从选题策划开始乃至写作全过程予以了悉心指导和严格把关。尤其令我深感荣幸和温暖的是，韶山毛泽东同志纪念馆副馆长、著名学者龙剑宇先生通读拙作后提出了中肯的审读修改意见，为本书精准表述和质量提升起了点石成金的重大作用。在此，谨对上述领导和专家的辛勤劳动和无私奉献表示衷心的感谢！

由于本人才疏学浅，功力不济，难免在书中留下遗憾，但是我总算是在众人帮助下完成了一次追寻伟人诗国畅游的人生历程，为此终身无憾！